Heibonsha Library

〔増補〕『罪と罰』ノート

平凡社ライブラリー

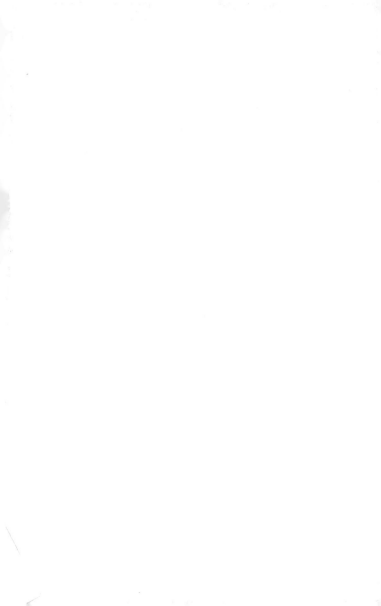

Heibonsha Library

［増補］『罪と罰』ノート

亀山郁夫

平凡社

本著作は二〇〇九年五月に平凡社新書より刊行された
『罪と罰』ノート』を加筆・改筆したものです。

目次

本論

ペテルブルク市街（1865年当時）

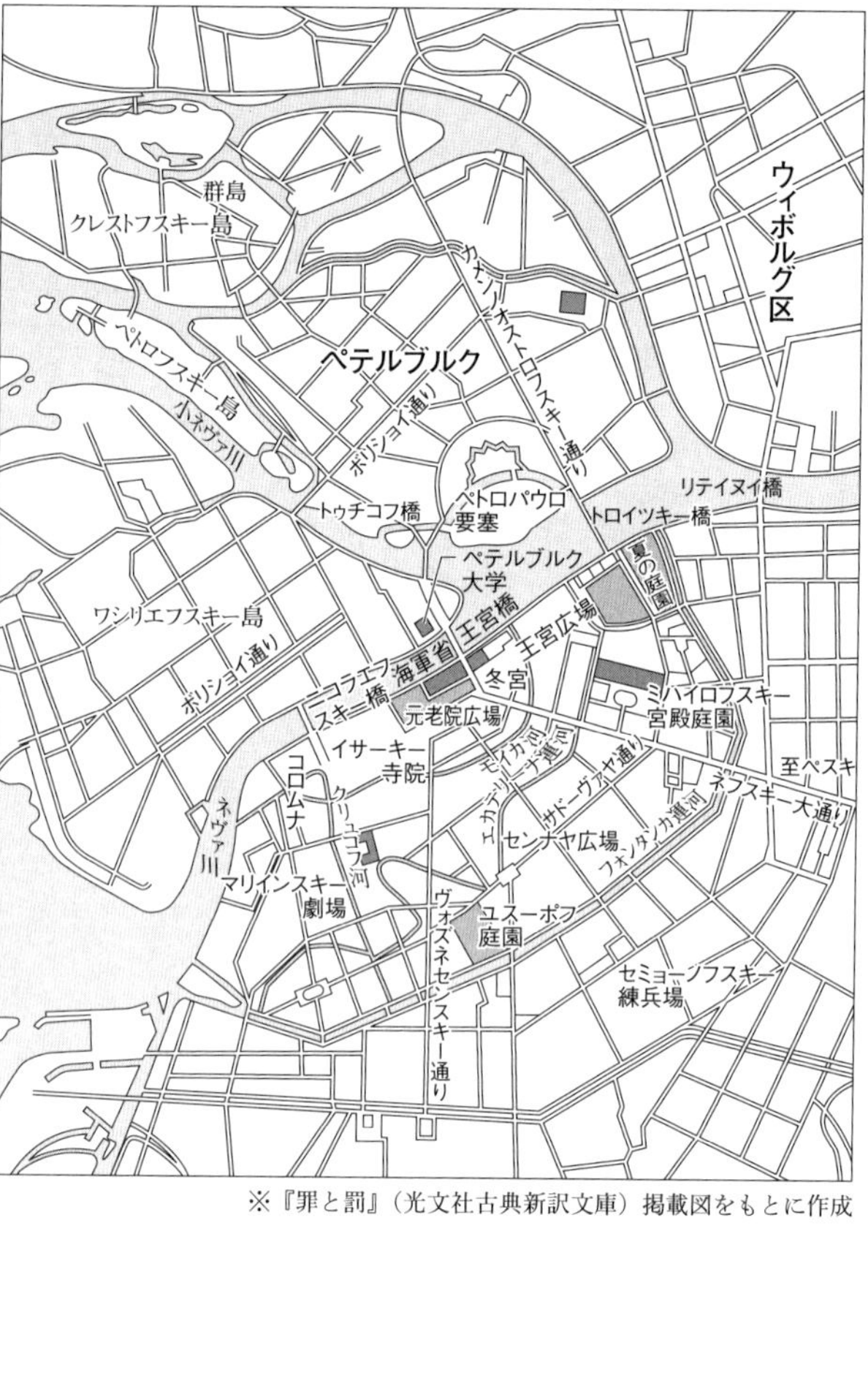

※『罪と罰』（光文社古典新訳文庫）掲載図をもとに作成

センナヤ広場付近

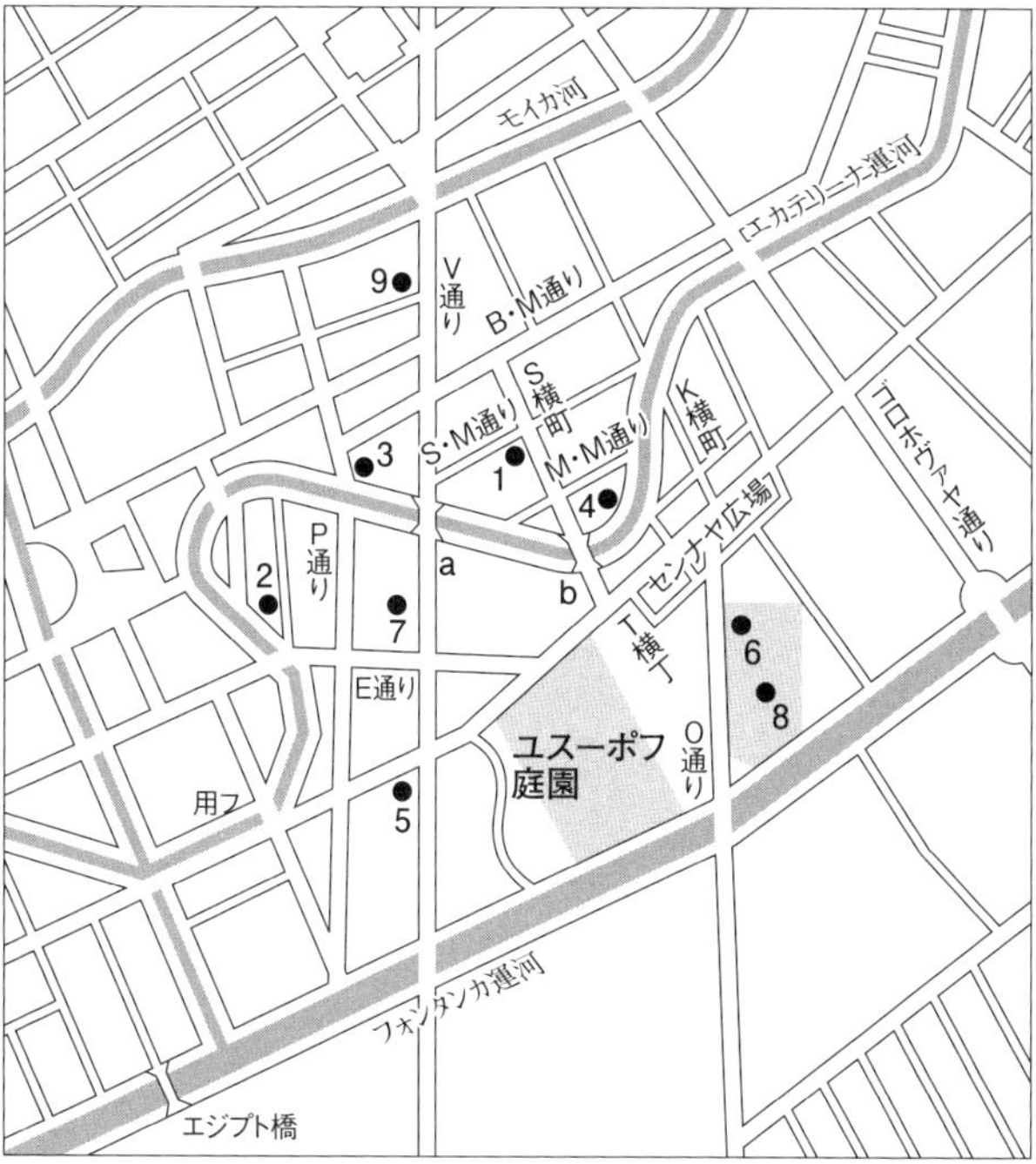

1　ラスコーリニコフの下宿
2　金貸しの老女の家
3　ソーニャの家
4　警察署
5　水晶宮
6　料亭
7　バカレーエフの旅館
8　ヴァーゼムスキイ館
9　盗品の隠し場所
a　V橋（ヴォズネセンスキー橋）
b　K橋（コクーシキン橋）

※『罪と罰』（光文社古典新訳文庫）掲載図をもとに作成

本書におけるドストエフスキー『罪と罰』の引用は、
著者訳の光文社古典新訳文庫版に拠ります。

はじめに——サンクトペテルブルクの七月

　七月の終わりに、サンクトペテルブルクで異常に爽やかな夏のひとときを過ごすことになった。四十八時間というごく限られた滞在ながら、「北方のヴェネツィア」と呼ばれるこの町に、避暑地を思わせる清々しい空気が吹きわたり、明るい光が満ちあふれているのを肌で感じることができた。それにしても、この心地よさの原因はどこにあるのかと思い、ホテルのメードにたずねると、今年は去年にひきつづいての冷夏だ、との答えが返ってきた。

　サンクトペテルブルクに行くにあたっては、時間の節約を最優先し、最近、就航したトランスアエロの直行便を利用することに決めた。これは、少しばかり非現実的な心地よさをともなう経験だった。成田を発ったその日の夕刻、わたしはすでにネフスキー大通りの歩道に立っていた。そして二日目、つまり最終日の夕刻には、世界に冠たるオペラハウス、マリインスキー劇場で、アレクサンドル・スメルコーフという作曲家の書いたオペラ『カラマーゾフの兄弟』の世界初演に立ち会っていた。芸術監督ワレリー・ゲルギエフが用意してくれた席は、舞台正面の貴賓席だった。

手荷物のポケットには、拙訳『罪と罰』のゲラを用意し、いつどこにいても作業に取りかかれるように態勢を整えておいたが、ついに旅の終わりまで開かずじまいだった。往復の機内では、成田空港内の書店で買いもとめた村上春樹の小説『海辺のカフカ』に没頭した。このときの貴重な読書経験については、いつかあらためて文章を書くときが来ると思う。

三日目、すべてのスケジュールを終えて成田に発つ日の夕方近く、買い漁った本でいまにもちぎれそうなビニール袋をぶら下げてホテルに戻る途中、ふと、『罪と罰』の舞台で知られるセンナヤ広場付近を歩いてみることを思いたった。

ご存知のように、『罪と罰』の最終部に、二人の女性を殺した元大学生ロジオーン・ラスコーリニコフが、「快楽と幸福に満たされながら」、広場の地面にキスをする場面がある。敷石とアスファルトに覆われたセンナヤ広場では、「汚れた大地」の匂いをかぎとることはできなかった。ロシア経済の復興を物語る明るい雑踏に追いたてられるようにして、わたしは広場を後にした。するとまもなく、地味ながらどことなく瀟洒な感じのする橋が視界に入ってきた。わたしは驚いて目をみはった。コクーシキン橋――。

「七月の初め、異常に暑いさかりの夕方近く、ひとりの青年が、S横町にまた借りしている小さな部屋から通りに出ると、なにか心に決めかねているという様子で、ゆっくりとK橋のほ

うに歩きだした」（第一部第一章）

『罪と罰』の翻訳でいちばん苦労した冒頭の一節に、「K橋」こと、このコクーシキン橋が出てくる。苦労したのは、「異常に」「ゆっくりと」の二つの副詞だった。現在、入手できる翻訳の一つでは、「めっぽう」「のろくさと」と訳されているが、わたしにはその訳語がどうしてもなじめず、迷いに迷ったあげく、ごくニュートラルな訳語を選ぶことにしたのだった。「異常に」と「ゆっくりと」の二つである。

K橋があるなら、近くにS横町もあるはず、と思ったとたん、まるで魔法のように、Sの文字が現れた。ストリャールヌイ横町――。道路の中央に花壇がつづく驚くほど開放的な感じに拍子抜けした。これでも「横町」というのだろうか、『罪と罰』に底深くよどむ堕落の匂いなどうっすらとも感じられない。「七月の初め」といえば、白夜のまっさかりだから、時々は澄んだ空気も吹きかよってよかったはずではないか。登場人物の一人はしきりに、「空気が足りない」と口にするが、いまのこの通りの雰囲気から、小説のなかのこの地区の住人たちの嘆きは、およそ想像することもできない。

それにしても、ドストエフスキーはなぜ、K橋とかS横町といったように、固有名詞を用いることを避け、わざわざイニシャルで呼んだりしたのか。小説全体を幻想的な雰囲気で包みこもうという秘密好きな作者のトリックだったろうか。そういえば、彼の小説の特色の一つとして、「秘密の詩学」なるものが指摘されていることを思い出した。いや、ねらいはむしろその逆だったのではないか。コージノフという研究者が書いている。「すべてを最後まで明らかにすることが、きまり悪かった。なぜなら実際の事件が話題になっていたからだ」と。はたしてそうだろうか、わたしは必ずしも素直にうなずけない。もしかすると、作者は、わたしのような詮索好きな読者を念頭に置き、一種の場所探しにも似た謎かけを行うことで、一般読者の興味を引きつけようとしたのではないか。そしてその最初の謎かけが、K橋であり、S横町というわけで、「幻想的」うんぬんは、およそ見当ちがいというべきなのかもしれない。むしろ作者は、当時のペテルブルクの町をそのまま描写し、読者を探偵気分にさせて、現実にその場所に行かせる楽しみを提供しようとしていたにちがいない。自分の足でじかに探してごらんなさい、とばかりに。

むろん、ほかにも理由はあったことだろう。イニシャルで示す試みは、根本においては、やはり、隠蔽の意図をはらむものであるし、もしそうであるなら、やはり、それなりの目的があったことを意味する。たとえば『罪と罰』の影の主人公スヴィドリガイロフのような、露悪的ともいえる人物を登場させてきたドストエフスキーのことだから、露悪的にすべてを明らかにすることも可能だったはずである。しかし、彼は何かを隠そうとしていた。それは何であったのか。具体的には、どの部分の何を隠そうとしていたのか。

「旅の恥は……」ではないが、道行く何人かに「青年」のアパートをたずねながら、とうとうS横町の中ほど、グラジュダンスキー通りとの交差点までやってきた。アイヴォリー色の建物の壁に十九番地とある。よく見ると、建物の角を縦にえぐりとった部分に、ドストエフスキーのレリーフが施してある。あごひげをはやし、綿入りのガウンを羽織った作家はいま、屋根裏部屋につづく階段を上りはじめようとしている（ラスコーリニコフは、この十三段からなる階段を、小説中、十一回上り下りした）。さらに目を凝らすと、御影石でできた黒いプレートには、「ラスコーリニコフの家（Дом Раскольникова）」の文字が薄く刻まれ、その下に次のような文章が記されている。

ラスコーリニコフの家に施されたレリーフ（著者撮影）

「ドストエフスキーにとっ

て、ペテルブルクのこの地区の人々がたどった悲劇的な運命が、全人類に対する彼の、善の熱烈な普及の礎となった」

驚いたことに、「ラスコーリニコフの家」は、作中にいう五階建てではなく四階建てだった。独ソ戦のさなか、例のレニングラード攻防戦で廃墟と化し、その後新たに四階建てに建て替えられたということか。

一般の市民が住む建物の中庭に立ち入る勇気はさすがになかった。どやしつけられるだけならまだしも、不法侵入で通報でもされたらたまらない。そこで、来た道を引きかえし、ふたたびS横町に出て、ゆっくりとK橋に向かって歩きだした。途中、青年のアパートから「七百三十歩」の距離にあるとされる「金貸し老女」の建物を訪ねたいという欲求がむくむくと頭をもたげはじめた。

以前読んだチホミーロフという人の研究書によると、物語の第一日目、「あれ」の下見のために下宿を出たラスコーリニコフは、K橋を渡らずに手前の道を右に折れ、グリボエードフ運河（当時は、エカテリーナ運河という呼び名だった）に沿って、V通りことヴォズネセンスキー通りまで行き、そこで橋を渡っている。七百三十歩、七、八分、距離にしておそらく六百メートル……大した距離ではない。だが、いまにもちぎれそうなビニール袋を片手に、あいまいな記憶をたよりに歩きまわるのは不安だった。迷子になったら、それこそ目もあてられない。フライトの時間も気になり、わたしはK橋まで来たところで、ふたたびセンナヤ広場に足を向け、早々に『罪と罰』の世界に別れを告げた。

今回、『罪と罰』を訳しながら、痛切に感じたことが一つある。

ドストエフスキーの『罪と罰』といえば、俗に「ナポレオン主義」という選民思想にかぶれ、目的至上主義の妄想にからめとられて、ついには二人の女性の殺害にいたるエリート青年が、一人の心優しい娼婦との触れあいをとおして罪の意識に目覚める、というのがおおよその理解である。むろんその理解の大筋に誤りはない。しかしそれではあまりに一面的すぎるということである。わたしが感じたのは、むしろ、この青年の傲慢さを上回ってあまりある運命と偶然の力だった。青年は、文字通り、運命の力にもてあそばれるかのように、殺人の現場へと導かれていく。容赦なく襲いかかり、殺人をそそのかし、「大地との断絶」の罰を下す運命――。運命と、神は、どこがどう違うのか、わたしにはわからなくなった。そもそも、傲慢な主人公に対する復讐と引きかえに、二人の女性を巻き添えにした神の意志とは、何なのか。

「復讐するはわれにあり、われこれに報いん」（「ローマ人への手紙」十二章十九節）という福音書の言葉が、いつごろからか、わたしの頭から離れなくなった。わたしもずいぶん信心深くなったものだ、となかば呆れかえる思いで、『罪と罰』の新しい読みに出会うことになった。『罪と罰』を神による復讐の物語として読むことは、どこまで可能だろうか。ラテンの諺にもあるではないか。「神は、罰したいと思う相手から、まっさきに理性を奪う」と。でも、一人の青年の傲慢を罰するために、神は、二人の女性の罪なき死を黙って見過ごすというのか。この不条理が、ドストエフスキーの文学全体に通じる何かしらもっとも根源的な問いかけでもあるような気がしてきた。いや、よく考えれば、わたしはもう若い時代から、この「黙過」という問題だけを考えつづけてきたように思えた。

しかし、そんな「発見」に改めてたどりついた喜びもつかのま、何かしら、あまりに古い枠組みで小説を読み解こうとしている自分に気づく。

ドストエフスキーが晩年にたどりついた信仰とは、命の絶対性、その純化された観念だったと思う。すでにそれは、宗教のカテゴリー、信仰のレベルをはるかに超える重みをもっていた。モーゼの十戒のひとつ「殺すなかれ」、すなわち「殺人」の否定は、かつて、反国家罪に問われ、死刑の恐怖を味わった男ならではの、究極の結論だった。だからこそ作者は、殺人という重罪を犯した青年を自死の道から救いだそうとしたといえるのだ。ほかでもない、この青年に生命の絶対性を教えこむために……。しかし、青年を救いだそうとした神は、何らの矛盾も感じることがなかったのか。殺された二人の命はどうなるのか。そもそもこれは、天国に召された、の一言で片づけられる問題なのか。しかも、ことによると、あの金貸し老女のアパートで殺されたのは、アリョーナとリザヴェータという二人の女性に限らなかった可能性も大いにありうるのだ。

九月の終わり、刷りあがった『罪と罰』の訳書を手にしながら、およそ一年の労苦をともにした編集者と語りあった。わたしに負けずこの小説を読みこんできた彼が、話の途中、ふいに眉をしかめる。

「ラスコーリニコフがいまの日本に生きていたら、どんな罰が下りますかね」

「ロシア語でヒポコンデリーは鬱病のことを言うんですよ」

わたしはそうはぐらかすほかなかった。

帰りしな、彼はふと何かを思いだしたようにわたしに尋ねた。

「グーグル・アースってご存知ですか。おもしろいですよ。宇宙から地球上のどこにでも行けるんですから。宇宙飛行士気分で」

その夜、書斎に戻ったわたしは、早速ウェブ上からグーグル・アースをダウンロードし、ペテルブルクの市街地図を机の上に広げて、宇宙からの「急降下」を試みはじめた。たしかに「おもしろい」。宇宙飛行士というより、神になりかわったような、どこか眩暈にも似た非現実感が生まれる。目的地というより、「標的」に近い着地点は、殺された金貸し老女のアパート、七月の終わり、わたしがたどりつけなかったスレドネ・ポジヤチェスカヤ通り十五番地——。高度表示が刻々と変化し、やがてK橋が視界に入る。S横町の斜線もくっきり見えてくる。そこからポイントを少しずつ右にずらし、グリボエードフ運河沿いの道に照準を合わせた。ところが、高度表示がさらに三百フィートまで下ったところで、画像はいきなり横に流れ、町の眺めは絵具をかき混ぜたような、そしてどこか抽象画を思わせる鮮やかな映像に変わった。

わたしは一瞬、愕然とし、画面を終了させて、最初からもう一度、トライした。だが、結果は同じだった。どうやらコンピュータに問題があるわけではないらしい。それなら、それでいい。わたしは、なぜかこの着地失敗がうれしかった。殺された金貸し老女のアパートに空から接近するといった不謹慎が許されていいわけがないからだ。人間のテクノロジーがどこまで進もうが、見えないものは見えない、三百フィートの上空から人は愛せない、だからこそ、ラスコーリニコフの苦しみはいまも生きつづけているのではないか。もし、彼がグーグル・アースを知って、事前の下見をインターネットでやるとしても、アパートの階段の数までは数えあげられないだろう……と、ここまで想像したところで、わたしはふと、『罪と罰』の影の主人公スヴィドリガイロフのセリフを思いだした。

「どんな人間にも空気が必要なんです、空気がね、空気ですよ……まず大事なのは!」（第六部第一章）

ラスコーリニコフの妹に邪心を抱き、絶望の果てにピストル自殺をとげるこの登場人物は、センナヤ広場の隣にあるユスーポフ庭園から、気球によるペテルブルク遊覧を楽しむ心づもりでいた。ヴィリゲリム・ベルクという興行師が考えだしたこのアトラクションでは、三百キロメートルの範囲で、ペテルブルク上空からその周辺の空中遊覧が試みられていたという。思えば、ラスコーリニコフも、金さえあればこの気球に乗船できるチャンスはあった。殺害決行の日、下見のときとはちがうルートを選んだ彼は、このユスーポフ庭園の脇を通りかかっている。犯行直前、母親からの運命的な手紙を読みおえた彼も、やはり「空気」を求めていたではないか。

「やがて、戸棚かトランクを思わせるこの黄色い小部屋にいるのが息苦しく、窮屈な感じになってきた。目と心は、広々とした戸外を求めていた」(第一部第三章)

七月の初めといえば、白夜の季節であるから、午後七時過ぎでも外は真昼のように明るかったはずである。ベルクの気球に乗れば、金貸し老女のアパートや、ストリャールヌイ横町にある自分の屋根裏部屋を空から見下ろす経験だってできたかもしれない……。

後日、グーグル・アースでの着陸失敗について報告した知人から、次のようなメールが返ってきた。

「それはわかりますが、もしかすると《検閲》かもしれませんね。ロシアは何といっても独裁国家ですから……」

知人の意見が正しかったかどうか、わたしにはわからない。しかし、人間というのは、けっこういい加減なところで着想し、けっこう奥行きのある結論に到達できるものなのだ。むろん、わたしはそのとき、恐ろしい自閉に取りつかれた主人公の青年の、果てることのない苦しみについて、わたし自身が独りつぶやいたことを思い起こしていたのだ。

序論

1　一八六五—六六年、『罪と罰』の時代

観念と狂気の都市、ペテルブルク

ドストエフスキー後期の傑作『罪と罰』は、アレクサンドル二世による農奴解放令発令から四年後の一八六五年夏に執筆が開始された。

古今東西を問わず、世界のどんな作家たちにも、いわゆる「創造的啓示」と呼ぶべき瞬間があるが、ドストエフスキーの場合、その言葉にもっともふさわしい瞬間こそ、この『罪と罰』を着想した時だったのではないか。事実、『罪と罰』は、作者個人にとってもはや奇跡的としかいいようのない想像力の高まりから生まれ落ちた小説だった。

もっとも、この小説が誕生するまでの道のりは、遠い、茨の道であった。四十五歳という年齢を待ってはじめて可能になった小説という言い方もできる。作家は、当時、私生活面において混沌の極みにあり、その鬱屈を逃れて、たとえかりそめにでも慰めを得るには、何よりも具

体的な快楽が不可欠だった。端的にいうなら、性とルーレットである。他方、農奴解放後の首都ペテルブルクの劇的な変容もまた、みずからの精神的荒廃と闘う作家の想像力に拍車をかけることになった。

そこで、まず、ペテルブルクの町そのものの誕生の歴史を振りかえり、次に作家個人の私生活に話題を広げていこう。

ペテルブルクは十八世紀の初め、ピョートル大帝がフィンランド湾の沼沢地に建設した人工都市である。「ロシアのもつ豊かな大地＝魂をはぐくむ場」にあえて背を向けた異端の都市であり、「ヨーロッパを望む窓」「ヨーロッパよりもヨーロッパ的」であることをめざし、建設にあたっては、西欧文化の粋が集められた。当初は、ピョートル大帝のオランダ名にあやかって、サンクトピーテルブルフの名で呼ばれていた。

膨大なコストと人的資源、さらには多大な犠牲を払ってネヴァの岸辺に忽然と姿を現したペテルブルクでは、十二世紀以来の歴史をもつ古都モスクワとくらべ、無機質な石の文化がもたらす一種の疎外感が、呪いのように人々を支配しつづけていた。また、定期的に洪水の危機にさらされてきた事情もあり、ペテルブルクがいずれこの地上から消滅するという信仰が人々の心に根強く流布していたことも知られている（「ペテルブルク、空なるべし」Петербургу быть пусту.）。文明が大地とのつながりを絶ち、観念として独り歩きしていく恐怖。わずか人口四万人でスタートしたこの町は、『罪と罰』が誕生する十九世紀半ばにはすでに、人口七十万人を数える大都市に成長していた。

ドストエフスキーはこのペテルブルクを、地球上で「もっとも現実離れした都市」「もっとも抽象的で架空の町」と呼んだ。『罪と罰』の主人公ラスコーリニコフの狂気をはぐくんだのは、ヨーロッパ熱につかれた為政者の執念と人工性のシンボルともいうべき大都会の非現実性だった。

黙示録の都市、ペテルブルク

ドストエフスキーが流刑地シベリアから戻った当時、ペテルブルクのみならずロシア全体に深刻な混乱が生まれつつあった。約二年間におよんだクリミア戦争で屈辱的な敗北を喫し、帝政ロシアはみずからの弱体ぶりと後進性をさらけだす結果になった。経済的矛盾の増大とともに、社会的不安も高まり、「革命」はいまや抜きさしならぬ現実味を帯びはじめていた。

そうした状況をにらみ、時の皇帝アレクサンドル二世は、貴族たちの反対を押しきり、農奴制の廃止に踏みきることになる（一八六一年）。しかし、解放された農奴は、相応の金銭を地主に支払ったうえで、人格的に解放されただけで土地は与えられず、多くの農奴が流浪の民となって都市に押しよせていく。その光景はまさに、ナロードニキの思想家ゲルツェンがかつて予言してみせた「飢えと放浪への解放」（「洗礼を受けた財産」）に他ならなかった。

農奴解放後まもない社会混乱のさなか、帝政ロシアが欧米並の近代国家を実現するためには、法体系を整備し、裁判制度の改革を行うことが不可欠だった。農奴解放令の制定に先立ち、法律関係の雑誌が雨後の竹の子のように出版されだしたのも、そうした気運をいち早く察知したジャーナリズムの機敏な反応を示すものだった。

何よりも憂うべきことは、犯罪の著しい増加である。統計をみると、ドストエフスキーが流刑地にあった一八五三年から五七年までの五年間に、犯罪率は二倍に膨れあがり、窃盗や詐欺も含めて一年間の逮捕者の数が約四万人に達している。成人の少なくとも十五人に一人が警察の厄介になるという驚くべき事態が生じていたことになる。さらに時代を一八六五年に限ると、この年だけで犯罪件数は一万強、窃盗、略奪および強盗が九千八百三十四件、殺人と殺人未遂が百二十八件、強姦が五十一件、放火が六十三件などである。他方、『罪と罰』第六部でも話題になる自殺病についていうと（「最近やたらと自殺が流行っているでしょう……」）、一八一九年から七五年までに、百万人に対する自殺者の数は、十七・六パーセントから二十九パーセントに増大している。

『罪と罰』でも、スヴィドリガイロフを筆頭に、ミコールカとアフロシーニヤの二人が自殺または自殺未遂をおかし、ソーニャとラスコーリニコフが一度は自殺の誘惑にかられている。

他方、飲酒や性の乱れも、一般の犯罪に劣らず深刻な社会問題と化していた。『罪と罰』を執筆中のドストエフスキーが住むストリャールヌイ（S）横町は、道の両側にならぶ八棟のアパートに計十八の居酒屋が軒を連ねていたとされる。また、小説に出てくるヴォズネセンスキー（V）通りは、当時、娼婦たちの居住区として知られていた。『罪と罰』第一部には、一人の酔っ払いが次のような歌を歌いだす場面がある。

「ポジヤチェスカヤ通りを歩きだしたら、

昔のにょーぼー、見《め》っけた」（第一部第一章）

娼婦を物色しようとポジヤチェスカヤ通りを歩きだしたら、昔別れた女房に出くわした、という内容である。ちなみに小説中P通りと出てくるのがそれで、その界隈もまた娼婦街として知られていた。ソーニャ・マルメラードワが春をひさいでいたのが、この通りである。

農奴解放後に加速する近代化の流れのなかで、センナヤ広場は、まさに都市文明の矛盾のシンボルと化し、人間性のかぎりない隷従と破壊がそこに現出した。広場からコンヌイ横町に通じる「三番地」がその最たるもので、悪名高い歓楽施設「マリンニク」がそこにあった。「マリンニク」は黒い屋根をした三階建ての建物で、広場に向けて八つの窓があり、一、二階には飲食店や居酒屋が入っていたが、三階の部分と、中庭に建てられた三つのあずまやは、十四の部屋に分けられ、「このうえなく陰惨で、ぞっとするような淫蕩」がくり広げられていた。それぞれの部屋は、さらにいくつかの小部屋に分かれ、薄い板で仕切られたスペースには貧相なベッドが置かれていた。それらの場所で、八十人から百人の男どもが娼婦を相手にセックスに励んでいたとされる。当時の資料によると、女たちの収入は一回につき、五十コペイカ（日本円に換算して五百円相当）を超えることがなく、祝日ともなると、一人の娼婦が相手にする男の数が五十人に上ることもあった。『罪と罰』に登場するソーニャは、孔雀の羽飾りをつけ、華やかな衣装に身を包んでいるが、これはほとんど例外に近く、「マリンニク」周辺の女たちの身なりは、恐ろしくみすぼらしいものであったらしい。

首都ペテルブルクに現出したこの異様な堕落は、周知のように、人口問題ともかかわりがある。民俗学者の坂内徳明によると、人工都市ペテルブルクは、建都当初から著しく男女比に差があり、十九世紀半ばまでほぼ七対三の割合で、男子が女子を圧倒していたという。マクロ的な観点からみるなら、圧倒的な男性優位の社会にあって、女性はまさに当然のことのように性的ターゲットとなり、否応なく娼婦に身を落とすような状況が生じていた。また、統計が示すように、貴族、軍人、町人からなる社会の構造が大きく変化するのは、農奴解放前夜にあたる一八五〇年代からであり、その後、都市に流れこんできた農民で町の人口は急速に膨らんでいった。この時期の『声（ゴーロス）』紙には飲酒の破壊的影響を憂うる声が寄せられている。

ちなみに、当時のサンクトペテルブルクの人口は、以下のように推移している。

一八五二年　四十八万五千人
一八五八年　五十二万百人
一八六四年　五十三万九千百人
一八六七年　六十六万七千人
一八七三年　八十四万二千九百人

『罪と罰』の舞台となる一八六五年当時に、人口がいかに飛躍的に増大しているかがこの数値からも端的に見てとれる。ちなみに、ペテルブルクの住居は、四階から五階建てのレンガ造りによるアパート建築を主とし、いわゆる一戸建ての住まいは皆無に等しかった。また、それらのアパートは、ドイツ系、ユダヤ系商人の所有になるものが少なくなく、『罪と罰』では、たとえば、マルメラードフ一家が住むアパートの家主リッペヴェフゼリ夫人のように、ロシア語がうまく操れないドイツ人が数多く登場する。

帰還

ペテルブルクに帰還後、ドストエフスキーは、兄ミハイルとともに『時代（ヴレーミヤ）』（一八六一年、月刊誌としてリニューアル創刊）を発刊するが、この雑誌には、毎号、裁判記録の記事が掲載された。そのなかでドストエフスキーは、犯罪者を取りまく環境がいかに劣悪で、犯罪そのものに負の影響をもたらそうとも個人の責任は免れえないという見方を示している。しかし同時に、犯罪者の死刑について言及し、社会がみずからの平安を確立する手段として死刑制度を導入することに、強い異議を申し立てている。

ところで、『罪と罰』の時代背景となった一八六五年は、ロシアが近代国家に向けて本格的な脱皮をとげる幕開きの時期にあたり、さまざまな新制度が導入された。なかでも特筆すべき改革が、裁判制度の見直しである。『罪と罰』第四部で、予審判事のポルフィーリーがラスコーリニコフに向かって、「いま、例の改革が進んでいるところですから、せめても名前ぐらいは変えてもらえるでしょうが」（第四部第五章）と伝える場面があるが、それが好例である。またポルフィーリーは、警察署のなかに自分の官舎をもっており、いま修繕中だと口にしている。これもまた、一連の組織改革から生まれた事態を暗示し、旧制度と改革とが混在している描写ととらえることができる。このあたりの描写は、多少とも警察の仕組みにくわしい読者なら驚かれるかもしれない。というのは、裁判官であるはずの予審判事が警察署内に事務室をかまえ、あまつさえ住まいまで提供されているからである。じつは帝政ロシアでは、それまで、裁判所は行政機関に属していて、司法の独立が認められていなかった。そのため、取り調べはしばしば法を逸脱した残酷をきわめるものとなり、犯罪者が所属する階級次第で、不当な差別が横行したという。

農奴解放から三年後の一八六四年に導入された新制度は、主としてフランスの裁判制度を手本にしたものといわれる。旧制度では裁判が長期化することがしばしばあり、何よりも効率化が求められた。新制度では手続きは簡略化され、裁判は公開が原則とされるようになった。また、重大とみられた事件については、陪審員制度が導入された。

司法改革は、何としてもこれを阻止しようという保守派の抵抗があり、難航したらしい。ロシア国内に法的な知識と経験をもった人材が十分に育っていない、というのが反対派の論拠だった。しかしドストエフスキー自身は、司法改革の早期導入に積極的で、『罪と罰』の創作ノートにも、「わが国で弁護士たちが形成されるまでの時を待つ必要などまったくない」「いずれにせよ、過去の裁判より悪くはならない」と書き記されている。こうして一八六五年十月に入ってようやくペテルブルクにのみ限って導入され、最終的に全国での施行が完了したのが、翌六六年の四月のことだった。思えば、『罪と罰』の連載開始からまもなくのことであり、アレクサンドル二世暗殺未遂という未曾有の事件が起こった時期と重なっている点が興味を引く。

他方、地方における司法改革の進捗は、『カラマーゾフの兄弟』第四部にみられる裁判シーン（「誤審」）がその実情を物語っていて、陪審員制度そのものの問題点を如実に伝えている。また、改革当時の新聞や雑誌は、民衆レベルでの法意識の変化をうながす目的もあり、事件や裁判の報道が大きな売りものになっていた。ドストエフスキー兄弟が刊行していた雑誌も例外ではなかった。

さて、『カラマーゾフの兄弟』で大々的に取りあげられる予審制度は、農奴解放直前の一八六〇年に設けられた。この制度導入は、拷問などを用いる警察や検察から司法を独立させることをねらいとし、被告の人権を守ることが重要な役目の一つとなっていた。そういう視点でポルフィーリーとラスコーリニコフのやりとりをながめていくと、「被疑者を追いつめる判事」という図式だけに収まらない、より複雑な関係性が見えてくる。両者は、ラスコーリニコフの攻撃的な発言から感じとれるほど、敵対的関係にあったわけではなかった。

新規に導入された予審制度のもとでは、かりに何らかの犯罪が発生した場合、警察の捜査、裁判所の審理、刑の執行という流れで処理されていった。警察の捜査は、一連の予備捜査と、被疑者逮捕後の本捜査の二つの段階に分かれていた。これは旧制度の刑法によるものだが、『罪と罰』のモデルとなったゲラシム・チストフ事件が起こった当時は、旧刑法から新刑法への切りかえの時期にあたっており、大方は旧刑法のやり方が踏襲されていたのではないかと想像される。

旧来のスタイルでは、警察がとりおこなう業務はあまりにも膨大だった。犯罪の捜査はもちろん、訴状を送ること（『罪と罰』にも文書係や伝書係が出てくる）、裁判事務のすべてから、判決そのものを執行することまで含まれており、それが捜査や裁判の重大な遅れとなって現れていた。ロシアの近代化を推進するうえで、何よりもこうした旧弊を改めておく必要があった。法的人材の育成をになう大学の法学部が大いに人気を博したのも、まさに時代の流れといってよい。二人の女性を殺害するラスコーリニコフの元法学部学生という設定に、作者ドストエフスキーの皮肉なまなざしを感じとる向きもあるだろう。ラスコーリニコフは、完全犯罪をなしとげるための法的知識に十分に通暁していたと見ることができる。

犯罪者へのまなざし

シベリアから帰還後、ドストエフスキーはまもなく、『ロシア世界』紙に、オムスク監獄での流刑生活と犯罪者たちの生態を描きあげた小説『死の家の記録』を連載し、たちまち大きな評判を呼ぶこととなった。やがてこの連載は、兄ミハイルが発行し、人気を博した『時代』誌に移った。この雑誌は、思想的に保守派の流れを汲む「土壌主義」（キリスト教精神を礎としつつ、西欧派とスラヴ派の中間にみずからを位置付けた）を標榜していたが、監獄体験者の回想が定期的に掲載されるなど、囚人の人権迫害にも強い関心を寄せ、左右の陣営を問わず注目を浴びていた。たとえば、「幽閉およびヴェネツィア監獄からのジャコモ・カサノヴァの脱獄」を掲載し、これを「人間の意志の勝利」と讃えているのがその現れの一つである。また、『時代』につづいて兄ミハイルが創刊した『世紀（エポーハ）』でも、ドストエフスキーは司法改革の導入を支持する一方、過去の裁判の欠点をあげている。これらの記事は、犯罪そのものに対する彼の根強い関心と同時に、客観的事実や科学性といったものに対する強い不信感を浮きぼりにしている。

一八六一年一月、画期的な小説『虐げられた人々』の第一回が、『時代』創刊号に掲載され、大反響を呼んだ（七月完結）。ドストエフスキーが、大衆作家としての人気を博するきっかけとなったこの小説は、ユートピア的な理想主義と、それに対する根本的な疑いを、ぎりぎりの天秤にかけてできあがった小説である（原題は『卑しめられ、辱められた人々』）。しかしその中身は、タイトルが示すとおり、処女作『貧しき人々』（一八四五）に通じる敗北主義が色濃く影を落としていた。農奴解放後のペテルブルクの混乱を目のあたりにし、もはや理想主義は通用しない、との絶望が作者の胸のうちに芽ばえはじめていた証とみることができる。いや、悪の権化たる強者への、一種倒錯した憧れと幻想は、この作品において頂点に達したかのような観さえあった。

その後ドストエフスキーは、『虐げられた人々』のワルコフスキー公爵をさらに磨きあげ、思想的な深みさえ加味しながら、『罪と罰』のスヴィドリガイロフ、『悪霊』（一八七二）のスタヴローギン、『未成年』（一八七五）のヴェルシーロフ、そして『カラマーゾフの兄弟』（一八八〇）のイワン・カラマーゾフら、いわゆる悪の系譜に連なる人物像の構築に励んでいく。作家は、これらの強者像の彫琢に心を砕きながらも、同時にその悲惨な末路をも想像力豊かに描きあげていった。そして何よりも驚かされる点は、これらの負の系譜に連なる人物たちに寄せる作者自身の並々ならぬ共感、そして感情移入ぶりである。

悪、犯罪、刑罰の問題と表裏一体をなすかたちでドストエフスキーの問題意識を刺激したのが、サド＝マゾヒズムの問題だった。この問題は、『虐げられた人々』の次の作品『地下室の手記』（一八六四）以後、たんに人間の嗜虐的な本能といったレベルの問題を超えて、人間の情念がおのずとはらむ宿命的な悲劇性という問題へと認識の裾野を広げていった。スヴィドリガイロフやイワン・カラマーゾフなどの人物が、いちだんと悲劇的な色あいを濃くするのも、作家のサド＝マゾヒズムへの理解がいっそうの深まりをましていく証拠と受けとめることができるだろう。

「理想」の終わり

ペテルブルクの文壇に復帰するやたちまちにして人気を回復したドストエフスキーだが、私生活面で必ずしも幸せな日々を送ることができたわけではない。とくに病身の妻マリヤとの関係は悪化の一途をたどっていった。

マリヤ（正式には、マリヤ・ドミートリエヴナ・イサーエワ）とは、シベリアの地で出会った。その当時はまだセミパラーチンスクの税関役人の妻だったが、まもなく夫が死ぬと、ドストエフスキーは猛然と求愛を開始した。そして彼女の新しい恋人ヴェルグノーフとの約一年半におよぶ三角関係を経て、ようやく彼女の愛を勝ちとるが、ペテルブルクに戻るころにはその情熱も完全に色あせ、ただ彼女への憐れみだけが形見のように残された。すでに結核を病んでいたマリヤは、いうなれば、ドストエフスキーの高ぶった博愛の精神と、失速した情愛の犠牲者でもあった。だが、彼女が作家ドストエフスキーにもたらした影響は絶大だった。『罪と罰』では、二人の登場人物にこのマリヤの面影が残されている。すなわち、一人は、スヴィドリガイロフの妻マルファ、そしてもう一人は、マルメラードフの後妻カテリーナ・イワーノヴナである。とくに物語の後半第五部で、結核の末期症状で正気を失いはじめるカテリーナの姿には、晩年のマリヤの面影が二重写しにされている。

思うに、マリヤとの愛が辿った道は、ある意味で必然だった。「奪われる」という予感のなかでしか愛を見いだせない、このマゾヒストの作家は、嫉妬心をむきだしにして彼を苦しめるマリヤとの生活に疲れきっていた。一八六二年の春、重体に陥ったマリヤは、医師の勧めで「黄金の環」の一つとして知られる風光明媚なウラジーミルに送られた。ヨーロッパ旅行を前に、ドストエフスキーは彼女に付き添い、献身的に看護にあたった。

一八六二年六月、ドストエフスキーははじめて憧れの地ヨーロッパを訪れている。流刑地から戻ってまもない元国事犯に、旅券が発行されるということ自体、いささか異例であるし、スパイ網の完全監視下にあったとはいえ、西欧の文化に憧れる作家にとっては、まさに僥倖、願ってもないチャンスだった。だが、ドストエフスキーをそのパリで待ち受けていたのは、幻滅だった。「聖なる奇跡の国」は、じつは墓場でしかなかった。

「パリは、退屈きわまりない都会です。たしかに、目をみはるようなものは数多くありますが、それがなかったら、まったくのところ、退屈のあまり死んでしまうかもしれません。フランス人ときたら、へどが出そうな国民です。〔……〕フランス人は、ものしずかで慇懃ですが、イカサマ野郎であり、彼らにとっては、すべてが金なのです。獲得すべき理想など、これっぽっちもない」（一八六二年六月二十六日、ストラーホフ宛て）

この最初のヨーロッパ旅行中、彼はエッセー「夏の印象をめぐる冬の随想」を書き、すべての価値の根底に富を据えるヨーロッパ文明の現実に根本的な不信を表明することになる。

屈折の愛

帰国後も、苦境はつづいた。そんなある日、アポリナーリヤ・スースロワという作家志望の女性が『時代』編集部に現れ、彼の心をたちまち虜にする。

アポリナーリヤは、ペテルブルク大学の公開講演会に足を運んでは、作家たちの話に耳を傾ける先進的な女性だった。反面、農奴出身という出自の負い目もあったのか、胸の奥にするどい屈折とはげしい反抗心を隠しもっていたように思われる。

ペテルブルクの作家のなかでもとくに彼女を惹きつけたのが、受難者としてひときわ崇高な影を背負うドストエフスキーだった。この作家のためならすべてを投げだしても惜しくはないとまで彼女は空想した。「ごく若かったころ、わたしは美というものに、注意を向けたことがなかった。〔……〕わたしの初恋の男は、四十歳だった」（『スースロワの日記　ドストエフスキーの恋人』）

しかし、二人の関係は、始まりとともに不吉な様相を見せはじめた。二十歳ほども年齢差のある女性を扱うすべを知らぬ彼が、作家としての名声をかなぐり捨て、ひたすら忘我的な快楽に走ったのである。アポリナーリヤは、当時の日記にこう書いている。「あなたは真面目で、多忙きわまる人間としてふるまってきた。そして、快楽に身をゆだねることを忘れなかった。それどころか、おそらくそうすることが不可欠と信じていたのでしょう」（同）

ドストエフスキーのこのエゴイズムが、妻マリヤとの間に経験された自己犠牲的な愛の裏返しであったことは容易に想像できる。アポリナーリヤは、そうした作家の暴君的なふるまいに受難者の幻想もすみやかに潰《つい》え、やがて作家からの自立心が芽生えはじめる。

つづく一八六三年は、ドストエフスキーが、精神的にも経済的にも窮地に陥った年である。

五月、『時代』のある記事が検閲に触れ、「国民の感情を侮辱する」非国民の雑誌であるとの烙印のもとに、発行停止の処分を受けた。これを不服としたドストエフスキーは、出版界でも空前の成功を収めたこの雑誌を復刊させるために奔走し、万策を尽くしたが、とうとう不首尾に終わった。

八月、ドストエフスキーは病床の妻を残し、二度目のヨーロッパ旅行に出た。外国旅行は表向き、癲癇《てんかん》の診断と治療を兼ねるものであったが、しかし実際にはそれとまったく異なる目的があった。ドストエフスキーは、ひと足早く旅立ったアポリナーリヤとパリで落ちあい、ともにイタリアを旅行することを企てていたのだ。

ところがパリに向かう途中、作家はドイツ中西部の鉱泉地ヴィスバーデンでルーレットの誘惑に負け、しかもビギナーズラックのたとえどおり、五千フランの儲けを得た。作家は、恋と賭けの両方に勝利した。彼は鼻息も荒く次のように書いている。

「つねに自制力をもち、勝負がいかなる局面を呈しても、興奮しないことです。それがすべてで、そうすれば、負けるなんてことはまずありえず、確実に勝つことができます」（一八六三年八月二十日、コンスタント宛て）

だが、そうした彼の驕りたかぶった気持ちをあざ笑うかのように、パリに着いた彼を恐ろしい事実が待ち受けていた。華やかな都会での寂しさに耐えかねたアポリナーリヤは、彼がパリに到着する直前、サルバドールという医学生に身を任せたうえ捨てられて、失意の底にあったのである。

事実を知らされたドストエフスキーも奈落に突きおとされたが、そこは持ちまえの忍耐力でもちこたえた。悲しみに暮れる彼女をなだめすかし、兄妹の関係を守るという約束を交わして、二人はパリからイタリアに向かった。

思うに、ここにも、シベリア時代の「三角愛」の経験が生きていた。屈辱と嫉妬の頂点で、自己犠牲へと反転する強靭なマゾヒズムの存在。アポリナーリヤの自分本位の態度を前に、彼の心は安らぎを忘れていたが、じつは彼女のその強烈なエゴイズムをこそ、彼は愛していたのかもしれない。なぜなら、アポリナーリヤのエゴイズムとは、まさにドストエフスキーのマゾヒズムと正当に見あう天与の資質であり、二人の間には、いってみれば死刑執行者と死刑囚にもなぞらえることのできる密やかな共犯関係が形づくられていったからだ。

ともあれ、するどい屈折をうちに隠しもつアポリナーリヤのイメージは、ドストエフスキー晩年の小説に現れる女性像に、強烈な生命力を吹きこむことになった。『罪と罰』のアヴドーチヤ・ラスコーリニコワ、『白痴』のナスターシヤ・バラーシコワ、『未成年』のカテリーナ・アフマーコワ、『カラマーゾフの兄弟』のアグラフェーナ（グルーシェニカ）などが代表的な例である。

厄年はつづく

借金に借金を重ねながら、奇妙な二人三脚の旅をつづけるドストエフスキーの心に、再びルーレットへの情熱が息を吹き返してくる。イタリアからドイツに向かった彼は、ベルリンに到着するや、早々にバート・ホンブルクのカジノへと出向いていった。総計五百五十キロを超える鉄路である。ヴィスバーデンで儲けた金の一部は、すでにモスクワの妻宛てに送っていたが、ここでその一部を送り返してほしいとの手紙を書いている。

周囲をいっさい顧みない、八方破れとしか思えないこの「自暴自棄」はどこから来るのか。結局のところ、彼は何ものによっても満たされえない、虚無の病に侵されていたようにしか見えない。その虚無を満たすには、アポリナーリヤに対する情熱をすべて捨てさらなくてはならなかった。追いつめられることなくして、燃えあがることのない感情——。傲慢から劣等感へ、あるいは劣等感から傲慢へ、一瞬のうちにぶれる、焼けつくような心のメカニズムを、アポリナーリヤもまた相手の内面に入り込み、冷静に読みとっていた。『罪と罰』のなかでもっとも鮮烈な印象を呼び起こす場面の一つ、スヴィドリガイロフとドゥーニャ（アヴドーチヤ）の最後の「対決」の場面にその片鱗を見ることができる。

こうして、アポリナーリヤとの関係もついに破局を迎えるが、思えば、ルーレットへの情熱とアポリナーリヤへの愛は、不可分の関係にあった。端的にいうなら、「運命への二重の挑戦」（モチューリスキー）であり、破滅への意志である。妻マリヤに対する愛が、憐れみの情によって増幅されたシラー風の理想主義にあったとするなら、アポリナーリヤへの愛は、罪と苦痛、破滅への意志によって増幅し、深化する愛であった。

厄年は一年で終わらなかった。翌一八六四年もまた不運がつづく。前年の十一月、ウラジーミルで療養中のマリヤが、なかば危篤状態でふたたびモスクワに連れもどされ、夫の看護のかいもなく、とうとう六四年の四月に帰らざる人となった。

さらにその三カ月後、ドストエフスキーの「最大の援助者であり戦友だった」兄のミハイルが胆嚢出血でこの世を去った。しかも、この年の春に発刊された雑誌『世紀』は、激変する情勢の変化に対応できず、一年で廃刊となってしまった。借財は、じつに二万五千ルーブルに膨れあがっていた。

シベリア時代の友、ヴランゲリ男爵に宛てた無心の手紙で、彼は書いている。

「ああ友よ、私は借金を払ってしまって、ふたたび自分を自由なものと感じるためになら、何年であろうと喜んで、もういちど懲役に行きます」（一八六五年三月三十一日、ヴランゲリ宛て）

多少の誇張も含まれていたことだろう。しかし同時に、それは偽らざる本音でもあった。

こうした相次ぐ失意の底で生まれたのが、マニフェスト小説『地下室の手記』（一八六四）である。ドストエフスキーの文学にコペルニクス的な転回をもたらしたこの小説は、二度にわたる外遊とアポリナーリヤとの愛をとおして、「苦痛が快楽である」というテーゼを文学的な肉づけにおいて体現してみせた二部からなる作品である。合理主義、理性の上に打ち立てられた社会主義は、人間の本性と相容れない。「二二が四は死のはじまり」――。主人公によるサド＝マゾヒズムの発見は、それまでの作家の思想的な基盤を根本からくつがえすほど、強烈な破壊力を帯びるにいたった。

『罪と罰』の誕生

しかし、作家に一大転機をもたらしたこの『地下室の手記』も、取り立てて大きな反響を呼ぶことはなく、実生活面でのドストエフスキーは傍目にも気の毒に思えるほど絶望的な日々を送らなくてはならなかった。その精神的空白を埋めるため、彼は複数の女性にアプローチを試みているが、いずれも不首尾に終わっている。

こうした状況のなかで、一八六五年七月の中旬、三度目の外国旅行に出発する。この時期のドストエフスキーの窮乏ぶり、そして彼が外国に旅立たざるをえなかった事情について、少し具体的な数値を手がかりとして辿り直してみよう。ナセートキンという研究者が書いた評伝『ドストエフスキーの自殺』によると、『罪と罰』発表の前年にあたる一八六五年四月二日に彼は、金貸し老女アリョーナのモデルとされる（ただし男性である）ゴットフリードという高利貸しに金製の飾りピンを十ルーブルで質入れし（月五分の利息）、同四月二十日には、同じ高利貸しに同じ品を同じ価格で、五月十五日には、さらにエリクサンという高利貸しに銀製スプーンを十五ルーブルで質入れしている。その五日後の五月二十日には再び勇を鼓してゴットフリードのもとに足を運び（友人の口ききもあった）、このときは綿入りコートを十ルーブルで質入れした。

これらのデータからわかるように、彼が質入れによって手にできた額は、一回につきせいぜい十から十五ルーブルだが、現実に彼が約束手形を盾に支払いを求められていた額は、百から千ルーブルの単位だった。こうして完全に袋小路に追いやられたドストエフスキーは、この年の七月一日、悪徳出版業者で知られるステロフスキーとの間に、なかば自殺的ともいえるような契約を結ぶことになる。すなわち前借り金三千ルーブルの代償として、過去の全作品の著作権を譲りわたし、しかも一定の期日までに新しい長篇小説を書きあげるという内容である。

ステロフスキーから前借りした三千ルーブルで、借金を完済した彼は、手もとに残されたルーブルをたずさえ、三度目のヨーロッパに旅立った。彼が最初に訪れた町が、二年前に経験したビギナーズラックの記憶が今も生々しく甦るヴィスバーデンだった。彼はこの町のカジノでルーレットに没頭し、なけなしの金を使い果たしたあげく、ホテルの支配人からは食事はおろか蠟燭まで拒絶されるという大ピンチに陥った。

一八六五年九月、『罪と罰』の最初の稿はまさにこのヴィスバーデンで書き起こされた。世界文学史上に燦然たる光を放つこの小説の誕生を祝ったのは、ほかでもない、農奴解放後のロシア社会全体に渦まく混乱であり、私生活面のさまざまな危機、そして何よりも、差し迫った破滅の予感である。ヴィスバーデンのホテルで半ば幽閉の身となったドストエフスキーは、八月上旬から翌九月の中旬にまたがる約一ヵ月間、熱に浮かされたように小説を書きつづけた。それは、金貸し老女を殺害した一人の青年による、純粋に一人称形式で書かれた日記体の小説だった。

小説誕生の機会は、おのずから生まれたというより、彼自身の内部におけるドラマティックともいえる想像力の転換とともに起こったとみることができる。何よりも彼の手もとには、自由に活用できる書きかけの素材があった。『地下室の手記』以前のドストエフスキーは、現実に起こった事件を下敷きにし、小説を構築するというスタイルをとることがなかった。その理由は必ずしも明確ではない。現実の事件と小説の事件との間には越えてはならない一線がある、とのタブー意識が当時の彼の心のうちで働いていたということだろうか。

ただし、例外が一つある。それが『死の家の記録』である。まさに彼自身のシベリア流刑のドキュメンタリーだが、ここに記された内容は、基本的には、個人的かつ歴史的事実にもとづいている。この小説を執筆するなかで彼は、もしかすると、事実いや犯罪のもつリアリティがすでに作家が脳裏で描きあげる事件のリアリティを超えはじめている、という実感をもちはじめていたのかもしれない。

結局、『罪と罰』において、はじめて事実ないし犯罪を起点とし、なおかつ一人称の視点を最終的に拭い落としたということは、彼自身のうちに何かしら決定的ともいうべき精神的なドラマがあったことを暗示する。『地下室の手記』がドストエフスキーの世界観において決定的な意味をもったとするなら、『罪と罰』は、現実の事件を導入するという手法においてやはり決定的な転換点をもたらした。それをうながしたのが、ほかでもない、犯罪都市ペテルブルクのおぞましき「事実」だった。

作品名の起源

さて、ここで『罪と罰（Преступление и наказание）』（プレストゥプレーニエ・イ・ナカザーニエ）というタイトルの由来についてひとこと説明を施しておく。参照したのは、上田寛とチホミーロフの著作である。英語では、Crime and Punishment、フランス語では、Crime et châtimentが定訳である。では、そもそもロシア語のタイトルの起源はどこになるのか。

すでに通説となっているが、『罪と罰』という表題によってしばしば言及されるのは、十八世紀の啓蒙主義者チェーザレ・ベッカリア『犯罪と刑罰』（一七六四）との関連である。この著書は、フランス革命以降の「近代刑法の諸原則を提示した名著」としてロシアでも広く知られ、一八〇三年にロシア語訳が出た（その三年後にはまた別の翻訳が出るほどの人気を博した）。ドストエフスキーみずからが主宰する雑誌『時代』にも、「犯罪と刑罰」（一八六三年三月・四月号）が掲載された。ただし、ロシア語の訳は、犯罪にしろ、刑罰にしろ、複数形が用いられている。『時代』誌での掲載に見るように、ドストエフスキーは、ベッカリアの著作そのものばかりか、その内容にも深い理解をもっていたと想像される。ベッカリアの立場は、犯罪者に対する刑罰は、どれだけ「社会福祉」に対して害をもたらしたかを尺度とすべきだとする、実益主義的な立場に立つもので、死刑制度はもとより囚人に対する過酷な扱いに対して強く抗議するものだった。これに対し、西欧派の合理主義とも、スラヴ派のキリスト教一辺倒の世界観とも一線を画そうとするドストエフスキーが、社会契約論および合理主義の立場から旧套の刑法思想を展開したベッカリアに全面的に共感していたかというと必ずしもそうは言えない（上田寛「ラスコーリニコフの周辺」参照）。

他方、チホミーロフの説明によると、一八六〇年代前半、すなわち司法改革導入が声高に叫ばれるなか、「犯罪と刑罰」は一種の公的な常套句と化し、ロシア帝国の大法典等でもさかんに使用されたという。問題は、「犯罪と刑罰」と「罪と罰」では、ニュアンスの点で大きな違いがあることである。ちなみに「犯罪」という日本語は、精神的な意味での罪を含意しにくい。興味深いのは、一九九〇年代にドイツで出たスヴェトラーナ・ガイヤーによる『罪と罰』のタイトル名である。ガイヤーは、従来、「罪と償い（Schuld und Sühne）」として訳されてきたものを、より原義に近い「犯罪と刑罰（Verbrechen und Strafe）」に訳しかえた。その点、日本語訳の『罪と罰』は、一八九二年（明治二十五）に英語からの重訳でその前半部の翻訳が出て以来、わたしの知るかぎり、変更された例はない。私見を述べるなら、日本語の訳は、原義に近い「犯罪と刑罰」の硬質なニュアンスを敢えて「罪と罰」というより柔らかな含みを持たせたものに変えることで、より小説の内容に即したものになったと考えられる。

酷暑の七月、暗殺の四月

一八六五年七月のペテルブルクは、記録的な暑さを経験しつつあった。六月の寒さが一転してすさまじい猛暑となり、水道のない地区のあちこちは、廃墟のように土ぼこりにおおわれる始末だった。「日向で四十度、蒸し暑さに加え、運河やゴミ箱から立ちのぼる悪臭、そして耳をつんざく往来の馬車の轟音」（『声』）。この月、最高気温に達したのが、七月九日のことである。ちなみに『罪と罰』の主人公が金貸し老女とその腹ちがいの妹を殺害するのは、この七月九日と特定できる。ドストエフスキーはまさに狂乱の夏のクライマックスを、この日と二重写しにしてみせたわけだ。

『罪と罰』は、はじめ『酔いどれ』という構想のもとに進められた時期があるが、当時の『声』紙には、飲酒の破壊的影響を憂う声が寄せられている（「飲酒は最近、この社会的不幸を否応なく熟慮させるほど、恐るべき規模となっている」）。現実に飲酒に狂うペテルブルクの住人を見たとき、作家の心は大いに震えたにちがいない。それはどこかしら、旧約聖書に出てくるロトの妻の心境にも似ていたのではないだろうか。

一八六五年十月、ヴィスバーデンを出てコペンハーゲン経由でロシアに帰国してからも、『罪と罰』の執筆はつづけられた。しかし、それからまもなく彼は、次のように書くことになる。「新しい形式、新しいプランに熱中してしまったので、すべてやり直しになりました」。

この時点で、小説は、「告白体」から三人称形式に変わっており、作家がようやく最終稿に辿りつくことができたのは、連載開始直前の十二月二十二日のことだった。

『罪と罰』の連載は、翌一八六六年の『ロシア報知』一月号からはじまった。発表と同時に、たいへんな反響が巻き起こった。作家のツルゲーネフも、第一部について「すばらしい」と感嘆の言葉を寄せている。

上々の滑りだしに大いに気をよくしたドストエフスキーだったが、主人公ラスコーリニコフの思想的背景を述べる第三部をほぼ書きあげた段階で、ロシア社会を恐怖のどん底に陥れるような事件が起こり、物語のその後の行方に陰に陽に影響を与えはじめた。

一八六六年四月四日、元カザン大学生のドミートリー・カラコーゾフが、アレクサンドル二世の朝の散歩時をねらって夏の公園に紛れこみ、皇帝が四輪馬車の踏み台に登ったところで銃を放った。弾丸は逸れ、皇帝は難を逃れた。アレクサンドル二世が遭遇した最初の暗殺未遂だった。カラコーゾフは、落ちぶれた貴族の出で、ナロードニキ系の一派に属していた。彼らは、「地獄」と称する秘密組織をもち、メンバーは毒薬と檄文《げきぶん》をたずさえ、皇帝暗殺の任務を与えられていたとされる。同時代の一人ヴェインベルグに、当時のドストエフスキーの反応を伝える次のような証言がある。

「……部屋へあわただしく駆けこんできたのは、フョードル・ドストエフスキーだった。彼は色青ざめ、その顔色といったらなく、熱病にでもかかったようにぶるぶる震えていた。「皇帝が狙撃されたんだ！」と、彼はろくに挨拶もせず、ひどい興奮に声を途切らせながら叫んでいた……」（グロスマン『ドストエフスキー』）

皇帝暗殺未遂事件が、ロシア社会に与えた影響は破壊的だった。首都ペテルブルクはもとより、モスクワ、いやロシア全体がいわば戦時状態に入った。逮捕、捜索、拷問が相次ぎ、先進派の雑誌『現代人』、『ロシアの言葉』が廃刊に追い込まれた。事件は、カラコーゾフをメンバーの一人とするイシューチン派と呼ばれるサークルによって起こされ、約二千人が逮捕され、うち三十二人が最高裁で裁かれたとされる。後にドストエフスキーはこの事件について、『悪霊』の序文で触れるつもりだったことを明らかにする（四月四日の「不幸な、目のくらんだ自殺者さえ、当時は、自分の真理を信じていた」）。

この事件が、『罪と罰』の構想に影響を与えなかったはずはない。『ロシア報知』は、保守派の雑誌であったから、廃刊の憂き目にあう心配はなかったが、編集部は楽観を捨て、事前検閲の強化を図ったとみられる。事実、編集人のカトコフは、ラスコーリニコフの犯行動機が、この暗殺未遂事件との望ましからぬ連想を呼び起こすことを怖れて、第三部の連載をひと月ずらすという手段に打って出た。また、『罪と罰』第四部第四章で取りあげた「ラザロの復活」の扱いをめぐって作家と編集部の間で起こった軋轢《あつれき》にも、この事件が影響していたと見るのが正しい。さらに、この小説全体の思想的な方向付けにも、何らかの影響をおよぼさなかったはずはないとわたしは考える。『罪と罰』の中心人物の一人ラズミーヒンは、一時、ラスコーリニコフが、何がしかの過激な政治グループに加わっているのではないか、との疑いを抱くことになる。いずれにせよ、ラスコーリニコフの老女殺しとカラコーゾフによる皇帝暗殺未遂との間には、見えざる等号が置かれることになった。

ところで、『罪と罰』の本格的な執筆がはじまってから、一つの不安が作家の念頭を去らなかった。それは、すでに触れたように、三度目の外遊に旅立つ前に彼が、悪辣な出版業者ステロフスキーと交わした契約である。いよいよその期限も迫り、窮地に陥ったドストエフスキーは、友人の勧めにしたがって、最新の速記術を採用することを決心した。

速記の仕事を請け負ったのは、アンナ・グリゴーリエヴナ・スニートキナという、当時まだ二十歳を超えたばかりの若い女性である。スニートキナがドストエフスキー家に現れたのは、皇帝暗殺未遂犯カラコーゾフが、スモレンスク原で絞首刑となってから一カ月のち、すなわち十月初めのことだった。

その夜の八時から、『賭博者』の口述ははじまった。それから二十四日間にわたって毎日規則正しく、四時間ずつ口述はつづけられた。原稿は、ドストエフスキーの誕生日の翌日、約束の期限にあたる十月三十一日に完成し、十一月一日、ステロフスキーのもとに届けられた。若き速記者の能力にいたく感激したドストエフスキーは、連載中の『罪と罰』の最後の一部も、週に三、四回の割合で口述を頼んだほどだった（十一—十二月）。

この口述筆記の作業の過程で、親子ほども年の差のある作家と速記者との間に愛がめばえ、『賭博者』脱稿からおよそ一週間後の十一月八日、ドストエフスキーはアンナに結婚を申しこむ。

「私の大切なアーニャ、こういうことになったのだよ。私たちの運命は決まった。金はできた。だから、できるだけ早く結婚式をあげよう」

ドストエフスキーは幸福の頂点にあった。口述筆記が部分的に採用された『罪と罰』のフィナーレの場面が、どことなく感傷的な趣を宿しているとしたら、それは、絶望の底から這いあがった作家が、ついに念願の幸福を勝ちとることができたという、喜びと感慨がそこに照り映えているからかもしれない。

2　小説の誕生

小説のモデル

『罪と罰』の執筆のきっかけとなった連続老女殺人事件は、一八六五年一月にモスクワで起こった。犯人はモスクワの商人の息子ゲラシム・チストフ二十七歳。二人の老女（料理女と洗濯女）に対する、金品略奪をもくろむ計画殺人の嫌疑で起訴され、同年八月に裁判が行われた。ドストエフスキーは、翌月、『声』紙に掲載されたその速記録を、ドイツの保養地ヴィスバーデンで読んだ。何よりも注意しておきたいのは、このゲラシム・チストフに対する裁判が、ロシア初の公開裁判だったことである（ただし陪審制は採用されなかった）。この裁判は、文字通り、ロシア法制史に残る歴史的な事件の一つだった。

速記録によると、犯行は夜の七時から九時にかけて行われ、被害者はそれぞれ別の部屋で血だらけの死体となって発見された。室内には、鉄製の閂のついた長持ちから投げ散らかされた物品が散乱し、現金、金銀などが盗まれた。二人の女性に抵抗の跡は見られなかった。

ドストエフスキーがこの事件に衝撃を受けたとすれば、そこに何かしら根本的な理由があったはずである。予断を恐れずにいえば、犯人のチストフが分離派信徒であった点に大きな理由が隠されていた可能性もある。なお、小説では、事件が実際に起こった季節と場所に大きな変更が加えられた。何よりも大きな変更点は、実際に事件の起こった一月のモスクワから七月のペテルブルクへと舞台が移された点である。

事件から八カ月後の九月、ドストエフスキーは同じヴィスバーデンで、同九月にペテルブルクで起きた高利貸し殺人事件を新聞で知った。犯人は十九歳のグルジア人青年公爵ミケラッゼで、略奪を目的として犯行におよんだ。犯人は、高利貸し商ベックとその賄い女性を殺した後、自分の名前が書かれた伝票を破り、毛皮の外套と時計などの貴金属品をいくつか手にして逃亡したが、その際、伝票を部屋に落とし、足がついた。家宅捜索の結果、ミケラッゼの部屋の暖炉の上から血のりのついた包装紙のほかいくつかの盗品が発見された。公爵ははじめ犯行を否認していたが、数時間後、聖像の前に跪き、泣きながら罪を自白したとされる。

供述によると、九月七日、公爵は前年十二月に質入れした拳銃を受けだすためにベック氏の家に立ちよったが、同氏より倍額にあたる十二ルーブルを要求され、それに抗議したところ、同氏より「警察に突きだす」と脅された。公爵はそれに対し、病気が理由で受けだしが遅れたと詫び、前払い金として薬莢と二ルーブルを手渡し、残りの四ルーブルは後日持参するとベックク氏に約束した。そこへ、賄い女性のレオンチエワが現れ、薬莢の受けとりを拒むように口出ししたため、かっとなって犯行におよんだ。『罪と罰』のなかでドストエフスキーは、主人公のラスコーリニコフがレストラン「水晶宮」でお茶と新聞を所望する場面で、この事件に言及している。

第一の構想

今日、読むことのできる『罪と罰』の創作ノート第一ページの冒頭には、殺人を犯した「ぼく」が、殺害の現場からアパートに戻ってくる場面の回想シーンが残されている。このノートでは、ラスコーリニコフが「水晶宮」に出かけるまでの数日間が記述され、最後は、そこで新聞を広げる場面で切れている。この段階で、「水晶宮」はたんに「ホテル」と書かれているにすぎない。

面白いことに、同じノートには、『酔いどれ』の断片らしい酔っ払い同士のやりとりも書き残されている。

「おれたち、酒をやるのは、仕事がねえからさ」

「嘘つけ、道徳ってものがねえからだい」

「そうさ、道徳もねえから、もう、仕事が長げえこと(百五十年)なかったんだい」

何よりも惜しまれるのは、この直前の、すなわち老女殺しの場面が、何のいたずらか欠落していることである。なぜだったのか。破り捨てられたのか、火にくべられたのか、理由はわからない。

いずれにせよ、一人称による語りはきわめて快調なテンポで推移し、主人公が置かれている状況を恐ろしいほどリアルに描きだしている。ちなみに、主人公の名前は、ワーシャ(ラズミーヒンが何度か、彼をそう呼んでいる。正式名はワシーリー)となっており、この段階でまだ、最終的な名前ロージャ(ロジオーン)は使われていない。

総じて気づかされるのは、物語の展開そのものがすばらしい疾走感に満ちていることである。最終稿を作りあげる段階で作者は、主人公の「ぼく」を「彼」ないしは「ラスコーリニコフ」に機械的に置き換えたにすぎないと思われるほどである。そして「ホテル」(最終版では「水晶宮」)で新聞を読みはじめる場面で「ぼく」の「日記」はいったん途切れる。他方、創作ノートには、「準備資料」として、「役人」と題される一連の文章が収められ、そのなかにマルメラードフを想起させる人物が登場してくる。この文章は『酔いどれ』の一部を構成していたもので、いわゆるヴィスバーデン版と直接のつながりはない。文字通り両者は「対位法」的に同時並行しつつ書かれていたのだった。

九月十日、一人称告白体形式による物語が順調に運びだした段階で、彼は『ロシア報知』の発行者カトコフに宛てて手紙を書き、小説の売りこみにかかった。少し長くなるが、大事な部分なので引用しよう。

「これは、ある犯罪の心理報告書です。事件は、現代的なもので、今年のことです。町人出の極端に貧しい生活をしているある青年が大学を除籍となり、軽率で、観念がぐらぐらしているために、周辺にただよう、一種の奇怪な「未完成の」思想のとりこになり、自分が置かれている忌わしい境遇に一気にけりをつけようと決心します。青年は、利息をとって金貸しをしているある老女、九等官の未亡人であるその老女を殺す決心をするのです。老女は愚鈍で、耳が遠く、病身のくせして欲張りで、ユダヤ人並の利息をとり、底意地が悪く、他人の生活の邪魔をし、自分の妹を女中にしてこきつかっています。「あんなやつは、何の役にも立たない」「何のためにあんなやつが生きている？」……そんな疑問に青年は惑わされます。青年は、この老女を殺害し、金品を奪うことを決心します。その目的は、田舎に住む母親を幸せにし、ある地主の屋敷に、そこの夫人や娘の話相手として住みこんでいる妹を、地主一家の家長である好色な魔の手――妹が破滅させられそうな相手――から救いだすことにあり、自分は大学を卒業したあとは外国に行き、それから一生、「人類の人道的な義務」のために正直に、確固として毅然として生きることでした［……］。

事件から決定的な破局に向かうまで、ほぼ一カ月を無事過ごしますが、彼に対していかなる嫌疑もかからず、またかかるはずもありません。ここで犯罪の心理プロセスの一部始終が大規模に展開していくのです。解決できない問題が殺人者の前にたち塞がり、想像もしなかった、意外な感情が彼の心を苦しめることになるのです。神の真理と地上の掟が勝利を得て、彼はついに自首せざるをえなくなります。たとえ、流刑地で朽ち果てるとも、もう一度人間の世界に復帰するためにそうせざるをえないのです。犯行後ただちに感じるようになった、孤独感、人間の世界との断絶感が彼を責めさいなんでいくのです〔……〕。

小説では、このほか、次のような思想の暗示があります。犯罪に対して科される法的刑罰について犯罪者が抱く恐怖は、法律の制定者たちが考えるよりはるかに弱い、そのいくぶんかの理由は、彼自身も精神的に罰を求めるからだ、という思想です。

〔……〕私は、この思想がよりいっそうはっきりと、肌身に感じられてわかるようにするため、精神的に発達をとげた、新しい世代の人間たちにおいて表現したかったのです。最近あったいくつかの偶然の事件は、私の題材がいささかも突飛なものでないことを確信させてくれました。ほかでもありません、殺人犯は、知能の発達した、むしろ性癖のよい若い男なのです」

ヴィスバーデン版では、文字通り、彼が、『ロシア報知』の編集者カトコフに宛てて、「犯罪の心理報告書」と呼んだものが実体化されつつあった。そこではまさに一人称の視点から、主人公が殺人にいたるまでの心理プロセスが生々しく記録されるはずだった。ヴィスバーデン版でとくに注意を引くのは、スヴィドリガイロフ、マルメラードフ一家といった、最終版では、副次的ながらもきわめて強力な役割をになう登場人物たちがほとんど登場していない点である。カトコフ宛ての手紙では「好色な魔の手」の存在に言及されているが、それがのちにスヴィドリガイロフへと発展していく可能性が確実に保証されていたわけではない。

当然のことだが、『酔いどれ』の構想のなかでイメージされていたソーニャ・マルメラードワの存在、さらに、「ラザロの復活」の朗読や、そこから必然的に導きだされる「救済」のモチーフの暗示なども、この時点の作者の脳裏には存在していなかった。現代的な言葉を用いるなら、この小説は何よりも「犯罪の心理報告書」であり、「実存主義的な」（チホミーロフ）スタイルの小説がめざされていたからである。では、この段階での「中篇」のテーマは何であったかということである。ここは憶測を働かせるしかないが、考えられるテーマの一つは、カトコフへの手紙にもある「神の真理と地上の掟が勝利を得て、彼はついに自首せざるをえなくなります」という言葉にある。ここで作者がイメージしていたのは、人間はおのずから「罰」を求めるという、ある意味で、主体的かつ人間本位的な救いへの願望であって、「神の真理と地上の掟」の勝利といったヴィジョンや、ソーニャ・マルメラードワを仲立ちとする神への接近といったモチーフはまだ生まれていなかった。では、かりに『罪と罰』が最後まで「犯罪の心理報告書」に終始したとするなら、ヴィスバーデン滞在中の作者は、なぜ、そうした、リアルでかつ即物的ともいうべきテーマ設定にこだわったのかという疑問が残る。それに対する答えは二つある。

第一に、ドストエフスキーの困窮と絶望がそれだけ深刻だったということ。

第二に、この「実存主義的な」スタイルに、ドストエフスキーがイメージする小説の心臓部が隠されていたということ。

『罪と罰』の基本テーマは、「人間的な本質そのものの深奥から発する復讐は避けがたいという確信」（チホミーロフ）を描こうとする点で、つまりその「実存主義的な」課題において一貫していたということができる。犯罪者は、みずからが踏み越えようとした掟の前になすすべもなく立たされる、それが基本テーマであった。いや、テーマというよりもむしろ世界観と呼ぶべきかもしれない。その場合、物語は、神の救いよりも、「決定的な破局」をひたすらめざすものとなり、それによって深く閉じられた物語として終わるはずだった。そこで次に、「神の真理と地上の掟の勝利」ははたして救済の物語として意味づけられたのか、という問題が生じる。なぜなら、「神の真理と地上の掟の勝利」は、人間の「実存」ないし人間本位の視点から見るなら、一種のペシミズムの表明にほかならないからである。『罪と罰』以降の長篇小説をみるといい。圧倒的なペシミズムの力に甘んじようとする態度は、ドストエフスキーにとってむしろきわめて自然だった。たとえば、『白痴』や『悪霊』をみても、それらの物語の終わりに未来への光を見てとることはかなり困難である。その意味では、このヴィスバーデン版にみる『罪と罰』の終わり方が、本来的ないしドストエフスキー的であったといっても過言ではない。

では、この基本的な構想、というよりこの小説が、ラスコーリニコフの日記体によって書かれた際にたどるはずだった「決定的な破局」は、最終稿から完全に消えさってしまったのだろうか。おそらくそうではなかった。「エピローグ」におけるラスコーリニコフの苦悩は、まさに「決定的な破局」とすれすれのところにあった。ラスコーリニコフの「復活」は、たしかに約束されたものであったかもしれない。だが、「エピローグ」において作者が示そうとしたのは、破局と復活の二者択一のぎりぎりの闘いであり、ほとんど破局と同じ重さをになわされた復活の物語だったというのが正しい。ただし、その物語は、第一ページのみが書かれたに過ぎなかった。ドストエフスキーが、創作ノートに書いた次の一行は、かぎりない含蓄に富む。

「神が人間を見いだす道は、人知に測りがたい」

ドストエフスキーはこの一行でもって『罪と罰』を閉じる心づもりでいたのだ。

第二の構想

一八六五年九月半ば、ドストエフスキーの構想に一つの劇的な転換が生じた。転換が生じたのは、おそらくカトコフ宛てに手紙を記した直後のことだったのではないか、と想像される。チホミーロフの説明に耳を傾けてみよう。それまで、同時並行的に、たがいに混じりあうことなく、文字通り「フーガ」形式のように創作されてきた二つの小説が、一つに合体した。カトコフ宛ての手紙で「心理報告書」と呼んでおよそ二カ月近くも取り組んできた「中篇」と、すでに前年から彼の構想のなかであたためられてきた『酔いどれ』の二つの構想が、より大きな物語に向かって一つに統合されたのである。『酔いどれ』の物語には、当然のことながら、ソーニャ・マルメラードワやその父親のマルメラードフ、さらには、スヴィドリガイロフまでもが描きこまれていた。この二つの物語はたがいに際立ったコントラストをなしていたが、しかし内的な共通性によって部分的には一つに結ばれていた。文字通り、「衝突」ともいうべきこれら二つの構想の出会いは、九月中旬から「雪崩をうって」（チホミーロフ）書きこみがはじまる創作ノートの内容から確認できる。おそらくはそうした「創造的な爆発」の経験ないしは予感のもとに、作者は、新しい中篇プランを、ヴィスバーデン滞在での残された時間をかけて粘りづよく構想していたのである。

第二の構想は、「裁きのもとに」と題された一人称体で書き出されている。

「ぼくは裁判にかけられており、何もかも語るつもりでいる。何もかも書きとめておく。ぼくは自分のために書くが、もしお望みなら、他人も、ぼくのすべての裁判官も読むがいい。これは告白である。隠し立ては何もしない。

すべてがどんなふうにはじまったか、それについて語るべきことは何もない。むしろそれがどう実行されたか、というところからじかにはじめることにする。その日の五日前、ぼくは狂ったように歩きまわっていた」

この後、居酒屋でマルメラードフに会い、彼の打ち明け話を聞いたラスコーリニコフが、彼をアパートに送りとどけるところまでが一気に書きすすめられている。つまり、『酔いどれ』の構想が殺人シーンの前に置かれる形で一つに合体したことが明らかになる。テーマ設定の点で何よりも興味深いのは、主人公の恐るべき傲慢さである。マルメラードフ家を出た彼は、このように叫ぶ。

「マルメラードフも、一家全員もぼくは呪った。ぼくのなかに哀れみなどなかった」

ドストエフスキーが、二つの構想の合体というアイデアを携えてヴィスバーデンを後にし、コペンハーゲンに到着したのは、十月一日。『罪と罰』の前払い金としてカトコフに懇願した三百ルーブルは、彼の出発後ヴィスバーデンのホテルに届けられた。コペンハーゲンでは、旧来の友人ヴランゲリの家に一週間ばかり滞在し、十月十日、「ヴァイスロイ（総督）」号でサンクトペテルブルクに向かった。船上でも、合体プランの執筆は続行された。だが、『酔いどれ』の侵入は、おのずから第一の「犯罪の心理報告書」の様態を変えていった。「告白」がはらむ重さを、「ぼく」一人では抱えきれなくなった、と考えるのが妥当かもしれない。そこで、第二の劇的な転換が起こった。

第三の構想

一八六五年十二月、来年一月から連載開始というぎりぎりの段階になって、ドストエフスキーは急遽、根本からの修正を決断する。構想が熟するにしたがい、徐々に爆発的な力を蓄えていくのが、小説執筆中のドストエフスキーにみられる大きな特徴だが、最終段階でまさに決定的ともいうべき霊感が湧き起こったのだ。では、その根本からの修正とは何であったのか、そしてそうした修正へと彼を導いた原因とは何であったのか。そのあたりの事情を、ベローフは次のように解説している。

「執筆のプロセスで、「告白」に中篇小説『酔いどれ』の題材が流入し、構想が複雑になると、殺人者によるこれまでの「告白」体による形式は、新しい心理的かつ社会的な内容からしてあまりにも窮屈なものになった。殺人者は、事実上、自分を世界から切り離し、おのれの「固定観念」のなかにすっかり没入してしまうからだ」（ベローフ『注釈』）

ドストエフスキーは、そのときの状況をのちに次のように回想する。

「十一月末にはたくさん書きあげてできあがっていたのです。ですが、私はそれを全部焼き捨ててしまいました。いまだからこそ打ち明けられます。私自身が気に入らなかったのです。新しい形式、新しいプランに私の心が惹きつけられたため、新たに出直すことに決めました」(一八六六年二月十八日、ヴランゲリ宛て)

むろん、草稿の多くの部分は焼き捨てられずに残った。気心の知れたシベリア時代の旧友ヴランゲリに対して、ドストエフスキーは少し大げさに吹聴してみせたということだろうか。だが、この段階で下された決断こそ、一人称による告白体の放棄と、三人称による語りへの移行という、それこそ決定的ともいうべき重大な転換だった。一人称による語りがきわめて快調に進捗しつつあっただけに、このプラン変更には、ことさらに重要な判断がともなったことだろう。だが、新しい意志が彼をとらえた。当時、彼は「自分用の」メモとして、十二月の段階で新たに構想された創作ノートの冒頭に次のように書いている。

「自分からの物語であり、彼からのではない。もし告白だというのなら、ほんとうにぎりぎりの極限まですべてを明らかにしなければならない。物語の一瞬一瞬がことごとく明瞭になるように。NB。参考までに。告白だと所によって純真さを欠き、何のために書かれたのかを心に描くことがむずかしくなる。ただし作者からだと過剰にナイーブで率直であることが必要だ。

一見したところ、だれが見ても新しい世代の一員となるような、全知の過誤を犯すことのない存在を提示してくれる作者を想定することが必要だ」

読者の誤解を招きかねないので多少とも説明を加えておく。「自分からの物語であり、彼からのではない」とは、自分すなわち作者ドストエフスキーの視点から書かれる物語であって、彼すなわちラスコーリニコフの視点から書かれる物語ではない、という意味である。告白体の場合、「所によって純真さを欠く」というのは、告白体が、事実をどこまでも正確に記そうという作者の視点と矛盾をきたす恐れがあることを示唆している。

アカデミー版ドストエフスキー全集では、この後、物語の全容がわずか六十三行で速記録のようにつづられている。あいまいな点はかなり残されているが、ほぼ最終稿のプロットに近い。ただし、この段階でもまだ、「ロジオーン」の名はない。その後で彼は次のように書き加えることになるのだ。

「この小説のなかですべての問題を掘り返すこと」

この一行が示すように、十二月に入って彼はようやく『罪と罰』のもつはかりしれない可能性を予感する。『罪と罰』が帯びつつある灼熱と、人間存在のはるかな深さは、「犯罪の心理報告書」にあった。ただし、『罪と罰』のもつ形而上学的な特質は、むしろ『酔いどれ』のほうに深く息づいているように思えた。そしてこれらの二つが合体させられようとしたとき、「わたし」は、作者に、全能の権利を譲りわたした、ということができるのだ。

さて、『罪と罰』をあらためて手にする読者は、この小説がはじめ一人称で書かれていたということを思いだすとよい。そして本を手にしながら、「彼は」ないし「ラスコーリニコフは」という三人称単数の主語を、「ぼくは」と読みかえてみる、いや、重ねあわせてみる。すると、同じ『罪と罰』が、これまでとはまるでちがったリアリティをもって読み手の心に迫ってくることに気づかされる。『罪と罰』の醍醐味は、何より、その小説の成り立ちからして、ラスコーリニコフの「一人称」にどこまで同期できるか、にあるということだ。

では、これまでに紹介した三つの構想のなかで、主人公ラスコーリニコフの「犯罪」はどのように変化し、意味づけられていったのか。ベローフの解説を道案内としながら、概略的に紹介していこう。

ヴィスバーデン滞在初期、すなわち「中篇小説」と名づけられた、いまだタイトルをもたない第一の創作ノートでの殺害の動機は、「簡単な算術」にすぎない。略奪した金で、多くの貧しい人々に奉仕するという点に力点が置かれている。

次に、ヴィスバーデン滞在の最後の二週間およびコペンハーゲン、さらにペテルブルクと場所を変えて書きつがれた第二の創作ノートでの主人公は、貧しき人々を擁護したいという「ヒューマニスト」の相貌をそなえている。そして彼のなかにはすでに、それを実現するための

「力」への意志が生まれている。「ぼくが権力を手にし、力を獲得するのは、金であれ、勢力であれ、悪のためではない。ぼくは幸福を選ぶのだ」

そして第三の創作ノートでは、いわゆる「ナポレオン思想」が大きく成熟をとげはじめる。

「小説では、彼の人物像のなかにはかりしれぬ傲慢さ、高慢さ、この社会への軽蔑という思想が体現されている。彼の理念、それは、この社会の権力を手中に収めることである。デスポティズム、それが彼の特徴だ」

『罪と罰』の構想が熟していくにつれ、まだ名前を与えられていない主人公の心情は、徐々にはっきりと二つに割れていった。それは、虐げられた人々への愛と、人間いや人類そのものに対する軽蔑である。彼の心のなかでは、弱者に対するはげしい憐れみと、「悪魔的な傲慢」が、はげしくしのぎを削っていた。そのどちらを残すべきか。人類愛か、軽蔑か。みずからのうちに、その双方の原理を内在させた人間の運命とはどのようなものか。

この分裂こそが、ラスコーリニコフ、「断ち割られた」青年の起源となった。

3 『罪と罰』の起源

ラスコーリニコフは死者としてふるまう

ドストエフスキーの内部に、「罪」と「罰」をめぐる根源的な思索が、すなわち、犯罪と刑罰、あるいは犯罪に対する量刑の重さをめぐる疑念が最初に訪れてきたのは、はたしていつのことだっただろうか。

ことによると、ヴィスバーデンのホテルで絶体絶命の状況に追いこまれた作者の脳裏に去来していたのは、そこから遡る十五年前の一八四九年十二月に彼の身に起こった恐ろしい「事件」の記憶ではなかったろうか。その仮説を裏づけてくれる根拠が一つある。それは、『罪と罰』全体に、「死刑」のモチーフがヴェールのようにおおいかぶさっている点である。金貸し老女の殺害をもくろみ、アパートに向かう主人公のラスコーリニコフは、途中、ユスーポフ庭園の前を通りかかった際、ふと、市内各所の公園に大きな噴水を設置するという奇怪なアイデアに浮かれる。そこで彼はこんな感慨にひたる。「刑場へ引き立てられていく連中も、きっとこんなふうに、道の途中、目に入るひとつひとつに、いろんなこだわりを抱いていくにちがいない」（第一部第六章）

ロシアの研究者タマルチェンコは、「殺人の瞬間まで、犯罪の力は〔世界の否定がラスコーリニコフを導いていく〕運命の死刑宣告として受けとめられている」と書いている。「犯罪そのものが死刑であり、罰であり、死なのである」（「プーシキン、ユゴー、ドストエフスキーにおける犯罪のテーマ」）と。たしかにラスコーリニコフは、死刑をイメージしながら行動しつづけている。当時の法体系では、たとえば、小説に描かれた老女殺しに対して死刑が下る確率はゼロに等しく、法学部の学生であれば、その程度の理解は持っていたはずである。にもかかわらず彼の心に、「死刑」の観念がオブセッシヴにのしかかっている。それは、老女殺しの罪が、老女殺しをはるかに超えた重さを担わされているという作者の自覚が反映した結果ととらえることもできる。ただしこれは、かなり先走った議論と言わざるをえない。

老女殺しはむしろ、作者自身の一種のパラノイア的な固定観念を示すものと考えたほうが、多少とも理屈に合っている。たとえば、前章でも述べたように、ヴィスバーデン版では、彼の犯行の動機はひとえに「簡単な算術」というところに終始していた。迷いはなかった。そして「あわれな母よ、あわれな妹よ〔……〕おれはひとえにきみたちに幸せになってもらいたいために、この罪をわが身に引き受ける決心をしたのだ」と言い、「誇らしい思いで死ぬこと、青春時代のちっぽけな、滑稽な犯罪のかわりに山なす善と利益で報いたのちに」と書いていた。くどいようだが死は、彼の固定観念なのである。初期の創作ノートではしばしば、ピストル自殺による「フィナーレ」が浮上していた。ただしその場合、死は死刑よりも、自死としてイメージされていた。

だが、老女殺しをパラノイア的な固定観念ととらえることで『罪と罰』の読みの可能性を閉ざすことは危険である。老女殺しに対する意味づけは、一八六六年四月以降、根本的に変化しはじめたと考えていい。では、どのようにして変化したのか。

ドストエフスキーが、原罪の感覚にぎりぎりまで支配された作家であったことは、作品の多くから推しはかることができる。その起源は、彼の幼児体験のうちにひそんでいたことはまちがいない。フロイト派の心理学者は、彼の原罪観念をいわゆるエディプス・コンプレックスと同義としてとらえてきた。だが、ドストエフスキーの意識に、犯罪と刑罰の重さのバランスをめぐる疑問がはじめて上ってきたのは、先ほども述べたように、ペトラシェフスキー事件が最初だった。彼はこの事件で、国家反逆の罪を問われ、いったんは死刑まで宣告されたのだ。

死刑を宣告された、ということの意味をまず考えなくてはならない。われわれ読者は、現代の、デモクラシー社会の基準に照らし、帝政ロシアの法的基準に従って下された死刑判決を一つの不条理としてとらえがちである。はたしてそれは正しい見方だろうか。当該の国家においてて何らかの犯罪が死刑として規定されるとするなら、それはその犯罪が、国家や社会秩序の基盤や根底を揺るがしかねない、との危機意識にもとづくものである。たとえば、一九一〇年(明治四十三)の大逆事件が恰好の比較材料となる。信州の社会主義者ら四名による明治天皇暗殺計画が発覚し逮捕されたこの事件では、翌年一月に出た判決でじつに二十四名に死刑が下されている(うち、十二名が実際に処刑された)。言い換えるなら、全体主義国家ないしは絶対君主制のもとでは、人間の生命の重さそれ自体が意味するものも、自由主義国家、民主主義国家におけるそれと根本的に違うととらえるのが常識である。

そこで第一に考えなくてはならないのは、そもそもドストエフスキー自身、みずからに下された死刑判決という究極の罰を、妥当と考えたか、不条理ととらえたかという問題である。あるいは同時代の人々は、その判決を支持したのか、しなかったのか。

他方、同時代の判例に、彼に与えられたような恩赦がどの程度の比率で存在していたかという点についても注意を払う必要がある。ペトラシェフスキー事件についてチホミーロフは、「死刑場での死刑宣告はまったく突然の出来事だった」と書いているが、それでは恩赦そのものにたいしてもこれを「突然の出来事」ということができるのだろうか。

ラスコーリニコフに下される刑は、ペトラシェフスキー事件に連座し、シベリア送りとなった作家自身が受けた刑の重さをほぼ正確になぞっている。ラスコーリニコフのシベリア流刑にドストエフスキー自身のそれが投影されていることは、『罪と罰』の随所に、『死の家の記録』に記述されている内容と重なりあう部分が少なくないことからも理解できる。同時にまた、『罪と罰』の物語における時間進行からもそのことが確かめられる。語り手は次のように書いている。

「犯人が自首してから五カ月ののち、判決が言いわたされた」(「エピローグ」第一章)

ラスコーリニコフが殺人を犯したのが七月九日であり、自首して出た日が七月二十日、それから五カ月後というと、十二月二十日前後という計算になる。十二月二十日、この日付がドストエフスキーにとってどれほどの意味をもっていたかは強調してもしたりない。チホミーロフの、きわめて興味深い洞察に耳を傾けよう。一八四九年十二月二十二日、処刑が予定されていたその日、セミョーノフスキー練兵場で彼は、皇帝による判決文を二十一回耳にした。そしてその判決文に記載されていた確定日、十二月十九日が二十一回朗読されるのを彼は耳にしたというのだ。

ちなみに、当時のロシアでは、死刑は、もっとも重大な政治的犯罪をおかした者にたいしてのみ適用された。そしてその大半には、国家秩序維持法の第十七、十八条、さらに軍事刑法の第二百七十九条が適用された。

一八二五年の有名なデカブリスト事件以後、一九一七年のロシア革命にいたるまで、死刑には、銃殺と絞首刑の二種類があり、多くの場合、その対象となったのは政府転覆の意図をもつ革命家たちである。一方、政治的な意図をもたない重罪に対しては、基本的に流刑地での懲役刑が適用され、多くの場合、囚人を死にいたらしめる結果となった。他方、法規とかかわりなく、服役期間中に行われた殺人に対しては、国家秩序維持に反するとみなされ、死刑（絞首刑）が適用された。

このような法的事実に照らして、ラスコーリニコフの運命を考える際に問題となるのは、国家秩序維持に反する行為に連なる何がしかの原罪意識が彼のうちで目を覚ましていたのではないかという疑いである。老女殺しが、体制転覆まで呼び寄せかねない無意識の力につながっていたとすれば、当然のごとく死罪に匹敵する危険な行為とみなされる。その点において、ラスコーリニコフは、死刑囚＝作者と深く一体化していたと見ることができる。思うに、作者がユゴーの『死刑囚最後の日』に強い関心を持ちつづけたのは、そうした彼の隠された心の傷を暗示するものではなかったろうか。

ペトラシェフスキー事件

ラスコーリニコフにドストエフスキー自身の青春が二重写しされているとすれば、おそらく彼の思想にも、青春時代の作家の思想が反映していたとみるべきである。

一八四六年の春、ドストエフスキーは、ネフスキー大通りで、空想的社会主義者のフーリエに心酔するミハイル・ペトラシェフスキーに声をかけられ、翌年の春から、彼の主宰する「金曜の会」に顔を出すようになった。『貧しき人々』で一躍文壇の寵児として知れわたった彼が、そうした反体制的な会合に足を踏みいれるようになった理由はいくつかあった。当時、彼の内部で起こりつつあった変化を理解するには、その背景となるいくつかの要因に目を向けなければならない。

当時のロシア社会は、凶作、コレラの流行、火災の多発といった事態とあいまって、領主たちが農民に殺される事件が発生していた。ペトラシェフスキーを中心にフーリエ主義の勉強会が生まれたのは、一八四四年の前後とみられるが、その後、会内部にいくつかの分派が生まれ、時とともに先鋭化していった。ロシアの研究者ベリチコフによると、ペトラシェフスキーの会にかかわったメンバーは、おしなべて、自分たちの境遇に不満をもつ「農民大衆のかもす気運を感じ」ていたという（『ドストエフスキー・裁判記録』）。会のメンバーは熱っぽい調子で議論していた。

「理想と願望が一般民衆の間に広まり根を張るようにしなければならない。全民衆が一つのことを願うようになれば、それは軍隊も止めることはできない」

「すべては民衆次第だ。民衆抜きではわれわれは動けない」

ドストエフスキー研究者の中村健之介は、これまでの研究では、シベリア流刑が作家にもたらした体験の意味を重んじるあまり、ペトラシェフスキー事件が作家にとって鮮烈かつ深刻な経験の場であり、彼の人間観察にとってはオムスク監獄に劣らない「学校」であった事実が顧みられずにきた、と指摘している。中村のこの主張を、より普遍的な視点から補強し、このサークルへの加入が作家にとってどれほど強い覚悟を強いるものであったかを明らかにしなければならない。また、そこでの言動が、帝政ロシアという社会的制約のなかでどれほど大きな逸脱として認識されていたかをも考えなくてはならない。それらの問いは、ひるがえって、いったんは下された死刑判決という厳しい裁きをどの程度彼が不条理と感じたか、あるいは逆に妥当と考えたか、という問いに対する答えにも直接つながってくるはずである。

ペトラシェフスキーの会ははじめ、農奴制、裁判制度、出版事情など一連の社会問題、あるいはそれと関連して、空想的社会主義、無神論、検閲、家族制度などを自由に論じあう一種の勉強会の体をなしていた。しかし、フランスでの二月革命によって、時代は風雲急を告げ、そうした気運の切迫に押しやられるように、会は分裂しはじめた。そして、魅力的な風貌をたたえたカリスマ的人物ニコライ・スペシネフの登場によって、会全体が徐々に政治結社的な色合いを強めていった。それまで空想的社会主義の理想にのっとり、社会の自由化について論じあ

ってきたメンバーが、堰を切ったように、現実的な変革の可能性をめぐって議論するようにな
ったのだ。議論の火蓋を切ったのは詩人のセルゲイ・ドゥーロフであり、彼は「悪の根源を指
し示すことが、すなわち法と皇帝の悪を指摘することが、すべての人の義務である」と発言し、
皇帝暗殺を仲間たちに示唆した。急進化しはじめる会の内部で、ドストエフスキーの「激情的
な性質」や「アジテーターの才能」に注意が向けられるようになった。ドストエフスキーは、
個人的な共感もあってスペシネフのグループに接近し、徐々に急進化していった。次に引用す
るのは、ドストエフスキーの罪状の一つにあげられたベリンスキーの手紙の一部である。

「現在のロシアでもっとも焦眉の国家的課題は農奴制と体罰の廃止であり、せめて現在すで
にある法律の可能な限りの厳正な実施です。そのことは政府自身も感じています（政府は地主
が自分の農民にどのようなことをしているか、また、毎年、農民が何人の地主を切り殺しているかを知っ
ているのですから）。〔……〕教会とは位階制にほかならず、したがって、不平等の擁護者、権力
への追従者、人間同士の博愛の敵、迫害者でした。今日も依然としてそのとおりであります」
（『裁判記録』）

ゴーゴリに宛てたこの手紙は、ロシア正教会に対する徹底した批判に貫かれ、神に仕える敬
虔な民衆という通念を退けるもので、将来における政府転覆をも匂わせる、不穏な内容に満ち
ていた。ドストエフスキーはそれを熱烈な調子で読み上げたのだ。ペトラシェフスキーの会を

内偵したスパイは、報告書にその内容をくわしく説明し、それに対するメンバーの反応を次のように記している。

「四月十五日。〔……〕ベリンスキーはロシアとロシアの民衆の現状を論じている。「〔……〕正教はあらゆる宗教のなかでもっとも卑劣な宗教であり、つねに権力の武器となり、世俗の権力に服従してきた〔……〕。ロシアの民衆は宗教的感情などもっていないし、神秘主義に走るほど愚かではない〔……〕」。この手紙は、一同を有頂天にした。〔……〕要するに、全員が電気ショックを受けたかのようだった」（『裁判記録』）

一八四九年四月一日、ペトラシェフスキーの家で開かれていた秘密集会で、会の総意として、今後、出版・言論の自由と農奴制の廃止のために活動していくことが宣言された。それから三週間後の四月二十三日未明、皇帝直属第三課（秘密警察）による突然の家宅捜索を受け、ドストエフスキーを含む会のメンバー三十四名が逮捕され、ネヴァ川のほとりにあるペトロパウロ要塞に収監された。それからおよそ半年を経た十一月十六日、軍法会議はペトラシェフスキーの会のメンバーに対する裁判を終了し、ドストエフスキーに対して有罪の判決を下した。罪状として、ゴーゴリに宛てたベリンスキーの書簡を朗読したこと、秘密印刷所の設置に協力したことがあげられていた。

ペトラシェフスキーの会に連座し、逮捕されたドストエフスキーは、取り調べのなかで次のように供述している。

「フーリエ主義は平和的な理論体系であります。それは、その優雅さで心を魅了し、人類愛をくすぐるのであり、この人類愛は、フーリエが自己の理論体系を作りだして、その整然たる調和で人々の知性を感嘆させたときに、彼の心を燃えたたせたのです。この理論体系に、憎悪は存在しません。フーリエは政治的改革を考えていません。〔……〕結局、これは机上の理論体系であり、けっして大衆的なものにはならないのです。あの二月の変革の間を通じてフーリエ主義者は一度も街頭に出たことはなく、すでに二十年あまりも共同生活宿舎の未来の美しさという夢にふけって、自分たちの雑誌の編集部にとどまっていました。しかし、疑いもなく、この理論体系は、第一に、それが一つの理論体系であるという理由だけで有害であります。第二に、この理論体系がいかに洗練されたものであろうと、それはやはり、およそ実現不可能なユートピアであります。しかし、こういう言い方を許していただけるなら、そのユートピアのもたらす弊害は、恐怖に導くというより、むしろ喜劇的なものです。〔……〕私の考えでは、フーリエの理論体系からは深厚な害毒は生じえませんし、かりにフーリエ主義者がだれかに害をおよぼすとしたら、自分自身をおいてほかにないでしょう。それが、良識をそなえた人々の共通の見解です。なぜなら、私にとって最高の喜劇とは、だれにも必要のない行為だからです。また、フーリエ主義や、それと同時に西欧のあらゆる理論体系は、わが国の土壌にはあまりに不向きであり、わが国の状況にまったく適さず、わが民族の性格にきわめて合わないのです」（『裁判記録』）

ドストエフスキーの「二枚舌」がはっきりと透けてみえる部分とはいえないだろうか。彼が、フーリエ主義の非現実性を鎧とすることで、自分とペトラシェフスキー、さらには同志たちをも守ろうとしていたことは疑うべくもない。フーリエに対する彼の熱中はまぎれもない事実だった。わたしがここであえて長く引用をしたのは、ナポレオン主義の名のもとで一括されるラスコーリニコフの思想的背景を探るためである。ここに言及されているフーリエ主義が、『罪と罰』の執筆時期にあたる一八六〇年代ににわかな甦りをとげたという事実があるのである。

さて、ドストエフスキーは裁判のなかで、ベリンスキーの「誇張した考え」には同意していないと述べているが、しかし、現実に彼が、ベリンスキーの「最小限綱領」や、ゴーゴリにみられる民衆の理想化に共感を覚えていたことは疑いえない。そして、ペトラシェフスキーの会に参加した理由を述べるくだりには、いかにも彼らしい、熱い真情吐露をみることができる。

「文学なくして社会は存在できません、それが地に落ちたと考えたのであります。〔……〕フーリエの空想的社会主義は、平和に関する体系であり、〔……〕それが人を惹きつけるのは、〔……〕人類愛を覚醒させるためであります」（『裁判記録』）

死刑判決、「黙過」の起源

十一月十九日に下された軍法会議委員会の判決文には次のように記されていた。

「宗教と主権に悖《もと》る文学者ベリンスキーの奸計をめぐらす作品を、無断で流布せしめたかどにより、〔……〕官位並びに財産私有権を剝奪し、銃殺刑を科す」（『裁判記録』）

十二月二十二日早朝、セミョーノフスキー練兵場で読みあげられた文章がこれである。練兵場に集められた二十一名の被告に対し、同様の死刑判決文が読みあげられた。ドストエフスキーは、ペトラシェフスキー以下の会のメンバー三名が、練兵場に打ちこまれた灰色の杭に縛りつけられ、銃口にさらされるさまを目撃した。ところが、「撃て」の号令が下される直前、突如太鼓の音が鳴りひびき、皇帝による特赦文が新たに読みあげられた。じつは、これはまったくの茶番であり、最終審は、被告二十三名中二十一名に極刑をもって臨んだものの、受刑者の若さや、社会的影響の少なさを理由として皇帝に酌量を請願し、皇帝もまた慣例にしたがって「要塞懲役八年の刑」への減刑を事前に認めていたのである。

問題なのは、これがどこまで「慣例」とみなされ、「慣例」であることをドストエフスキーはどこまで知っていたのか、という問題である。

わたしは、死刑場における彼の体験に二つの象徴的な意味を読みこまざるをえない。
一、神の不在の感覚（孤立）

二、神の存在の感覚（解放）

死刑判決――。その内容がいかに反体制的かつ不穏当だったとはいえ、たかが三通の往復書簡を朗読しただけで死刑判決というのは、少なくともデモクラシー社会の常識に照らしてあまりに厳しすぎる。改めてくり返すが、ドストエフスキーのうちに、「罪」と「罰」の均衡、量刑の妥当性をめぐって根源的な疑いが生じたのはおそらくこの時期であったろう。同時に彼のうちには、恩赦へのひそかな期待も生じたかもしれない。しかし、他方、死刑判決という事実は、それなりに彼が考える内的なロジックと深くこだましあうものをもっていたのではないか。なぜなら、ベリンスキーへの傾倒は、彼の意識の奥深くに眠る原罪感覚をはげしく揺り動かした可能性があるからである。政府転覆、皇帝暗殺へとつながるその思想にどこかで共鳴した彼のなかで、ことによると、死刑判決を当然の報いと考えた一瞬もあったような気がする。原罪感覚とはそのようなものであり、そこにも、「罪」と「罰」の均衡をめぐって、一筋縄では解けない、不条理のモメントが介在していた。

しかし、セミョーノフスキー練兵場が、それにもましてもった意味とは、おそらく「ゴルゴタ」である。死刑の直前、ドストエフスキーは傍らに立つメンバーの一人スペシネフに向かってフランス語でこう語ったとされる。

「ぼくたちはキリストと一緒になるのだ（Nous serons avec le Christ.）」

思えば、ゴルゴタのイエスこそは、生（すなわち存在）と死（すなわち非存在）の境界にあって、唯一の肉的なリアリティとして意識された超越的存在だったのではないか。『白痴』のムイシキンにギロチンのエピソードを語らせ、「もし私だったら」とまで告白させたのも、まさにその遠い反映だったとわたしは思う。そしていったんはゴルゴタに立ったドストエフスキーだが、数分ののちに復活をとげた。解放された彼が真っ先に書いたのは、まさにその喜びである。その後、終生変わることなく彼を訪れる、キリスト信仰とでも呼ぶべき感情は、つねに受難者たるキリストとのひそやかな自己同一化を意味していた。そしてこのときから、意識する、しないを超えて、磔にされたキリストの自己犠牲を、人類のために苦しむというその喜びを、彼はつねに、神の不在というクールな認識と抱きあわせで検証していくのである。

しかし、ドストエフスキーが死刑場で経験したのは、キリストとの対峙ないしは自己同一化として意味づけられる啓示ばかりではなかった。恩赦を受けて練兵場から連れもどされた彼は、憂鬱に押しつぶされていたとする回想家もいる。

その、憂鬱の正体が何であったかが、『罪と罰』の謎を解く鍵の一つとなりそうな気がする。「神の不在」という視点にこだわるなら、彼をこのときとらえたのは、「なぜ、われを見捨てたもう（エリ・エリ・レマ・サバクタニ）」という絶体絶命の感覚だったのではないか。すなわち、自分を見捨てる神への、内心から噴きあげるような抗議——。

もしもその死刑場がゴルゴタであったなら、そしていまそこで起こりつつあるドラマが茶番であったなら、彼は少なくとも皇帝を媒介者として、帝政ロシアの賛美に向かうことはなかっただろう。死刑判決がみずからの全存在を賭けた行為への「報い」であったからこそ、その体験は生涯にわたってはかりしれぬ重さをもつにいたったのだ。

極限の孤独をドストエフスキーは何度も口にした。死刑執行の現場に連れていかれる人間のモチーフは、『罪と罰』のみならず、『白痴』にも、『カラマーゾフの兄弟』にも取りいれられることになる。それくらいに強烈な感覚が彼を満たしていたのだ。ほかでもない、自分の身にセミョーノフスキー練兵場への連行という事態が生じたこと、そこには重大な意味が隠されていた。死刑判決が下されるかもしれない、との恐怖のなかにすべては宿っていたのである。

だが、ここまでドストエフスキーの伝記を辿りながら思うのは、皇帝権力を前にしてもけっしてひるむことはなかった彼の精神力である。『罪と罰』の主人公ラスコーリニコフは、ペトラシェフスキー裁判の最後の段階での作者自身の意地、いや精神のありようを暗示しているのではないか、という仮説さえ生まれてきそうな気がする。

序論の締めくくりに、ドストエフスキーにおける「罪」と「罰」の観念の誕生という視点にもからめて、『罪と罰』執筆中のエピソードを一つだけ加えておきたい。

すでに述べたように、一八六六年八月三十一日、最高刑事裁判所は、アレクサンドル二世暗殺未遂事件の主犯ドミートリー・カラコーゾフに対し、すべての身分剝奪のうえ、絞首刑に処すとの判決を下した。それから三日後の九月三日午前七時、ペテルブルク近郊のスモレンスク原で、刑は執行された。並みいる見物人の前での処刑だった。カラコーゾフにつづき、同じテロ組織に加わっていた革命家イシューチンに対する刑も執行されるはずだった。ところが、首にロープを巻かれた状態のまま十分が経ったとき、驚くべきことが起こった。馬にまたがった軍使が突然姿を現し、恩赦を伝えたのだ。十七年前の十二月に、まさにドストエフスキーの身に起こったのと同じ場面がそこで演じられた。

この事件によって、ドストエフスキーが何を感じ、何を経験したか、ということが根本的な意味を帯びてくる。『罪と罰』の主人公ラスコーリニコフの心にも、当然、そのときの作家の個人的な感慨が反映されなくてはならなかったはずである。ラスコーリニコフは、時とともに徐々に作家自身の魂をのっとっていった。くり返しになるが、恩赦を受け、死刑場から戻ったドストエフスキーは深く分裂していた。生命を与えられる喜びに勝るものがほかにあるはずもない。だが、極限の不条理に立たされた人間にとって、解放が一義的なものに留まることはけっしてなかった。

『罪と罰』の世界に、深く「死刑」のモチーフが重なるとすれば、それはラスコーリニコフへの作家自身の同一化が最大の理由である。とすれば、ラスコーリニコフは、作家と同様、

「八年」(作家の場合は、懲役四年プラス兵役四年の計八年)の判決の後、運命と意志の、上と下からの力の板ばさみとなって、恐ろしく深い鬱の世界をさまよい続けなくてはならなかったはずである。

本論

1 屋根裏部屋の「神」

場所と時間

『罪と罰』は、全部で六部とエピローグからなっている。物語のなかを継起的に流れる時間は、エピローグをのぞくと、全体で十四日間（一日の始まりを晩禱の時間とする正教のしきたりに従えば、正味十三日間）。十三という忌み数に対するこだわりは、ラスコーリニコフの住むアパートの最上階から屋根裏部屋に通じる階段の数にも示されている。うがった見方をすれば、物語の第一日目の夕刻から、彼は破滅の階段を上っていくことが想定されていることになる。彼がカザン地区警察に自首して出るのは、物語の開始から十四日目、すなわち七月二十日のことである。物語は、事件の流れに沿って描写されていく。読者の理解を促すために、予め、全十四日間にわたる具体的な内容を、主人公ロジオーン・ラスコーリニコフの行動を中心として辿っておこうと思う。作家の脳裏に描かれていた時代のイメージは一八六五年のサンクトペテルブルクだが、意味づけとしては、一八六六年と考えるのが正しい。その根拠は、追々示していくことになる。

・第一日目（七月七日）殺害をもくろむ金貸し老女のアパートを訪問。この日の一ヵ月半前に質入れが始まった。帰り道、酒場に立ち寄り、そこでマルメラードフの告白を聞く。
・第二日目（七月八日）故郷の母からの手紙が届く。馬殺しの夢を見る。センナヤ広場で、翌日の六時過ぎ、金貸し老女の腹違いの妹リザヴェータが家を不在にすることを知る。
・第三日目（七月九日）夕方近く眠りから覚め、高利貸しの老女を殺害。たまたま帰宅した腹違いの妹リザヴェータをも道連れにする。
・第四日目（七月十日）警察からの呼び出しを受け、出頭。署内で老女殺しが話題となっていることを知り、失神。帰宅後、盗品の隠匿のために外出。夕刻、譫妄《せんもう》状態に陥る。
・第五日目（七月十一日）譫妄状態つづく。
・第六日目（七月十二日）譫妄状態つづく。
・第七日目（七月十三日）譫妄状態つづく。
・第八日目（七月十四日）午前十時、意識が戻る。ルージンの訪問。金貸し老女のアパートを再訪。マルメラードフの死。ラズミーヒンを訪問する。母と妹が上京してくる。

・第九日目（七月十五日）ソーニャが来訪。ポルフィーリーの官舎を訪問。スヴィドリガイロフ来訪。バカレーエフの宿屋で母妹、ルージンと会う。ソーニャ宅で「ラザロの復活」を読む。

・第十日目（七月十六日）午前、ポルフィーリーの官舎を訪問。途中、舎内に連行されたペンキ屋のミコールカが、金貸し老女殺害を自供。マルメラードフの葬儀。ソーニャを訪問し、金貸し老女とリザヴェータの殺害を告白。ソーニャ、自首を勧め、大地へのキスを要請する。一部始終は、スヴィドリガイロフが盗聴する。

・第十一日目（七月十七日）虚脱状態に陥る（語り手による記述がほとんど欠如している。この間、カテリーナの葬儀、追善供養を執りおこなうソーニャを見かけている）。

・第十二日目（七月十八日）虚脱状態つづく。

・第十三日目（七月十九日）クレストフスキー島の藪で夜明けに目覚める。ラズミーヒン来訪、老女殺し犯（ミコールカ）逮捕を伝える。続いてポルフィーリー来訪。ラスコーリニコフ犯人説を唱え、自首を勧める。居酒屋でスヴィドリガイロフと顔を合わせる。

・第十四日目（七月二十日）夕刻、旅館に妹ドゥーニャと母を訪問。その後、ドゥーニャが来訪し、犯罪の事実を知っていると伝える。ラスコーリニコフ、ソーニャを訪問。彼女から糸杉の十字架を首に授かる。センナヤ広場で大地にキスをし、自首。

物語ははじまる——七月七日

『罪と罰』について、語りうることはそう多くない。『罪と罰』を満たしている圧倒的なリアリティと、本書はある意味でほとんど接点をもたないといってよいかもしれない。では、どのような目的からこの本の執筆にたち向かおうとしているのか。それは、この小説を満たしている無数のディテールのもつ意味の深層へと読者を導くため、と一言だけ述べておこう。あるいは、小説世界そのものというより、その小説を生み落とした作家の内面と想像力の奥深くに分けいるため、いやその道標としていただくため、といいかえてもよい。

一八六×年七月、サンクトペテルブルク。戸外の気温が三十五度を超えようという異常に暑いある日の夕方、センナヤ広場に近い貧民区に住む一人の青年が五階建てアパートの屋根裏部屋から通りに出る。階段の数が十三段あることを、彼はそれまで意識したことはなかった。青年の名前は、ロジオーン・ロマーノヴィチ・ラスコーリニコフ、二十三歳。半年前にペテルブルク大学の法学部を学費未納のため中退したばかりで、学業はおろか、生活の資を得るための家庭教師のアルバイトさえやる気をなくし、来る日も来る日も奇怪な空想に耽りつづけている。心気症（ヒポコンデリー）に近い症状を病んでいた。心気症とは、簡単に言えば、今日にいう一種の精神衰弱である。

通りに出た青年は、S（ストリャールヌイ）横町を南に向かってゆっくりと歩きはじめたが、K（コクーシキン）橋の手前で運河沿いの道を右へ折れた。屋根裏部屋のあるアパートから目的地までの道のりを、彼はすでにそれまでに七百三十歩と正確に数えあげていた。長身の若者であるから、歩幅八十センチ、その距離およそ六百メートル先、歩いて七、八分の道のりである。目的地は、ある金貸し老女のアパートだった。

その日、彼は、すでに一カ月近くあたためてきたある計画を実行に移すべく、その下見を兼ねて下宿を出た。ほかでもない、当の金貸し老女を殺害したうえ、金品を強奪する計画である。青年は、エカテリーナ運河沿いに歩き、ヴォズネセンスキー通りまで来たところで橋を渡ると、今度は、運河を右手に見下ろしながら歩きはじめた……。

こうして、スレドネ・ポジヤチェスカヤ通りの南端にある老女のアパートにたどりつく。薄暗い階段をゆっくりと四階まで上りつめ、恐る恐るドアの呼び鈴を鳴らすと、極度に用心深い老女の目がドアの隙間の暗がりから光るのが見えた。老女の名前は、アリョーナ・イワーノヴナ。2DKの部屋に、腹ちがいの妹（リザヴェータ）と住んでいた。年齢は六十歳ぐらい、鼻がとんがり、極端に痩せこけている。

ラスコーリニコフは、老女に「親父の形見」である懐中時計を質草として差しだし、その際、部屋の様子や金品のありかを探ろうと急いで目を走らせる。手にできた額は、わずかに一ルーブル十五コペイカ。目的はあくまで「下見」にあったが、そうした行為のおぞましさに嫌気がさし、帰り道、生まれてはじめて薄汚い地下の居酒屋に立ち寄る。そこで話しかけてきた相手は、みすぼらしい姿をした酔いどれで、元九等官の退職官吏セミョーン・マルメラードフ。マルメラードフは、「貴婦人」の妻カテリーナの誇りや横暴のこと、先妻との娘で、いまは「黄の鑑札のお世話になっている」実の娘ソーニャのこと、さらには、ドイツ人女性の家主から、一家が暮らすあまりに粗末な下宿からも追いだされそうになっていることなど、あれこれ苦しい境遇について物語る。彼自身は、役人勤めをやめ、「干草船」と呼ばれる木賃宿で生活をはじめてからすでに五日目に入っていた。

このマルメラードフから聖書の引用をちりばめた高尚なお説を聞かされたラスコーリニコフは、酔いつぶれて足元もおぼつかない老人を自宅まで送っていくと、痩せこけた肺病病みの妻カテリーナから思いきり罵言を浴びせられる。カテリーナは一家の有り金を残らず使いはたした夫にとびかかり、髪の毛をつかんで引きずり回した。マルメラードフは叫ぶ。「これも、わたしにゃ、快楽なんでさあ！」。幼子を含めた一家のあまりの窮状を見て、ラスコーリニコフはなけなしの有り金を置いて退散する。

物語はここで第一日目を終える。

数秘術的関心

数への暗示的かつもの思わせぶりな執着のみならず、『罪と罰』の執筆にあたって作者は、かなり正確に当時の状況をなぞろうとしていた。物語の中心となる舞台は一八六五年とみられるが、その始まりのくわしい日時については、地下の居酒屋で出会ったマルメラードフのセリフから、七月七日（水）と限定できる仕組みである。根拠はほかでもない、彼が、ラスコーリニコフに向かって、「六日前のことですが、わたしが最初の給料をそっくりそのまま持ち帰ったとき、そう、二十三ルーブルと四十コペイカでした」というセリフである。当時、官公庁の給料日は月初めと定められていたから、そこから逆算することで物語の始まりの日が特定できるのだ。

七月七日――。ドストエフスキーのうちには、この七と七の数の併置にも好奇心が働いたことだろう。しかし彼はあえてそれを明示することを避けた。その理由ははっきりわからない。いずれにせよ、七という数字へのこだわり方は異常としかいいようがない。ドストエフスキー自身が通じていたピタゴラス派の理論では、七は、神聖、健康、理性の象徴とされる。もっとも、『罪と罰』における数の使用は必ずしもその理論にしたがっていない。なぜなら主人公のラスコーリニコフはそれら三つの特性をすべて失っているからである。他方、ベローフが書いているように、キリスト教神学では、七の数字に神聖な意味が託されている（『注釈』）。すなわち、神的な完全性を意味する三位一体の三、そして世界秩序を意味する四、これら二つを結合させた数である。最終的にこの数字は、『罪と罰』の構造そのものにもかかわっている。すなわち、6＋1（エピローグ）＝7の構造である。こうした数へのこだわりは、『カラマーゾフの兄弟』においても、12（4×3）＋1（エピローグ）＝13の形で踏襲されることになる。

『罪と罰』では、ほかに四の数への言及も少なくない。こうした数へのこだわりは、たんにピタゴラス派の数秘術に対する関心に由来するだけではない。むしろ彼の関心が、ロシアの民衆文化や福音書にしっかりと足場を置いているという点が大切なのである。

読者は少なからず、こうした数字や、日付への詮索を邪道とみて、ドストエフスキーの意図に反する逸脱と考えるかもしれない。しかし、それはまちがっている。ロシアの文化学者リハチョフが述べているように、『罪と罰』においてすべてのディテール、すなわち数字も、名前も、ペテルブルクのトポグラフィーも、事件が起こる時間もすべて重要な意味をもっているからである（「リアルな表現を求めて」参照）。また、タルトゥー派の言語学者トポロフも、「ドストエフスキーにおいて数は世界における大きさを決定するだけでなく、世界の最高の本質をも決定する。その本質に近づき、それを洞察するには、生命の充実が不可欠である」（「ドストエフスキーの詩学と神話的思考のアルカイックな図式」）と書いている。この、極端に合理主義的とも思える数へのこだわりは、もしかすると、この小説のもつ異様な熱気、異常な雰囲気に同期しようとする読者に、その危険性を知らせる一種のシグナルだった可能性もある。物語全体をおおう恐ろしい混沌のなかで、作者は、ひたすらリズムを刻んでいたのだ。それは、「バッカナリア（どんちゃん騒ぎ）」とも呼ぶことのできるカオスに、コスモスとしての「かたち」を与えるための努力だった。このリズムこそは、彼の想像力の宇宙にうごめく「現実」を、小説という新しい現実に移しかえるために不可欠の手法だったのだろう。その意味で読者は、ここにあげたような物語と数とがおりなす面と点の緊密な関係性について、ことさら神経質になる必要はないのかもしれない。小説全体の針路をコントロールする作家の胸の鼓動をしっかりと聞きとればよいのである。

なぜ、七百三十歩と正確に数えたか、という点にも、もしかすると数秘術的な意味が込められているかもしれない。だが、わたしはそこに、何事にも完全性をめざさなければ気がすまないラスコーリニコフの、合理主義への、正確さへの、ほとんどナルシシスティックな執念を見てとる。もっとも、物語三日目にあたる七月九日、現実に殺人の現場に赴く際、彼は下見のときとはまったく異なったルートを辿ることになった。そのとき彼は、七百三十歩という距離と時間に示される計画のディテールを完全に無視していたのだ。しかも、彼は、その前々日の下見の際、父親から形見に譲りうけた時計を質草に出していた（その裏蓋には、「地球儀」の絵が刻まれていた）。まさに、完全犯罪への欲求と、合理主義への熱狂、そしてそれらに反発しようとする無意識の欲望が、こうした矛盾だらけの行為を生みだしていたのである。しかしその行為に一貫していたのは、他でもない、自己過信であり、創作ノートでくり返し記される「悪魔的な傲慢」だった。

思えば、主人公のそうした思いあがりに襲いかかったのが、偶然の力である。ラスコーリニコフからすれば、逆に彼が偶然の力に挑みかかったともいえる。彼は、老女殺しを決意したころから、そうした非合理的な力を人一倍信じやすくなっていた（「このところ、迷信深くなっていた」）。迷信と信仰を、かりに合理性では解きえない何かに取りつかれる状態として解するなら、それらはたがいに紙一重の存在であることになる。ただし迷信は、しばしば無神論の一形式となる。

悲惨な「頂点」

この第一部で注目すべきディテールは、最初の数ページに集中している。まず、主人公ラスコーリニコフが暮らす生活空間に注目しよう。なぜ、屋根裏部屋なのだろうか。

屋根裏部屋というと、わたしたちはつい、極貧の生活を想像しがちだが、それはまちがっている。屋根裏部屋はけっして極貧の象徴としてあるわけではない。ラスコーリニコフ自身が恐ろしい貧困に苦しんでいることは確かだが、その貧困に彼を追いやったのは、むしろ彼自身であった。イギリスの研究者ヒングリーが書いている。

「学生の多くはほかの国では類をみないほど貧乏で、ドストエフスキーの『罪と罰』のなかの学生ラスコーリニコフと同じような、むさ苦しい生活をしていることが多かった。ラスコーリニコフのほうがほかの学生仲間よりよい住まいを持っていたかもしれない。というのは、彼はペテルブルクの、みすぼらしいけれど、とにかく屋根裏部屋に住んでいて、相部屋住まいをすることはなかったからである」（『十九世紀ロシアの作家と社会』）

ヒングリーの言葉を信じるなら、ラスコーリニコフの精神状態の悪化は必ずしも貧困のみが原因ではなかったことになる。屋根裏部屋は、むしろ現に彼が陥っている彼の病んだ精神性のシンボルとして意味づけたほうがよいのかもしれない。

ドストエフスキーはまず、この屋根裏部屋について「戸棚」を思わせた、と書いた。さらにその後で、「戸棚か、トランクか」と記し、さらには「船室」に三度なぞらえ、最終的には、上京してきた母親に「まるで、棺桶ですよ」と言わせることになる。「戸棚」にしろ「棺」にしろ、いずれも息苦しいことこの上ない場所だが、これらの比喩には、ドストエフスキー一流の暗示とほのめかしの術があったとみていい。ナジーロフという研究者は、「ドストエフスキーの小説世界における主要な対立（アンチテーゼ）、それは、「棺」と「空気」のアンチテーゼである」（『ドストエフスキーの創作原理』）と書き、「棺」に孤立を、「空気」に民衆の世界をそれぞれ当てはめている。図式的には、むろん、ラスコーリニコフの精神状況を示すそのような言い方も可能だろう。しかし、わたしはもっと大胆なアンチテーゼを示す必要があるのではないかと考えている。それは、「棺」と「大地」のアンチテーゼである。空気は、大地の一部にすぎない。

しかし、まず、屋根裏部屋そのものに注目してみる。

ドストエフスキーは、『罪と罰』の前作にあたる『地下室の手記』で、自意識という病を抱える一人の青年の物語を手記の形でつづった。「わたしは病的な人間だ」にはじまるこの青年の病は、他者の視線に対する異常なまでの敏感さを特色とするものだった。彼は、地下室を意識の迷宮になぞらえた。では、屋根裏部屋はどうか。「地下室」はあくまで人間の意識にかかわる比喩的な意味をもつものであるから、それがじっさいに地下になければならない理由はない。では、ラスコーリニコフの屋根裏部屋を、はたして「地下室」と呼ぶことができるのだろうか。わたしはできるとは考えない。つまり、ラスコーリニコフは「地下室」の人間ではない。そのトポグラフィー的な位置関係を考えた場合、屋根裏部屋と地下室はむしろ逆の位相にある。地下室とはうらはらに、たとえそれがどれほどみすぼらしいものであれ、屋根裏部屋は建物全体の頂点にあるということだ。頂点にありながら悲惨と同居する空間とでもいうべきか、ナポレオン主義にかぶれた彼の精神性のメタファーとしてこれにまさる場所はない。そして、さらに一ついえることは、主人公がいま、この息苦しい部屋を出て、地上に降りたとうとしていることである。屋根裏部屋ではどのような妄想も許されるが、地上にいったん降りたてば、そこは地上の現実とメカニズムが支配しており、必ずしも彼の空想のとおりには動かない。かりに、屋根裏部屋を地下室と同義にとるなら、そして、そこから出たいという意志の結晶が犯罪であるなら、地下室人たちを主人公にしたこれまでの小説はすべて、彼らの意識が、犯罪という一種の臨界点に達するまでの序章だったことになる。だから、屋根裏部屋と地下室では根本的に意味が異なるのである。では、地下室人とラスコーリニコフのちがいはどこにあったのか。清水孝純は、ラスコーリニコフが自分の肉体を「観念の検証に捧げる」のに対し、地下室人は「意識の相対性の中に埋没し、そこから出ようとはしない」と書いた（『道化の風景』）。まさにそうである。地下室人は地下から、ラスコーリニコフは天上から地上に出ることをとおして、はじめて、モノローグの世界（ナジーロフの言う「孤立」）からダイアローグのリアリティの世界（「民衆」）へ、さらには、カーニヴァルの世界へと出ていき、いやおうなく自分の身体を現実の前にさらすことになる。

黄、または黙示録的気分

アパートのおかみプラスコーヴィヤ夫人と出くわさずに無事下宿を出た主人公が、最初に出会う相手は金貸し老女である。名は、アリョーナ・イワーノヴナといい、腹ちがいの妹リザヴェータと同居していた。彼女の外貌を作家は次のように描写している。

「やせた、小柄な老女だった。年のころ六十前後、悪意のこもるするどい目つきをし、鼻はちいさくとがり、頭には何もかぶっていなかった」（第一部第一章）

読者には、しっかりとこの顔を思い浮かべていただこう。

次に、わたしが注目したいのは、いま、ラスコーリニコフを支配している「心気症」（ヒポコンデリー）である。「心気症」とは、一般に、自分の健康について過剰に気をとられ、重篤の病にかかっているとのパラノイア的不安を訴える神経症の一種を言う。ラスコーリニコフの場合、具体的に病の不安が表立って口にされることはなく、ただ作者の説明にその一語が使用されているにすぎない。だが、彼の現時点での精神状態を客観的に示す唯一の用語であるだけに、たんなる憂鬱病として軽視するのは危険だろう。そしてこの心気症のゆえか、あるいは彼がいま立てている計画のゆえか、彼が現に経験している一種独特の「終わり」の感覚にも十分に注意を払う必要がある。色で表すなら、作品全体の基調色ともいうべき黄。主人公ラスコーリニコフの屋根裏部屋、ソーニャのアパート、そしてポルフィーリーの執務室までもが黄の壁紙に覆われている。たとえば、金貸し老女の部屋に通された彼は、黄ばんだ壁紙、窓辺に置かれたゼラニウムの鉢植え、モスリンのカーテンを目にするが、そのときにわかに部屋に差しこんだ

（恐らくは黄色い）夕陽を見ながら、「きっとあの時も、太陽がこんなふうに照らしだすんだな！」（第一部第一章）と予感する。この夕陽こそは、ラスコーリニコフの無意識に現世との別れの予感を呼び覚ます惜別の光なのだ。彼は、この瞬間すでに、自分が近い将来にこの世界から姿を消すべき存在であることを察知しているかのようにさえみえる。

「世界の終わり」の感覚について、ここで贅言《ぜいげん》を弄するつもりはない。しかし、確認しておきたいのは、『罪と罰』の世界に濃厚にたちこめている黙示録的な雰囲気である。この濃密な黄昏の光のもとに、世界が終わりに近づきつつあると予言するのが、聖書を読みすぎた酔漢の道化マルメラードフである。そのペシミズムはどこから来るのか。

ラスコーリニコフが居酒屋で出会うマルメラードフは、アルコール依存症という以上にマゾヒストである。マゾヒストとならなくてはならない、そうでなくてはとうてい世界と向きあうことのできない自分がいる。なぜなら、マゾヒズムによって得られる「快楽」こそが、彼にとって唯一、生身で経験できる現実だからである（「これも、わたしにゃ、快楽なんでさあ！」）。そして、マゾヒストが天国への入場を許されるのは、ひとえに「それに値しない」という謙虚さゆえである。マルメラードフは「貧乏は悪徳ならず、でも、これが極貧となったら」とつぶやくが、当人はしかしたんなる酒飲みではなく、たいそう聖書好きで、ほかのだれにもまして信仰深い。彼はラスコーリニコフ相手の話に、のっけから福音書からの引用をちりばめるが、それが居酒屋にたむろする連中ばかりか、聞き手であるラスコーリニコフ自身にすら理解されているのかどうかわからない。しかし、マルメラードフが一種の終末論者であることは疑いようもない。忘れてならないのは、マルメラードフはその日、「黄の鑑札」を受けて娼婦となったソーニャに、三十コペイカを酒代として無心していることである。この三十コペイカのもつ暗示的な意味に彼は決定的に傷つき、ソーニャと自分を受難者像にだぶらせていた。マルメラードフが口にする福音書からのセリフは、彼がみずからをイエス・キリストに擬していることを暗示する。「見よ、この男だ！」（「ヨハネによる福音書」十九章五節）、「磔にしろ、裁きの人」（同、十九章六節）、「主よ、御国が来ますように！」（「マタイによる福音書」六章十節）といった、いかにも世界の終わりを待望するかのような彼のセリフは、じつは彼自身の救いようのない鬱のみならず、ラスコーリニコフによる二人の女性殺害を暗示する言葉となる。なぜなら、金貸し老女殺しは、後にも触れるように、アンチ・キリストによる仕業という解釈すら許容する可能性を秘めることになるからである。その意味で彼は、あたかも「神がかり」のように暗示的な言葉でラスコーリニコフの運命を予言する。それは次の一言である。「覆われているもので現されないものはなく、隠されているもので知られずに済むものはない」（「ルカによる福音書」十二章二節）――すべての秘密は露見する、と彼は予言していた。

次に、二日目にあたる七月八日と第三日目の七月九日の事件を具体的に紹介する。

七月八日の朝九時すぎ、ラスコーリニコフは下宿のおかみプラスコーヴィヤ夫人のもとで働く女中ナスターシヤにたたき起こされた。母プリヘーリヤからの手紙を届けにきたのだ。その長文の手紙には、最近の出来事が綿々とつづられていた。ラスコーリニコフの妹にあたるドゥーニャ（アヴドーチャの愛称）が、住みこみの家庭教師をしているスヴィドリガイロフ家で、その主人との間にあらぬ疑いをかけられ、妻マルファに追いだされたこと。その後、スヴィドリガイロフ本人の証言もあり、疑いが晴れた彼女は、マルファの遠縁にあたる中年の弁護士ルージンから求婚され、迷いに迷ったあげくにこれを承諾したこと。母と妹は、そのルージンの世話で、愛するラスコーリニコフが暮らすペテルブルクにいま旅立とうとしていること……。

しかしラスコーリニコフは、これが、自分を犠牲にして兄の将来への捨石になろうとする「犠牲結婚」であることを見抜き、断固阻止しようと決意をかためる。ここで一つ、母親の手紙のもつ象徴的意味について触れておきたい。それは、手紙が送り届けられた日が、七月八日、すなわち「カザンの聖母」祭の始まりの日と重ねあわされている事実である。のちに触れるように、それは、まさに「母」なるものの甦りを象徴する日だった。

街をさまよううち、ラスコーリニコフは親友の元大学生ラズミーヒンの下宿を訪ねることをいったん思い立つが、あらためて「あれ」の後にしようと思い直す。疲れ果てたラスコーリニコフは途中で道からはずれ、ペトロフスキー島の藪の中でしばらく寝込み、奇怪な夢を見る。

それは、幼いころの彼が父とともに村を歩き、あわれな「百姓馬」が、酔っぱらいの若者に鞭打たれ、血まみれになりながら惨死する、なまなましい夢だった。

夢から覚めた彼は、その血塗られた感触のおぞましさに、老女殺しの計画をいったんは断念する。こうして心身ともにふっきれ、心軽くなったラスコーリニコフは、下宿への帰り道、ふとした気まぐれから遠回りし、センナヤ広場に足を向けた。そして広場の入口で、金貸し老女の妹リザヴェータが、彼女の知人らしき商人夫婦と道端で立ち話をしている現場に行きあたり、その中身を小耳に挟んでしまう。リザヴェータは、明日の夕方六時過ぎ、その商人夫婦の家に招かれていた。つまり老女は、明日の夕方、あのアパートに一人きりになる！　これを聞いたラスコーリニコフは、さながら自動人形にも似た存在と化し、もはや運命の手から逃れられないことを悟るのだ。

そして三日目、正確には、七月九日、朝の十時、ナスターシャに起こされていったん眠りから覚めた彼は、その後ふたたび眠りに落ち、午後の二時過ぎにまた起こされて目を覚ます。しかしまもなく三度目の眠りに入る。そして、最終的に目を覚ましたのが、夕刻の六時過ぎのことだった。時計を質草に出したばかりで、「時刻」についてはほとんど勘に頼るほかなかった。三度目の眠りの際、彼は不思議なオアシスの夢を見た。「アフリカのエジプトかどこか」、コバルト色の水が砂の上を流れていく夢だった。神の恩寵でもあるかのようなこの夢のさなか、突如、時刻を告げる鐘の音が入りこんでくる。彼はぎくりとして目を覚ますが、すでにそのとき彼の理性は失われていた。斧をかけるための吊るし紐をコートの内側に縫いつけた彼は、十三段の階段を下り、下宿のおかみの台所にいつも置いてある斧を手に入れようとする。だが、女中のナスターシャが仕事をしていたためにこれをやり過ごし、今度は庭番小屋の椅子の下に偶然見かけた別の斧を手にする。こうして金貸し老女のアパートに着いた彼は、斧の一撃のもとに彼女を殺害するが、震える手で金品をあさっている現場に、腹違いの妹リザヴェータが突如姿をあらわす。そこで彼はついに彼女をも巻き添えにする。犯行後、さまざまな偶然に助けられ、ラスコーリニコフはようやく自分の下宿にたどりつき、証拠の品々を始末しようと図るが、もはや彼の心に正常な思考は残されてはいなかった。

以上が、第一部の概略である。

「試練」と「誘惑」1

『罪と罰』におけるラスコーリニコフの犯罪を一つの運命として読みとることに、どれほどリアルな意味があるかわからない。しかし作者自身は、確実にそのリアルさを意識していた。そのことを示すのが、緻密に計算された時間構成であり、教会暦への周到なまなざしである。

そこで第一に注目すべき点は、母親からの手紙が犯行の前日に届けられている事実である。なぜなのか。この問いかけそのものにすでに運命論的な響きがこもる。よって、これを恣意的と受けとる向きもあるだろう。しかし、作者は、まさにその日にねらいを定め、ラスコーリニコフのもとに母親からの手紙を届けた。手紙に綴られた思いは、彼の心の隅々にまで染みわたった。それほどにも青年の心は飢え、渇いていたのだ。しかし、すでに「あれ」の計画に手を染めている彼は、この手紙と決定的に対決しなければならなかった。

　運命論の立場からすれば、母親からの手紙は、第一の「恩寵」である。ところが同じ恩寵も、殺意にめざめたラスコーリニコフの見方からすれば、一種のハードル、一種の「試練」を意味するものとなる。ラスコーリニコフはこの「恩寵」のサインを無視し、「無事」試練をかいくぐり、結果として「恩寵」を退ける。

　この手紙に盛られているこまごまとした内容についてとくに言及する暇はないが、一つだけ注意したいのは、先ほども触れたように、ラスコーリニコフが母からの手紙を読む日が、「カザンの聖母」の日にあたっていることである。ロシアの聖像画でよく知られる「カザンの聖母」について述べておくと、一五七九年、九歳になる少女マトリョーナの前に聖母が現れ、その聖母のお告げにしたがって、大火にあったカザン市でこの聖像画の発掘が行われた。しかし結局のところ聖像画は発見されず、マトリョーナみずからが乗りだして発掘に成功した。そして、この奇跡を祝う儀礼が、毎年七月八日に行われるのである。この聖像画は、その後オリジナルはカザンにある聖母聖堂に納められ、またコピーは、モスクワ、ヤロスラヴリ、サンクトペテルブルクの聖堂に掲げられて、長くロシアの守護者として尊ばれてきた。

こうした背景的な意味を考えても、母親の手紙は、ラスコーリニコフの「計画」を阻止しようとする神の「恩寵」ととらえることが可能だろう。だが、先ほども述べたように、彼は、守護者による恩寵をどこまでも拒絶しようとする。拒絶は、果たして青年の意志だったのか、それとも彼の本能のなせる業だったのか。

「試練」と「誘惑」2

ところで、ドストエフスキーの小説には、夢の記述がなにがしかの象徴的な意味をになわされる形できわめてしばしば登場する（思い出されるのは、『白痴』におけるイッポリートの悪夢、『悪霊』におけるリザヴェータの想像妊娠、『カラマーゾフの兄弟』におけるドミートリーの「餓鬼んこ」の夢などである）。登場人物たちのそれぞれが、夢を見ることで異界との触れあいをもち、そこから働きかけを受ける。夢を見る登場人物は、いやより正しくは作者がその夢の内部に介入する相手は、特権的な役割を与えられた人物である。『罪と罰』でいうなら、ラスコーリニコフとスヴィドリガイロフの二人。しかしさしあたり、ラスコーリニコフの夢について、いくつか説明を施しておこう。『罪と罰』の読者にとって、迫害され、惨殺される百姓馬の夢ほど衝撃的な場面はない。フロイトもユングも存在していない時代、ドストエフスキーがどこまで夢判断の科学性に関心を抱いていたかは不明だが、彼は彼なりの直観にしたがって小説のプロットと夢の照応関係を効果的に築きあげようとしていた（「それともわたしたちの知らない、わたしたちの内部で叫んでいる自然の法則があるのか。夢」）。具体的には、馬殺しに興じる酔っ払いたちのサディズムを、現在の彼の内部で不気味に首をもたげる殺意に投影して見せた。夢の中のラスコーリニコフは、酔っ払った若者の悪行を見つめる少年であり、なおかつ酔っ払った若者自身でもあった。

では、この老いた百姓馬を虐殺する若者になぜ、ミコールカという名前が与えられたのか、ここで大きな疑問として浮上してくる。最後まで読み終えている読者は、物語の後半で、老女殺し犯ラスコーリニコフに代わって罪を引き受けようとする、同じザライスク出身のミコライ（ニコライ）ことペンキ職人ミコールカが登場することを知っている。そのミコールカが、間接的にはラスコーリニコフを自首に導く遠因の一つともなる。つまり、『罪と罰』には、ラスコーリニコフと同じザライスク出身のミコールカが二人登場するのである。チホミーロフはこの二人のミコールカについて、「あたかもロシア民衆とロシア精神の二つの貌を具現しているかのようである」と述べ、世界を支配する二つの方法、すなわち、馬殺しのミコールカに象徴される流血による支配と、ペンキ職人ミコールカに象徴される謙譲による支配という二つの道を暗示した。その見方はむろんまちがってはいない。しかし、この二人のミコールカの問題は、どうしてもそれだけで片のつく問題とは思えない。少なくともドストエフスキーは、そうした抽象論に導くために、この二人を配置したわけではなかった。これは、端的に予言であり、伏線だったのだ。ラスコーリニコフの分身として二人のミコールカがいる、という予言である。

「馬殺し」の夢を見た直後の描写に注目しよう。

「眠りから覚めた彼は、全身汗にまみれ、髪の毛まで汗に濡れていた」（第一部第五章）

ロシアの研究者カサートキナは次のように書いている。

「馬殺しの夢から覚めたラスコーリニコフは、まるで自分を、殺しにかかわった者たちと同一視するかのような口ぶりだが、しかし、この哀れな馬に降りかかったすべての打撃が、あたかも自分に浴びせられたかのように震えている」（「ロバの夢」）

カサートキナの考えを押しすすめていくと、ドストエフスキーにおいて、この老いた百姓馬が（「もう二十歳過ぎたばばあ馬じゃねえか！」）、金貸し老女とダブルイメージ化されていたことになる。と同時に、この百姓馬は、金貸し老女とともに無益に死を迎えるリザヴェータをも連想させるシンボル・イメージと化す。物語のなかで、リザヴェータは身の丈一メートル八十センチある「大女」とされている。『カラマーゾフの兄弟』の読者ならご記憶のことと思うが、遊び人たちに陵辱される「神がかり」で、スメルジャコフの母親であるリザヴェータは異様なほど小柄な女性として描かれていた。このことに思いを凝らすとき、『罪と罰』のリザヴェータの人物設定には、ある特別な目的が働いていたと考えざるをえなくなる。思うにこの呪わしい夢こそは、老女殺しの「計画」から逃れようとする彼に訪れた最初のチャンスだった。そもそも金貸し老女のアパートを出た彼が、ペテルブルク郊外にふらりと散策に出たのも、恐ろしい妄念が渦をまく屋根裏部屋から、できるかぎり遠ざかる目的があったからではなかったか。

事実、夢から覚めたラスコーリニコフは次のように叫んでいた。

「《神よ！》彼は祈った。《わたしに道をお示しください。わたしは、あの呪わしい……夢を断念します！》」（第一部第五章）

だが、最終的にその「恩寵」にあやかることはできなかった。できなかった理由は、ことによると彼自身のなかにはなかった。馬殺しの夢の場面における彼の反応は、きわめて理にかなっている。だが、「わたしに道をお示しください」と呻くように叫んだその瞬間から、物語の顔つきは一変しはじめていた。あたかも神が、「道をお示し」になったかのように、運命の歯車が狂いだすのである。神と運命がかりに別ものであり、運命を操る能力が神にあるとすれば、もはや神の意志としかいいようのない「偶然」が、彼の行動を金縛りにし、思うさま翻弄していくのである。

『罪と罰』の読者はここで、この小説が、一種の「運命の書」とでもいうべき趣を呈しはじめていることに気づくだろう。少なくともわたしにはそう感じられる。ラスコーリニコフは、重なりあういくつもの偶然によって犯行の現場にたどりつき、いくつもの偶然の手助けを得て無事アパートに帰還する。彼の脳裏にまとわりつく「殺人」の妄念に引き裂かれ、心と体はばらばらの状態にあるが、それがいくつかの偶然によって、現実化、一体化へといやおうなく移行させられていくのだ。かりに母と妹のペテルブルク到着が五日早ければ、状況は別のものとなっていた可能性がある。母親との再会の後に犯行におよぶなどといったことはよもやなかったはずだ。言い換えれば、彼はそれぐらいのすれすれの地点に立っていたということである。作者ドストエフスキーは、ここでもある意味で絶妙ともいえる時間配分を行った。

ドストエフスキーは創作ノートのなかでも、何度か「偶然に」という言葉を書き記している。ではなぜ、そこまで偶然にこだわったのか。ラスコーリニコフ自身、彼が知らない間に世に出た「犯罪論」で、すでに犯行の正当性を予言していたではないか。さらに一歩踏みこんだ言い方をすれば、作者自身、「偶然」の意味する内容が、神の不在という問題に繫がっていることを心のどこかで予感していた証ともとれる。

殺害の現場

「それにしてもなぜ、と彼はいつも自問するのだった。どうしてああいう重要な、あれほど自分にとって決定的な、と同時にあれほどにも偶然的な出会いが、センナヤ広場で（そちらに足を向ける理由すらなかったのに）、よりによってあの時刻に、彼の人生のあの瞬間に、しかもああいう精神状態にあるときに、そう、ああした状況をねらいすましたかのように訪れてきたのか？〔……〕そこで、まるで自分を待ち伏せしていたみたいではないか」（第一部第五章）

作者はたしかにこの「偶然」を強調しすぎるくらいに強調している。言い換えると、偶然と恩寵とが、入れ代わり立ち代わり彼の混乱した意識に襲いかかるのだ。庭番小屋に偶然に発見した斧を手にし、だれにも気づかれずに小屋を出た彼はこう独りごちる。

「こいつは理性じゃない、悪魔のしわざだ！」（第一部第六章）

こうして『罪と罰』最大のクライマックスともいうべき、アリョーナ殺害の場面へ向かって彼は疾走していく。

「一刻の猶予もならなかった。彼は、斧をすっかり抜きだし、ほとんど自分を感じることなく両手で斧を振りあげると、ほとんど努力もせず、ほとんど機械的に、脳天めがけて斧の峰を振りおろした。まるで力が抜けたみたいな感じだった。だが、いったん斧を打ちおろすと、たちまち体のなかに力が湧いてきた」（第一部第七章）

金貸し老女殺害の場面は、ほとんど音楽的ともいえるほど、圧倒的かつ扇情的なリアリティに満ちている。とりわけ最後の、「たちまち体のなかに力が湧いてきた」には、わたし自身鮮烈な働きかけを受け、わたしの存在それ自体が、歯車の地獄に巻き込まれていくような恐怖を味わった。まさにドストエフスキーの魔術にかけられたといってもよいほどの同化の体験だった。作家は、殺害後の興奮から醒めた主人公の心理を、時間軸に沿ってくまなく描写していく。

「完全に正気を保ち、意識のくもりも、めまいもすでに感じていなかったが、両手はあいかわらずふるえていた」(同)

だが、主人公をからめとっているのは、狂気と正気の分裂ばかりではない、意識と身体の動きが、完全に二分しているのである。

「だが、ある種の放心といおうか、ある瞑想にも似た状態が、徐々に彼をとらえはじめた」(同)

ラスコーリニコフはこの放心状態のなかではじめてみずからの「狂気」を客観化するのだが(「自分は気が狂いはじめているのではないか」)、身体は、まるで理性のコントロールから完全に見放されたかのように「ちぐはぐ」な行動を繰り返していたことを知る。思えば、これこそが、観念論の虜となった人間に襲いかかる現実の復讐だった。

もう一つ、老女殺しの場面で興味深いディテールを指摘しておかなくてはならない。信仰者としてのアリョーナの一面に関する描写である。小さな寝室の壁には、「ばかでかい聖像棚」が置いてあり、老女の首には、聖三位一体のような十字架二つとエナメル細工の聖像がかけられていたと記されている。それらの聖具は、まさにこの残酷極まりない殺戮のシーンを目撃する証人でもある。この場面を読む信仰深いロシアの読者は、古き良き聖なる世界が、ラスコーリニコフの凄まじい暴力によって徹底した蹂躙《じゆうりん》に曝されている、という印象を覚える。問題は、そこで同時に、老女の拝金主義を象徴する、お金と宝石ではちきれんばかりに膨らんだ財布の存在が強調されていることである。

多層的ともいうべきこの印象深いくだりから読みとれるのは、底意地の悪い金貸し老女を無意識のうちに陥れている二面性である。作家の想像力においては、まさに老女のこの分裂こそが、『罪と罰』が書かれた農奴解放後のロシア社会の縮図だったのだろう。それはまた、分離派の家庭に生まれたラスコーリニコフの前に立ちはだかる唾棄《だき》すべき教会権力の姿でもあった。

そうはいえ、読者はここで立ちどまって考えなくてはならない。わたしたち読者は、ラスコーリニコフの内面にみずからを近づけることで、この金貸し老女を不当に悪人扱いしてはいないか、と。彼女はそもそも、この地上から無条件に叩き出されるべき存在だったのか。むろんそのはずはない。

復讐

少し時間を遡る。

ラスコーリニコフは、物語の初日、すなわち老女殺しの前々日に、父の形見である銀時計を質入れしていた。そのため、近い将来に殺人をもくろみながら、そこに至るまでの時間に関しては、いやおうなく勘に頼るほかなかった。いかに「下見」が目的だったとはいえ、犯行前に時計を質入れするというのは、愚かとしかいいようのないミスである。見方によってはすでにこの瞬間から神に見放されたと考えてもいいし、逆に彼は、完全犯罪の夢を、予め捨て去っていた証ととることさえできる。それとも、この事実は彼自身がすでに心身喪失に近い状態にあったことを示唆しているのかもしれない。そして現実に彼は、下見の成果を少しも生かすことなく、ほとんど場当たり的としか表現できない行動に出た。しかし逆の見方をすれば、場当たり的であることほど、神の支配にたいする反抗として理想的な行動はない。

今、わたしの頭から、どうしても離れない謎がある。ラスコーリニコフからすると、絶対に現れないはずの時刻になぜリザヴェータは姿を現したのかという疑問である。

この謎は、おそらくラスコーリニコフの小さな「聞きちがい」に起因していた。確信はないが、わたしは次のような仮説を立てている。

すでに述べたように、ラスコーリニコフを最終的な「決断」へと導くのが、センナヤ広場でたまたま耳にした商人夫婦とリザヴェータの会話である。商人夫婦は、「六時過ぎ」に彼女を自宅に招いた。この「六時過ぎ」の表現が微妙なのだ。ロシア語では、「六時過ぎ」の表現を

「第七時目」という順序数詞を用いた表現によって表す。しかし、「七時に」というときは、基本的には、個数詞を用いる。ラスコーリニコフがセンナヤ広場に現れ、彼らのやりとりを耳にしたとき、この「六時過ぎ」つまり「第七時目」「七」が彼の耳に個数詞として聞こえた可能性がある。なぜなら、ラスコーリニコフからすると、商人のなまりはかなりひどく、「七番目」の発音は、「七」としか聞こえないほどくずされていたからだ。

В семом часу（フ・セモーム・チャスー）「六時過ぎに」
В семь часов（フ・セミ・チャソーフ）「七時に」

もしも、商人夫婦が、なまらず正確に「六時過ぎに（フ・セジモーム・チャスー в седьмом часу）」と発音していたら、ラスコーリニコフの聞きちがいは起こらなかったろう。なぜなら、標準語のロシア語には、子音のд が入っており、方言と容易に差異化しやすいからである。そもそもラスコーリニコフは、何メートル離れたところで彼らの会話を耳にしたのか。おそらく五メートルと離れてはいなかったのではないか。いずれにせよ、彼が千載一遇のチャンスととらえたこのディテールこそは、悪魔の囁きだったといえるのである。

この日の夕刻のラスコーリニコフの行動を時系列にしたがって簡単に整理しておく。「六時をとっくにまわった」時刻にアパートを出た彼が、老女のアパートに向かったのは七時少し過ぎのことだった。七時十分、彼はユスーポフ庭園そばの店でその時刻を確認している。彼が「六時過ぎ」というやりとりを正確に聞きとっていたとしたら、この時点で危機感を感じてよかったはずである。ここからおそらく四、五分で、現場に到着したものと思われる。金貸し老女殺害の犯行時刻は、七時二十分前後、それから数分してリザヴェータを殺害し、七時半過ぎ、コッフ、ペストリャコフらをやり過ごし、部屋を出たのが七時四十五分、斧を庭番小屋に戻し、屋根裏部屋に帰ったのは八時過ぎという計算である。

しかし、よくよく考えると、犯行前日の彼の行動にすでに二重の錯誤、逸脱を見てとることができる。第一に、センナヤ広場に立ちよるという行為がある。ここでかりに商人夫婦とリザヴェータのやりとりを耳にしたとしても、彼が、「六時過ぎに」と正確に聞きとっていれば、「六時過ぎに」金貸し老女のアパートを訪ねていったはずである。かりにそうであれば、殺害は、金貸し老女のみに限定され、リザヴェータ殺しを回避できた。ここであえて偏った見方をすれば、作者は、リザヴェータを巻き添えにさせるために、そう聞きちがえさせたということにもなる。総じて、ラスコーリニコフの混迷は深く、ほとんど限界に近づいていた。作者はのちに次のように書き記している。

「あのとき、たとえば、いくつかの事件の期間や日時など、いろんな点で勘ちがいをおかし

ていたこともはっきりわかった」（第六部第一章）

そこで問題となるのが、「聞きちがい」というトリックを仕組んだ作者の意図である。わたしが『罪と罰』の翻訳をとおして感じたのは、神の存在対人間として位置づけられたラスコーリニコフの立場の危うさである。彼はどこまでも、むきだしの、ありのままの人間としてふるまっており、神の試練を直観できる精神性をほとんど与えられていない。いや、神の「恩寵」を感じることができなかったからこそ、二人の女性を殺害した後でさえ、「理性と光」「新しいエルサレム」を叫ぶことができたのだ。

しかし、わたしの説明は、すでに第一部の範囲を大きく逸脱しているように思える。

第三の犠牲者

こうして殺害が現実のものとなり、殺害に託した理念、主義は成就された。いや、成就しかけたかにみえた。

このまま正当性への信念のみが持続し、後悔や、恐怖や、不安にかられることがなければ、「理論」の正当性は証明され、「新しいナポレオン」たる自覚で今後、生きることができたかもしれない。彼は善悪の彼岸に立つ。いや、老女殺しの理論が正当化されるのであれば、犯罪はべつに、完全犯罪である必要などどこにもなく、もとより、「完全」など望む理由もなかった。

それどころか、みずからの死をもって罪をあがなう必要すらもないにちがいない。何といっても、歴史の大義が実現されたのだから。「ぼく」がもしも正しく、「ぼく」がナポレオンであれば、偶然は味方し、「ぼく」を窮地から救いだしてくれるにちがいない。だから、堂々と逃亡すればいい。完全犯罪をもくろんでいたとするなら、犯行前に時計を質草に出すようなことはしない。「恩寵」が下ることは、火を見るより明らかだからである。

そして現実に彼が、殺害現場から下宿に帰るまでに経験したことは、まさに「恩寵」としかいいようのない偶然の重なりだった。神、いや悪魔が味方についた。

では、作者ドストエフスキーはこの偶然をどうみていたのか。金貸し老女およびリザヴェータを殺害したあとの主人公は、さながら大鎌で刈り取られたような、何かしら凄まじい力になぎ倒される。三日間にわたる「熱病」状態がそれを物語っている。

ここで一つ、事実を付け加えよう。それは、リザヴェータがたえず妊娠しているという、酒場で耳にした話である（「しかし、学生がおどろき、大笑いした点というのは、リザヴェータがひっきりなしに妊娠しているという事実だった……」）。ラスコーリニコフはなぜか、その理由に理解がおよばなかったし、現実に彼女が妊娠しているかどうか、という問題に頭を働かせることもなかった。しかしそれは、当然のことだが、最初からリザヴェータを殺す意図がなかったことを暗示している。考えようによっては、リザヴェータ殺しを回避するために、本能が「七時に」という時間を選択したとさえいえる。だが、恐ろしい報復＝試練が待ちうけていた。リザヴェータが姿を現したのだ。あたかも神の似姿として。そして彼女が現れたとき、彼はまさに狂乱の頂点にあって、いっさいの想像力と判断力から見放されていた。見放されていなければ、正常であれば、彼は躊躇したはずである。

さらにもう一つ、ドストエフスキーがこの場面に込めた意図を暗示する補足的ディテールがある。

ヴィスバーデン版、すなわち『罪と罰』（この段階では「告白」）が一人称形式による「中篇小説」として構想されていた段階で、作者は、このリザヴェータに、妊娠六カ月目というディテールを加えていたのである。そしてその「妊娠」の理由について作者は、ゾシーモフの原型であるバカーヴィンとリザヴェータが「できていた」事実まで女中のナスターシヤに暴露させている。そこでのやりとりを紹介しよう。

「なに？　やつが？　そんなばかな？」ラズミーヒンは叫んだ。

「そうなの。彼女、あの人に下着まで縫ってやっていた。で、やっぱり一文もくれてやらなかったけれどね」

「そんなことぜったいにあるもんか」ラズミーヒンは叫んだ。「彼女には、別の男もいたんだぜ。知ってるんだ」

「ええ、もしかして三番目もいたかもよ、いや、もしかして四番目だって」ナスターシャはそう言って笑いだした。「なんでも言うことをきく女だったのよ……いろんな遊び人がその人を弄んだの。見つかった赤ちゃんは、そいつらのよ……」

「赤ちゃんって？」

「解剖の結果わかったの。六月目だったんだって。男の子でね。死んでたそうよ」


現在わたしたちが読むことのできる最終稿とくらべても少しも引けをとらない、恐ろしくリアルな書き込みが行われていたことが、このやりとりに見てとれる。最終稿では、リザヴェータに対し、検死が行われたという事実も削除されている。しかし問題は、ラスコーリニコフが奪った生命が、二つではなく三つであったという事実である。では、このディテールが削られた理由とは何だったのか。想像するに、『ロシア報知』の編集人カトコフとしては、その内容のきわどさに責任がもてないというのが本音ではなかったろうか。事実、カトコフは、妊娠した女性の殺害というテーマに反対し、直接的な言及を行うことを許さなかった。その結果、最終稿では、きわめてあいまいな形で、「ひっきりなしに妊娠しているという事実」という記述に収まった。ドストエフスキーとしても結果的にはカトコフの忠告にしたがわざるを得なかったが、しかし彼が変更したのは、あくまでも表現上の問題だった。彼自身の脳裏には、妊娠六カ月という確たるイメージがしぶとく残存しつづけていたと想像する。このディテールを放棄し、回収することで、ドストエフスキーは、逆にラスコーリニコフに対し、別のかたちの圧力をかけざるをえなくなった。

反転する生命力

ラスコーリニコフの悲劇性、傲慢さが突出して現れる場面に注目しよう。彼がいかに、憎悪する力に優れていたか、を痛感させる一節である。ご存知のように、ラスコーリニコフは、スヴィドリガイロフやポルフィーリーにまで殺意を抱く。憎しみは一時的ながら、母プリヘーリヤ、妹ドゥーニャにも及ぶ。わたしたち読者は、この事実をしっかりと記憶に焼きつけなくてはならない。ラスコーリニコフは、瞬時にして、ほとんどサイコパスを想定させるほどに強烈な殺意を抱く「力」の持ち主なのである。

もう一度「理性と光」の場面に注目しよう。マルメラードフを自宅に運びこみ、有り金のすべてを置いて階段を下りてくる途中、彼は、ポーレンカ（ポーレチカ）という女の子に背後から呼びとめられた。そしてその少女から感謝のキスを受けた後に、彼は次のようなセリフを述べる。

「ポーレンカ、ぼくはね、ロジオーンっていうんです。いつか、このぼくのことも、お祈りしてくださいね」（第二部第七章）

マルメラードフ家の悲惨を目のあたりにしたラスコーリニコフは、すでに確信犯だった。彼は、自分の悲惨な結末を、逆に自分こそが犠牲者であることを認識しはじめていた。若々しい生命から唇にキスを受け、にわかな生命力の甦りを感じた彼の心のうちにみなぎってきたのは、悔悟ではなく、もっと荒々しい闘争本能だったのだ。

「蜃気楼め、うせやがれ、みせかけの恐怖、うせやがれ、〔……〕生命《いのち》はある！　おれはいま、ちゃんと生きてたじゃないか？　おれの生命は、まだ、あの老いぼればばあといっしょに死んじまったわけじゃない。天国で静かに眠ってくれ、ばあさんよ、もういいから、そろそろ三途《さんず》の川を渡ってくれ！　いまこそ理性と光の……意志と力の王国が訪れたんだ……これから見てやろうじゃないか！　これから力くらべしようじゃないか！」（同）

これは、まさにラスコーリニコフの極限ともいうべき傲慢さを暗示する独白である。

考えてもみよう。彼は、ポーレンカのキスを受け、「生命」を感じた（「生命はある」）。しかしその「生命」は、ラスコーリニコフの悔いに火をつける結果とはならなかった。むしろ「生命」が、いや、生命力としてのエロスが発動したのだ。ラスコーリニコフにおいては生命そのものが、まさに怒りであり、傲慢さそれ自体である。だからこそ、殺害計画は自己正当化に結びつき、一種の躁状態にも似て新たな闘争心へと彼をかりたてたのだ。その闘争心の源にはげしく脈うっているのは、自分の哲学は正しいという信念である。「理性と光」「意志と力」、これは、ラスコーリニコフがその犯罪論においてめざした、来るべき世界のヴィジョンそのものである。だから、「生命」によって彼の「悔い」がはじまることはなく、逆に世界とのさらなる闘争心に火をつけた。なぜなら、この不幸なポーレンカだけではなく、ソーニャ・マルメラードワも、金貸し老女の犠牲者だからである。彼は、ポーレンカを味方に引きしたがえることで、みずからの正当性の再確認に立つ。自分が、「天才」であるという自覚の再認識、ナポレオン主義の正当性の自覚、それはなんと心地よい形で訪れてきたことか。ラスコーリニコフの復活と救いへの道は一歩もはじまってはいなかった……。

かなり説明が先走ったが、これでひとまず第一部の解説を終えることにする。全体の六分の一。萌芽的にではあれ、ドストエフスキーはこの六分の一で、ある意味で「すべての問題」を提示した。しかし、ラスコーリニコフ自身についていえば、彼の物語はまだ緒についたばかりである。

2 引き裂かれたもの

理性と光、意志と力

ラスコーリニコフは確信犯である。殺人を正当だ、と感じる狂気を必ずしも多くの人間が持ちあわせているわけではない。殺人犯を人非人と呼ぶことは容易だが、殺意が揺るぎない正義として認識されるときが場合によってはある。革命や戦争がそうではないだろうか。いや、革命や戦争を待たずとも、ラスコーリニコフのような人間の心には、そういった認識があたかも本能の一部でもあったかのように宿ることがあるのだ。このラスコーリニコフの心根の優しさと殺意の間の断絶をどのようにして埋めることができるのか、作家の真の力量が問われる部分がそこにあったとみていい。小説をそのままの現実として受け容れることのできる若い読者なら、それを説明するうえでさほどの工夫は要らないだろう。だが、すでに四十代半ばにあった作者は、時代全体を相手にそれなりの説得力をもって闘わなくてはならなかった。『地下室の手記』において、革命家チェルヌイシェフスキーを徹底的に攻撃したのも、けっして生半可な決意ではなかった。彼が、かりにもみずからの政治的信念の結実として『罪と罰』の執筆に向かっていたとするなら、右に述べた主人公内部における断絶については、限りなく言葉を尽くさなくてはならなかったはずである。ラスコーリニコフが文字通り、引き裂かれ、断ち割られた男であったのなら、はたしてそれがどのような現実をいうのか、読者をしっかりと納得させなくてはならない。むろん、観念の狂気といった抽象的な言葉でけりをつけてしまう手もある。しかし、その程度の言葉ではたして読者は首を縦に振るものだろうか。

『罪と罰』第二部は、物語四日目すなわち事件の翌日七月十日の記述からはじまる。

半ば譫妄状態に近いかたちで眠りをむさぼっていたラスコーリニコフだが、ふたたび女中のナスターシヤに起こされ、警察への呼びだし状を渡される。恐る恐る警察署に出向いた彼は、未払いの下宿の家賃の督促状にサインを求められた。だが、警察の事務官ザメートフや、偶然現れた「火薬中尉」ことイリヤ・ペトローヴィチ、署長ニコジーム・フォミーチらとのやりとりのなかで、昨日の老女殺害事件が話題となっているのを耳にし、その場で卒倒してしまう。ふと気づくと、署長が目の前に立ち、自分を不思議そうに見つめていた。こうして彼は、殺害の嫌疑がすでに自分に向けられているのではないかと疑心暗鬼にかられはじめる。

焦燥と不安のとりことなり、何ひとつまともに考えられないラスコーリニコフは、街をさまよいながら、殺した老女から奪った財布や宝石を、ある資材置き場の石の下に隠しこむ。やがて彼は、ほとんど無意識のうちに旧友のラズミーヒンを訪ねるが、あっけにとられる友を尻目に、理由も告げず、さっさと退散してしまう。

屋根裏部屋への帰り道、彼は、ニコラエフスキー橋でネヴァ川のパノラマを眺める。大学に在籍していた時分、時々立ちどまっては眺めつづけてきたパノラマであり、ペテルブルクの偉大さへの思いとはおよそかけ離れた「名状しがたい寒気」を覚え、福音書に書かれた「ものも言わず、耳も聞こえさせない霊」の存在をつねに感じつづけてきたのだった。ラスコーリニコフにとってペテルブルクはまさに悪魔に取りつかれた町のように感じられた。六時間ほども街なかを歩きまわり、屋根裏部屋にたどりついた彼は、疲労と恐怖のあまりそのままベッドに倒れこみ、譫妄状態に陥る。

それから三日間、ラスコーリニコフは半ば意識不明の状態で眠りつづけた。殺人の衝撃は、それほどにも強烈だったということだ。むろん眠り続けたといっても、正確には、半眠半醒の混沌のなかで正味三日間の時が流れたと考えていい。そして四日目の朝十時にようやくその状態から覚めると、下宿にラズミーヒンの姿があり、ナスターシヤとともにかいがいしく世話を焼いてくれていたことを知る。母プリヘーリヤからの貴重な仕送り金、三十五ルーブルも届けられた。知り合いの医者ゾシーモフも姿を現し、ラスコーリニコフの様子を注意深く診察した。

そこへ突然、かしこまった身なりの見知らぬ男が姿を現した。「妹ドゥーニャの婚約者」である弁護士のピョートル・ルージン。尊大なルージンと、居あわせた全員の間には緊張が走り、ルージンが母プリヘーリヤのふるまいを貶める言葉を吐くにいたって、ラスコーリニコフは怒り心頭に発し、彼を部屋から追いだしてしまう。一人にしてくれと言いはるラスコーリニコフを残し、ラズミーヒンもゾシーモフも退散し、例の殺人事件の話に神経質に反応するラスコーリニコフについて感想を交わしあう。そのラズミーヒンの遠縁に、辣腕《らつわん》で知られる予審判事ポルフィーリーがいた。

一同が姿を消すと、ラスコーリニコフは母からの送金を懐に入れ、「一切合財にけりをつける」つもりで街なかへ向かう。レストラン「水晶宮」に立ちより、茶を飲みながら最近の新聞で殺人事件にまつわる情報を入手する。そこにふらりと現れたのが、警察署の事務官ザメートフだった。二人の間で、殺人事件をめぐる駆け引きめいたやりとりが行われるが、青ざめたザメートフを残し、ラスコーリニコフはふたたび巷にさまよい出る。「警察署に行こう」と思いながら、いつしか彼の足は事件現場へと向かっていた。しかし殺人のあった部屋は、すでに修復の最中だった。

金貸し老女のアパートから通りに出た彼は、途中、人だかりに気づくが、それは、酔いどれ役人マルメラードフが馬車に轢かれた現場だった。マルメラードフはすでに瀕死の状態にあった。ラスコーリニコフは彼を妻カテリーナの待つアパートに担ぎこむように命じる。アパートでは、以前、マルメラードフが酒場で語ったお定まりの愁嘆場《しゅうたんば》がくり広げられるが、手当てのかいなく死んでしまう。その死に際に突如姿を現したのが、美しいブロンドの髪と、すばらしく青い眼をしたソーニャ・マルメラードワだった……。

母からの送金の大半をマルメラードフ家に残し、帰りの道すがら彼は、近所に引っ越してきた親友ラズミーヒンのアパートを訪ねる。容態を案じたラズミーヒンは、ラスコーリニコフを自宅の下宿に送っていくが、そこに待っていたのは、ペテルブルクに到着したばかりの母プリヘーリヤと妹ドゥーニャだった。

ここで第二部が終わる。記された最後の日付は七月十四日である。

ラスコーリニコフ、名前の起源1

はじめに、主人公の名前の分析にとりかかろう。先にも引用したリハチョフの意見にしたがうなら、わたしたち読者はその由来を知る権利がある。

ラスコーリニコフによる金貸し老女殺害は、周到に仕組まれた計画殺人だった。計画殺人は、犯罪のなかでももっとも重罪とされる。すでにパラノイア的な症状を呈している彼にとって、金貸し老女は、極限にまで肥大した悪の幻影としてあった。たしかに貧乏学生ではあるが、だからといって、金に窮してもくろまれた殺人ではない。それはあくまでも思想殺人であり、その意味で、現代風に「テロル」の言葉で置きかえることのできる犯罪である。では、テロルとは何だろうか。それはほかでもない、相手にみずからの存在を納得させる手段として、恐怖を演出することをいう。では、殺人によって社会不安を増大させるといった目的が彼にはあったのだろうか。小説中に、そのあたりの説明はない。

そもそも、恐怖とは必ずしも持続的な情動ではない。ラスコーリニコフのテロルは、「終末」の時代にアンチ・キリストの登場を予感させるという意味において、テロルだったにすぎない。この言い回しは少し難しすぎるかもしれない。それはともかく、社会不安を目的とする殺人ではなかったことだけは確かである。ただ、何らかの選民意識によってなされる老女殺害をあえてテロルと考えるなら、その殺人のもつ意味は一気に広がりを帯びてくるはずである。

ロシアの研究者ベローフは、『罪と罰』の主人公ロジオーン・ロマーノヴィチ・ラスコーリニコフ（Родион Романович Раскольников）における、名前、父称、姓の取り合わせに注目し、「ロマノフ王朝（романович）の祖国（родион）を叩き割る人（раскольников）」という解釈をあぶりだした。説得力のある、みごとな字解きである。ここに投影されているのは、もはやラスコーリニコフ個人ではなく、一種の集団的な力の存在である。その集団的な力とは、一に、ロシア正教の祖国ロシアを破壊へと導こうとする革命家たち、二に、「新しいエルサレム」への入場を拒否された者、すなわち「貧しき人々」の一群である。殺人を犯したラスコーリニコフは、いま、この二つの範疇に属している。しかしこのベローフの謎解きが示唆している範疇は前者である。ラスコーリニコフが対決している相手は、究極的に帝政ロシアであり、その象徴的な存在である皇帝（ツァーリ）ということになる。ドストエフスキーはもしかすると、この『罪と罰』を書き、「罪」と「罰」の関係性の不条理に思いを凝らしながら、ある一つの思いに浸っていたのではないか。権力の権化たる皇帝が、すべての災いの源にして、民衆の大いなる父であり、かつ悪しき父であるなら、そのような「父」は亡き者にしなければならない。つまりドストエフスキーは、このラスコーリニコフの老女殺しに、半世紀後の一九一七年のロシア革命を見越していた可能性があるということである。ラスコーリニコフが殺した相手は金貸し老女ではなく、しかもそれはたんなる手段にすぎなかった。彼は叫ぶ。「おれは人を殺したんじゃない、主義を殺したんだ！」（第三部第六章）。では、「主義《プリンツィプ》（принцип）を殺した」とはどんな意味だろうか。

　端的に答えるなら、現在、自分が陥っている不安と恐怖の現実に照らし、自分は、自分がかねて抱いていたナポレオン主義の理想をまっとうできず、つまり主義に殉じることができず、理由もなくおめおめと生きているということだ。それは、少なくとも、ごく月並な意味における「後悔」ではない。何かしら根源的なものへの着地を拒まれているという感覚である。では、何をもって根源的というのだろうか。「後悔」をこそ、だろうか。しかし「後悔」することにどれだけ意味があるのか。

ラスコーリニコフは何としても「反省」「後悔」という地点に立ち帰ることができない。そして、そうしたラスコーリニコフに下された罰、すなわちリザヴェータ殺しという「偶然」も、彼の「悪魔的な傲慢」がはじき飛ばしてしまう。これこそは、神が、ドストエフスキーが、みずからの主人公にかけた試練だったはずだが、ラスコーリニコフにはそれをしっかりと受けとめるだけの理性も冷静さも欠けていた。

ラスコーリニコフの老女殺しには、テロルがいやおうなく第三者をも巻きこむという真理が示されている。ドストエフスキーはこの問題に恐ろしく敏感に対応していた。主人公は、なかば自動的に振り下ろした斧の重さに、一切の人間的な感情が欠落していることに気づく（「だが、おかしなもんだ、どうしておれは、彼女のことをほとんど考えもしないのか、まるで、殺してなんかいないみたいに？」）。信念と化した憎悪とはそのようなものなのだ。信念のレベルでとらえるなら、ラスコーリニコフの犯罪は、一八六六年四月に起こった皇帝暗殺未遂事件の犯人ドミートリー・カラコーゾフとほとんど変わらない。金貸し老女へのテロルは、まさに幾何学のような清潔さで成就されることが理想だったが、その理想はもろくも内側から崩れ去った。すでに犯行前に、時計を質入れし、下見のときに想定していた七百三十歩を無視して大きく迂回する（予定より少なくとも五分以上オーバーしている）、すなわち「二重の基準」の論理にしたがって行動していたからである。そもそも彼は、極度に時間を気にしながら、ほとんど無意識のまま各ポイントを通過している。完全犯罪をもくろみながら、他方で彼は、まるでルーレット盤に投げ込まれたボールのように、みずからの運命を偶然に委ねるのだ。

ラスコーリニコフ、名前の起源2

第二に問題とされるのは、ロシア正教会とはげしく対立する異端・分離派（旧教徒、古儀式派）との関わりである。『罪と罰』は、象徴的なレベルにおいてペテルブルク対分離派の構図をとっている。そもそもペテルブルクの建設では、尨大な数の犠牲者が生まれた。その数八万人から三十万人とする見方があるほどである。すでに引用した「ペテルブルク、空なるべし」の神話にも、大帝およびペテルブルクの町そのものに対する民衆の呪いが込められるにいたった。ドストエフスキーは、この現実に強い関心を抱き、それを小説の基底に据えようとしていたかのように見える。おそらくはその目論見のためだったと思うのだが、ドストエフスキーはこの小説にさまざまな謎かけを施した。まず、彼は、ラスコーリニコフの出身地をたんに「R県」としてイニシャルを示すだけで、具体的にその名を明かすことはなかった。では、なぜ、特定を避けたのか。たとえば、当時の読者に対して配慮せざるをえない何かしら公的なタブーが存在していたのだろうか。にもかかわらず、作者は、いくつかの場所で、ペテルブルクの底辺に巣くう人々を、「ザライスク（Зарайск）」という具体名によって象徴的に束ねようとしていた。

小説のモデルとなった宝石商殺害事件の犯人ゲラシム・チストフがやはり分離派教徒だったことが知られている。ラスコーリニコフの代わりにあえて濡れ衣をかぶろうとするペンキ職人のミコールカも分離派の一つ「逃亡派」に関わりをもっていたことが明らかにされる。ミコールカがラスコーリニコフと同じR県のザライスク出身であるという設定は、当然のことながら彼ら二人の分身性を暗示するものでもある。ここには、みずから苦しみを求め、神の世界に招かれたいとする分離派特有の終末的想像力の影をみることができる。ラスコーリニコフもその精神的なラディカリズムにおいてミコールカに劣らない終末論者の一人だったとみていい。

序論でも述べたとおり、一八六〇年代のペテルブルクは、性と飲酒の地獄だった。たとえば、「売春」という行為ひとつとっても、当時の人々がそこにどれほどの罪の重さを感じとっていたかわからない。悪臭芬々《ふんぷん》たるペテルブルクの荒《すさ》みきった光景を目にした者からすると、黙示録的、終末的といった形容はたんなるレトリック以上のものがあったと思われる。ソーニャとリザヴェータにおける性が、分離派ないし異端派と重層的にからみあっているという江川卓の指摘は、きわめて重大な意味を帯びている。江川は、だれの子とも知れず、妊娠をくり返しているリザヴェータを異端派（鞭身派）に結びつけ、彼らの儀式（ラデーニエ）でしばしば見られた乱性交の結果と考えた。ソーニャは、第四章でもくわしく触れるように、「黄の鑑札」を受け、娼婦を生業としていた。作家の目に、ペテルブルクとはまさに、神の裁きを待ち受けるソドムとして映じていた可能性があるのだ。したがって『罪と罰』では、殺人犯ラスコーリニコフが一種の「救済者」たる役割を帯びていく状況も克明に描きだされている。少なくとも金貸し老女は、絶対悪の権化として意味づけられなくてはならなかった。では、ドストエフスキーは、彼の主人公が選びとったテロルの手段を心のどこかで容認していたのだろうか。イエスとも、ノーともいえる。少しあからさまな印象を述べるなら、金貸し老女殺しをどこかで許容し、リザヴェータ殺しは容認しないという屈折した「二重の基準」が、『罪と罰』の根底を支えていたように思える。これこそは、ドストエフスキーの迷いを暗示するものだった。農奴解放後のロシア社会は、拝金主義の横行によってロシア人の伝統的な精神性が根本から揺らぎだした時代である。農奴解放は、金という新しい神を生み、人々は新しい神の支配に組みしかれていた。金貸し老女アリョーナ・イワーノヴナと、小売商リザヴェータ・イワーノヴナは、イワンという名前の同じ父親をもちながら、正反対の精神性を受けつぐ結果となった（アリョーナの正式名はエレーナ、リザヴェータはエリザヴェータの民間名である）。そればかりか、二人の名前そのものに、遠くはピョートル大帝による改革が、直近では、農奴解放が二つに断ち割ったロシアの精神性がシンボリカルに提示されていた。すなわち、金貸し老女アリョーナは、まさに時代の先端を行く拝金主義のシンボル的存在として、逆に、四六時中妊娠をしているリザヴェータは、かぎりなく受動的な神がかり（聖痴愚）的存在として意味付けられたのである。しかし思い返せば、ラスコーリニコフの斧の犠牲者となるアリョーナもまた、ロシアの近代化の犠牲者としての一面を持っていたことを忘れてはならない。そしてその意味において彼女は、リザヴェータと同等の立場に立っていたということができるのである。

ラスコーリニコフ、名前の起源3

では、ラスコーリニコフと分離派はどのような糸で結びついているのか。先ほどのベローフに劣らず独創的な解釈を試みたのが、江川卓だった。江川は、ラスコーリニコフの頭文字ＰＰＰの図像学的な特色に着目し、黙示録に登場する悪魔の数６６６の反転した字面をそこに見てとった。『罪と罰』における「父殺し」のモチーフを考えるうえでも、この発見には興味深い事実が含まれている。なぜなら、ラスコーリニコフを金縛りにしたナポレオンは、ロシアの民衆意識のなかで「アンチ・キリスト」としての影を背負わされてきた経緯があるからである（いわゆるゲトマリア数値表に照らして、ナポレオンには、６６６の数が与えられた）。ここで「父殺し」に重ね合わされる主題とは、いうまでもなく皇帝暗殺であり、国家転覆のテーマである。

大軍を率いてロシアに襲いかかったナポレオンと、黙示録の都市ペテルブルクにアンチ・キリストとして登場するラスコーリニコフをダブルイメージと見るところから、小説の新しい断面が立ち現れてくる。歴史的事実としてここで確認しておきたいのは、ナポレオンのロシア侵入が一部の地主階級からは歓迎されていた事実である。また、ナポレオン主義への傾倒は、強者たらんことを志すラスコーリニコフの権力欲を意味する以上に、「僭称者」ないしは体制転覆者としての役割がひそかに背負わされていた可能性もある。

もう一つ、少し控えめな解釈も紹介しておこう。ラスコーリニコフの字解きをめぐってロシアの研究者アリトマンが次のように書いている。

「ドストエフスキーはピョートル大帝をロシアで最初のニヒリストとみなし、ロシア正教会が麻痺したのは、ピョートル以来のことと考えた。ピョートルの改革は知識層にニヒリズムを招来し、人民大衆に分離をもたらしたのだった」（『ドストエフスキー　名前の里程に従いながら』）

ちなみに、ドストエフスキーは、『罪と罰』の草稿でラスコーリニコフの母に次のようなセリフを語らせている。

「ラスコーリニコフというのは、立派な姓なんだよ。〔……〕ラスコーリニコフ家は二百年来有名な家系でね」（同）

アリトマンはその上に立って、「ラスコーリニコフはどうやらほんとうに分離派の出身のようである」（同）と書いている。

ドストエフスキーは、この『罪と罰』の発表の時期をめぐってそれなりにタイミングを意識していたにちがいない。『罪と罰』の連載は、一八六六年の一月から一年間あまり、『ロシア報知』誌上で行われた。ここでプリヘーリヤが口にした「二百年来」という言葉を念頭に置き、『罪と罰』の発表年からその年数を差しひけば、一六六六年の年号が浮上してくる。これは、ほかでもない、ロシア正教会が、真っ二つに「分離」した教会分裂（ラスコール）の年号である。つまり『罪と罰』とは、分離派誕生二百年記念の小説だったともいえるのである。

そして、ここに新しく立ち現れるのが、「悪魔」もしくは「アンチ・キリスト」としてのラスコーリニコフ像である。物語の第一日目、彼が居酒屋で会ったマルメラードフのセリフ「けだものの姿と、けだものの徴を帯びている」に注目しよう。マルメラードフが、この一節を口にしたとき、彼は、ほかでもない、その名に、PPP＝666の烙印を押されたラスコーリニコフ本人を目の前にしていた。ちなみにドストエフスキーは、黙示録のこの一節が記された福音書の余白に「社会主義（социал.）」という言葉を残していた。ラスコーリニコフが666の烙印を背負いつつ、666が「社会主義」の刻印を意味していたとするならば、ラスコーリニコフは必然的に「社会主義者」として意味づけられていたことになるが、はたしてその理解は正しかったのだろうか。分離派の人々も、儀礼や戒律の点で違いがあるとはいえ、まっとうなロシア正教徒の一部ではないか。むしろナポレオン主義を、正統のロシア正教会にはげしい敵意を抱き、これを「アンチ・キリストの教会」とみなす分離派特有の観念的熱狂と見ることもできるのである。問題は、ナポレオン主義（一種の目的至上主義）という理念の歴史的スケールと、金貸し老女殺しという現実の落差そのものにあるのかもしれない。

ドストエフスキーはまた、ラスコーリニコフをロシアの詩人レールモントフが書いた物語詩「悪魔」の主人公になぞらえながら、予審判事ポルフィーリーをとおして次のような嫌味を口にさせたのだった。

「つまりその、凡人と非凡人ってのをどうやって見分けるかってことです。生まれたときに、すでに何か印でもついてるわけですか？」（第三部第五章、傍点筆者）

分身関係、またはザライスク

では、かりにアリトマンのいうように、ラスコーリニコフが「分離派」の一人であったなら、具体的にはどの宗派にかかわっていたか、が大いに気になってくる。「分離派」とひと口に言っても宗派はさまざまであり、大きくは、穏健派の容僧派と急進派の無僧派の二つにわかれ、とくに後者は、正統の教会を、先ほども述べたように、「アンチ・キリストの教会」とみなして種々の機密を拒否し、使徒継承性をもつ聖職者のステータスすらも否定したことが知られている。
ラスコーリニコフの宗教的な出自を探るうえで、一つの手がかりとなるのが、ペンキ職人ミコールカである。予審判事ポルフィーリーは、ミコールカについて次のように解説する。
「で、ご存じですかね、やつが分離派《ラスコーリニキ》の出だってこと？　いや、分離派なんてもんじゃなく、異端派ですよ。やつの一族には逃亡派が何人かいて、やつもつい最近まで、とある村の長老のもとでまる二年、教えをうけていたらしいんです。この話は、ミコールカと、やつと同郷のザライスクから来た連中に聞きましてね。とにかくあきれましたよ！　ただもう隠遁することばかり考えていたんですって！　すっかり狂信的になって、毎晩神さまに祈り、古い『真理の書』を読んで読んで、読みふけっていたらしいです。そこにもってきて、ペテルブルグがやつに強烈に作用した、とくに女と、酒ですがね。〔……〕そこにどんと今回の事件が起こった！もうすっかり恐くなって――首を吊るだの、逃げだすだのって！」（第六部第二章）
読者の多くはすでにご存知だろう。ラスコーリニコフの身代わりに自首して出るミコールカは、分離派のなかでもラディカルな「無僧派」に属していた。大事なのは、このミコールカが首吊り自殺を試みたという記述である。ペテルブルクに来て、金が少しでもたまれば、売春宿に通い、大酒に耽ってきた彼は、仕事中、同じアパートで起こった殺人事件に度肝を抜かれ、それこそアンチ・キリスト（つまり悪魔）が降りたった、世界に終わりが来たとみて、神の裁きが下る前にみずからを裁こうと思いいたった――そのように理解すべきなのだ。つまり、アンチ・キリストの出現を予感させる凶悪事件が、目の前でじかに起こったという事実に、元来、信仰心の篤い彼の（逃亡派の一人としての）本能が芯から震撼させられたということである。

では、ラスコーリニコフ自身はどうなのか。金貸し老女はどうなのか。わたしはここに、異端派（とくに去勢派）に通じるラディカルな現世拒否の精神性をみたい気がする。高利貸しの老女に悪のシンボルをみる彼の無私無欲ぶりには、異端派としかとらえられない部分があるからである。むろん、去勢派でなければならない理由はない。わたしとしてはむしろ、そのパラノイア的な観念性と無私無欲ぶりを強調したいだけのことなのだが、この問題はついに江川卓によっても明言されることはなかった。かりにラスコーリニコフが、その「二つの階層」または「二つの基準」に象徴される西欧かぶれの合理主義者という点においてアンチ・キリスト呼ばわりされるなら、むしろ分離派からも分離した人間という解釈を施さざるをえなくなる。ポルフィーリー同様、異端派への連想はまさにそこから出てくる（「いや、分離派なんてもんじゃなく、異端派ですよ」）。

ドストエフスキーは、ペテルブルク対分離派の対立の図式を、ペテルブルク対ザライスクの構造に置きかえて集約化し、象徴化していた。ザライスクは、作家自身が少年時代の夏を過ごしたダロヴォーエの領地から約十露里の距離にある町だが（夏の期間中、一家はこの町の市場をしばしば訪れた）、当時からすでに、宗教的にラディカルな人々が数多く居住する「自由思想に伝染した」地域として警戒されていた（ちなみに、ザライスクの語源は「ひと思いに」の意味である）。金貸し老女殺人ににわかな不安にかられたミコールカが、ペテルブルク市内にあるペスキ地区の「同郷人（コロムナ）」のもとに走ったのも、分離派の血が騒いだからにほかならない。思えば、同時にラスコーリニコフの血も激しく沸きたっていたのである。

犯行から五日後の夕方、センナヤ広場に立ちよったラスコーリニコフは、「粉屋の店先であくびをしている赤いシャツの若者」に声をかけ、例の商人夫婦の名前を問いかける。

「なんていう名だ？」

「親にもらった名前でしょ」

「なに、きみもザライスクの出身じゃないか？　何県だ？」

これに対して若者は答える。

「うちらはね、旦那、県じゃなくて、郡なんです」

奇妙な会話だと思った読者が少なくないだろう。

「赤シャツ」が肯定しているのか否定しているのか、この会話からはわからない。

このやりとりはほとんど前後のコンテクストを欠いており、動機づけも明らかではない。では、ドストエフスキーはこの会話をとおして何を暗示しようとしていたのか。自首して出たミコールカの存在が頭から離れないラスコーリニコフの深層心理だろうか。ザライスクは、より正確には、リャザン県ザライスク郡と呼ぶのが正しい。したがって、「県」ではなく、「郡」と答えたこの「赤シャツ」は、ザライスクという出自をより明確に定義づけたことになる。ザライスク出身のラスコーリニコフが、なぜ、郡と県を混同するようなことをしたのか。

ラズミーヒン——引き裂かれざるもの

『罪と罰』の主人公が「引き裂かれた」存在であるならば、それとは逆に、引き裂かれていない、ある意味で調和的かつ統合的な人物が存在してよい。『罪と罰』に登場する女性たちが、かりに母と大地のカテゴリーに包摂されるべき存在であるなら、男性の登場人物たちは、究極的にすべてナポレオン主義に象徴される強権的な父として意味づけられる宿命である。

わたしたち読者がラスコーリニコフの傍らにつねに目にするのは、彼とは対極的な存在ともいえるドミートリー・ラズミーヒンである。「六尺豊かなロミオ君」とからかわれる大男ながら、心根はいたって繊細だ。彼の遠縁に予審判事のポルフィーリー・ペトローヴィチがいたことは、ラスコーリニコフの運命にとって決定的ともいえる役割を果たした。しかし、ラズミーヒン自身が果たす役割の大きさははかりしれず、その役回りの重要さという点でいうと、スヴィドリガイロフとくらべてまったくひけをとっていない。準主役級いやそれ以上といっても過言ではなく、ハムレットに対するホレーショといった役どころにとどまるものでもない。では、友人づきあいが極端にとぼしいラスコーリニコフに対して、ラズミーヒンはなぜほとんど特権的といってよい立場に立ちえたのだろうか。

問題は、ラズミーヒンの姓である。大酒飲みの彼の豪放磊落ぶりとはうらはらに、その姓が示しているのは、なんとラーズム（разум）すなわち「理知」である。この落差はどこに由来しているのか。読者の多くは、ラズミーヒンと「理知」が、イメージの点でいかにもそぐわない印象をもったのではないか。作者が、ルージンに誤って「ラスートキン」（Рассудкин の語源には「分別」の意味がある）と呼ばせ、スヴィドリガイロフに「ラズミーヒン君とかいう人のこともちょいと耳にしましたがね。思慮深い青年というじゃないですか――名は体を現すねえ」と言わせていることからも明らかなように、ラズミーヒンは、作者が確信をもって名づけた姓だった。おそらくその姓は、狂気に取りつかれて血迷うラスコーリニコフとの対比のなかで選ばれた人物名ということもできる。

しかし、読者にとって何よりの関心は、彼の思想的背景である。ルソーの『告白録』を訳そうと企むほどの男だから、かなり高い知性の持ち主であることはまちがいない。では、彼の思想的な背景を示すディテールはどこに示されているのだろうか。第一に注目していただきたいのは、第三部で彼が、ラスコーリニコワ母娘に向かって口にする次のセリフである。

「だって、信じられますか、やつら、完全な没個性を要求し、ここに人間たる醍醐味《だいごみ》がある、なんて言うんですからね！　自分自身でなくなろう、自分にもっとも似ていないものになろう、と、こうですよ！　しかもやつら、これを最高の進歩だなんて思っているんですから」（第三部第一章）

これは、ラズミーヒンが前日、引っ越し祝いに集まった「社会主義者ども」とのやりとりを再現してみせたセリフの一部である。ラズミーヒンのこのセリフに着目したチホミーロフは、彼が、これ以降、一八六〇年代前半にドストエフスキー兄弟が標榜する「土壌主義」哲学の一貫した体現者となると書いている。つまり、ラズミーヒンはこの時期のドストエフスキーの思想的な分身として意味づけられていたのである。ここには、あきらかに当時の革命家たちに対する批判、社会主義に対する、とりわけフーリエ主義に対する批判が込められているが、ラズミーヒンの思想的な立場は、この後、予審判事ポルフィーリーとのやりとりのなかでよりくっきりと浮きぼりにされることになる。長くなるが引用しよう。

「もし社会が正常に組織されれば、すべての犯罪はたちまち消えてなくなる、なにしろ、抗議するものがなくなってしまうし、みんながいっせいに正しい人間になるわけだから、とくる。そこでは、人間の本性ってのがカウントされてない、本性はそっちのけだ、本性は無視されてるんだ！　人類が、歴史の生きた道をその果てまで開拓していけば、やがてひとりでに正常な社会ができあがるってふうには、やつらは考えない、それどころか、社会システムは数学的な知識から生みだされ、それからあっというまに全人類を団結させて、たちまちのうちに、公正で、罪のない社会をつくりあげるっていうんだよ、いっさいの、歴史的な、生きた道のりを通らずにだぞ！　だからやつら、本能的に、歴史ってものが大きらいなんだな。『歴史なんて醜悪と愚劣のきわみ』とか言ってね、なんでもかんでも愚劣でかたづけちまうって魂胆さ！　そんなわけで、生活の、ほんものの生きたプロセスも嫌ってる、生きてる魂なんていらないってわけ！」（第三部第五章）

社会主義による合理主義的かつ人為的な社会作りに、「理知の人」ラズミーヒンが大いに反対する。右の引用からも、彼が信念の人であり、しかも信念にはなかなかの熱がこもっていることが明らかだが、最終的に批判の矛先は、フーリエ主義に向けられる。

「で、けっきょくは、フーリエが言いだした共同宿舎《ファランステール》のレンガ積みやら、廊下作り、部屋作りにこき使われるだけってわけ！」（同）

ラズミーヒンがここで言わんとしているのは、「本性」というものの動かしがたい価値である。「本性」は、ある意味において歴史の代名詞となる。ラズミーヒンは、歴史の有機的な歩みを尊重しなければならない、人間の本性そのものが謎に満ちており、社会主義者が考えるほど容易に組織化できないと考えるのだ。これは、『地下室の手記』の主人公の主張と一脈通じるところがある。しかし彼はけっして「地下室人」ではない。いや、地下室人とは対極的な地点に立つ存在といってもよい。しかし同時に、地下室の対極としてイメージされている屋根裏部屋の住人でもまったくない。

さて、ラズミーヒンの「本性」の哲学ないしは「土壌主義」と、ラスコーリニコフのナポレオン主義は、どのような形で交錯しえたのだろうか。ラスコーリニコフとラズミーヒンの友情は、そうした主義主張を超えた何かだったのだと思う。ラスコーリニコフが老女殺害の前にラズミーヒンのアパートを訪ねようとしたのは、たんなる偶然以上の何かだった。彼自身がいま抱いている「計画」、つまり「本性」とはうらはらな人為性に対して徹底的なノーを突きつけてもらいたいという、ある無意識の、受動的な願望の現れ……。

いずれにせよ、「本性」の有機的な一体性、歴史そのものの揺るぎないプロセスに対する信仰において、ラズミーヒンはラスコーリニコフと決定的に対立していた。そのことを考えると、ラスコーリニコフの行く末を案じ、婚約者となるドゥーニャとシベリアに赴く計画を打ち明けるラズミーヒンには、作者ドストエフスキーから委託された使命があったことになる。ラズミーヒンに、大地、農耕、豊穣を司る女神デーメーテールを語源とする「ドミートリー」の名が与えられたのは、その意味でも当然だった。ラズミーヒンは、「土壌」という観念のもつ一体性において、後で述べるように、殺された「母たち」の側にどこまでも立ちつづける存在なのである。

3　ナポレオン主義または母殺し

隠蔽された何か

一人の人間から、一つの人間的な感情が抜け落ちる。先天的にそういう例もあるにちがいない。人に殺意を抱き、計画し、実行に移す。それを「特殊事例」とみるか、「一般事例」とみるのか。

ラスコーリニコフの殺意に同化できる読者もいれば、できない読者もいる。同化できる、できないの前に、そのリアリティを全身で受けとめてしまう読者もいる。たとえば、かつて十代半ば近くに『罪と罰』を読んだわたしがその一人だった。『罪と罰』における殺人は、まさにアプリオリのものとしてあった。殺人とは、想像力そのもの、リアリティそのものであって、たとえばナポレオン主義などという「殺人哲学」が背後にあろうがなかろうが、そんなものはどうでもよかった。

思えば、『罪と罰』を事前の物語として読むか、事後の物語として読むか、によって根本から意味は変わる。老女殺害は、早くも第一部で起こってしまう。圧倒的な数の読者にとって『罪と罰』は、事後の物語である。すなわち、読者の関心は、主人公ラスコーリニコフの将来、すなわち果たして彼は真に生まれ変われるのか、という点に集中する。しかし、もしこのように『罪と罰』を事後の物語としてのみ読むならば、老女殺害の動機を探ることにはあまり意味がないことになる。

『罪と罰』第三部は、物語八日目にあたる七月十四日に起こった一連の出来事の記述に費やされる。ちなみに、第四部も同じ日の記述にあてられている。

翌朝、酔いから覚めたラズミーヒンは、前夜のふるまいにはげしい自己嫌悪を覚えながらも、入念に支度してバカレーエフの旅館に向かった。そこで彼は、アヴドーチヤの婚約者ルージンが、上京してきた母と娘を駅まで出迎えなかったことを知った。彼は、母親プリヘーリヤからルージンの手紙を見せられるが、そこには、ラスコーリニコフが自分をこっぴどく侮辱したことや、彼が、馬車に轢かれて死んだ酔っ払いの一家のために、なけなしの二十ルーブルを手渡したことが暴きたてられていた。ラズミーヒンは二人をラスコーリニコフの下宿に案内するが、それよりもひと足早く医師のゾシーモフが来ていた。ラスコーリニコフは、マルメラードフ一家の話や、お金を手渡した経緯について説明するが、母親は、スヴィドリガイロフの妻マルファが急死したことを彼に告げる。その後で、ラスコーリニコフが妹ドゥーニャにむかって、「おれか、ルージンか」と迫ると、ドゥーニャはルージンからの手紙を差しだし、夕刻、旅館での会合に来るように懇願する。そこへ思いがけず、ソーニャ・マルメラードワが姿を現し、昨夜の見舞いのお礼をいい、一同を驚かす。ラスコーリニコフは丁重に彼女を家族に紹介するが、母と妹は遠慮して、帰り支度にとりかかる。

ラズミーヒンは母と妹を慰めるために、彼の不健康を理由に旅館に戻るように頼みこむ。ドゥーニャに一目ぼれした彼は、旅館に送る途中、思わず彼女の婚約者をあしざまにけなす。ゾシーモフは、ラスコーリニコフにパラノイア的な兆候が現れていると注意し、彼女たちの到着で快方に向かうだろうと予言する。

一同が帰った後、ラスコーリニコフは、ラズミーヒンに、父親から譲りうけた時計と妹からのプレゼントの指輪を金貸し老女の質草に入れていたことを告白する。ラスコーリニコフは、予審判事ポルフィーリーのもとに出向いていくべきかどうかラズミーヒンにたずねる。ラスコーリニコフ、ラズミーヒン、そしてソーニャの三人は、屋根裏部屋を後にするが、その別れ際、ひとりの男が遠くから見守っていた。男は、ひとりになったソーニャの後をつけていくが、相手はなんと、自分と同じアパートの同じ階に部屋を借りていることがわかった。一方、ラズミーヒンとラスコーリニコフは、ポルフィーリーのもとに出かけていく。ラスコーリニコフは、ポルフィーリーの部屋に入るや、昨晩、自分が金貸し老女のアパートを訪ねていった事実を知っているかどうか見破らなくてはならないと思う。

予審判事の部屋の隅には、警察事務官のザメートフの姿があった。ラスコーリニコフはさっそく質草の話題に移るが、そこでただちに、ポルフィーリーが前の晩の一件を知っていることに気づく。だが、話の途中でがらりと話題が変わり、ポルフィーリーは、最近、雑誌に載ったラスコーリニコフの「犯罪論」に言及しはじめる。その論文がすでにぼつになったものと思っていたラスコーリニコフにとってまったく意外な事実だった。ポルフィーリーは、その論文の内容をくわしく説明し、ある種の人間は、法に触れることなく、犯罪を犯す権利があるとする彼の哲学に厳しいアイロニーを浴びせかける。彼の説明は、ラスコーリニコフの論文の内容を意図してゆがめたものであったが、彼は平然としてその問題点を指摘する。ラスコーリニコフの考えによれば、人間は二つの階層に分けられ、第一の階層は、現在の人間であり、第二の階層は、未来の人間であるなど、より正確に自分の主張を開陳する。一連のやりとりのなかで、ポルフィーリーは、ラスコーリニコフが金貸し老女に時計をあずけた日と殺害の日を意識的に混同して彼を驚かせる。親友ラスコーリニコフが恐るべき選民思想を抱いていることを知ったラズミーヒンは耳を疑い、帰り道、彼にその真偽を確かめる。ラスコーリニコフとラズミーヒンは、母と妹が宿泊する旅館に向かうが、道々、ポルフィーリーとザメートフがラスコーリニコフに嫌疑をかけていることを知って憤慨する。

バカレーエフの旅館に到着する間際、ラスコーリニコフは、何かを思いたったように屋根裏部屋に引き返し、壁の穴に隠した盗品を確認する。異状は見られず、一安心して中庭に出ると、庭番が彼を指さし、町人風の服装をした男に紹介するところが目に入った。不審にかられたラスコーリニコフが男の後を追っていくと、男はいきなり小声で「人殺し」と吐きかけるようにつぶやく。恐怖にかられたラスコーリニコフは、震える足を引きずりながら屋根裏部屋に戻り、倒れこむ。やがてわれに返るや、「おれは人を殺したんじゃない、主義を殺したんだ！」「じゃあ踏み越えたかっていうと、踏み越えられず、こっち側に居残った」とつぶやき、かと思えば、「おれはいっぱしの美学をもったシラミだ」と傲然と居直ろうとする。ラスコーリニコフの心は二つに割れ、周囲のすべてに対する憎悪にかられる一方、ソーニャ、リザヴェータ、母、そして妹に対する哀れみの念を抑えきれない。

それから彼は、しばらく妄念にふけり、半時間ほどの眠りのさなか恐ろしい夢を見る。「地面から湧いて出たような」町人の手招きで老女のアパートに赴くと、老女はまだ生きていて、部屋の隅に隠れている。夢のなかで彼はふたたび斧の一撃を浴びせるが、老女は薄気味悪く笑うだけで死のうとしない。恐ろしくなってアパートを逃げだそうとするところで彼は夢から覚めた。目を開けると、扉口に一人の初老の紳士が立っていた。アルカージー・スヴィドリガイロフ。時間は、夕刻の六時半を過ぎていた。

第三部はここで終わる。

犯罪は時間とともに成熟した。犯行後の孤独のなかで、ラスコーリニコフはますます依怙地《いこじ》になり、感覚を鈍らせていった。彼の心には、善意や怒りはあっても、悲哀を感じる力はほとんどなく、それゆえ、ソーニャに対する感情も最後まで一方的なものとならざるをえなかった。プラスコーヴィヤ夫人の娘ナターリヤとの愛も、解釈の仕方によっては、不遜きわまりない恋であったことを知る。ラスコーリニコフのなかに確実に欲望がうごめいていた。だが、その欲望を、作者はどこまでも隠蔽しようとしている。なぜ、隠蔽するのか。一般の読者が、彼の性的欲望、性的関心の所在について素朴な疑問にかられるのも当然である。なぜなら、ドストエフスキーが性を意識しないはずはないからで、現実に、ラスコーリニコフとの分身性を意識しつつ登場するスヴィドリガイロフは、まさに性の奴隷だった。

ラスコーリニコフのうちに現実的な感覚としてあるのは、ゆがんだ正義の観念と嫌悪である。酔っ払った少女に近づいてゆき、「スヴィドリガイロフ君」を追っ払う彼の敵愾心も、人間的な甦りを彼に約束する愛のかけらたりえない。むしろ観念化された善悪、純粋無垢へのナルシシスティックな同化にすぎなかったように思える。そしてそれも傲慢のなせる業なのだ。たとえば、彼にとっていくつかの試練の一つである「百姓馬」の夢が挙げられる。あの夢から覚めたラスコーリニコフは、何によって殺人の計画を諦めようとしたのか。何かしら人道的とよびうる感覚だったろうか。いや、むしろ原初的な力、大地と無意識の底から突きあげてくる、荒々しい力だった。あるいは憐憫——しかし憐憫は、愛にくらべ、あまりに表層的であり永続性に欠ける。そんな少年の過去を、母親がどのように解説してみせたかを、多くの読者は記憶している。

ナポレオン主義

『罪と罰』の読者は、ラスコーリニコフによる金貸し老女殺害の動機をなかなか正確につかみとることができない。ドストエフスキーは、謎かけに長けた作家であり、これといった決定的なひと言を与えようとしないからである。いや、彼の目には、登場人物の内面があまりにも見えすぎるからというほうが上手な説明といえる。それだけ、同化の力が優れているということでもある。『罪と罰』以後の作品でも、彼はしばしば何がしかの事実を前置きなしに提示し、後からその裏づけを行うといった手法をとった。ラスコーリニコフについていえば、まず、屋根裏部屋から通りに出る彼の行動が描写され、「あれができるだろうか」という提示がなされ、その「あれ」はどこまでも隠される仕組みである。主人公が、マルメラードフを自宅に送りとどけ、帰り際、階段の上でポーレンカからキスを受ける場面の謎めいたセリフも、主人公の内部にある鬱積した観念をかすかに仄めかせるにすぎない。そうした犯行の動機のあいまいさについて、ソ連時代の文芸学者シクロフスキーが書いている。

「ドストエフスキー自身、犯罪をどのように動機づけたらよいか、なかなか決断がつかなかった」（『ドストエフスキー論　肯定と否定』）

そして、第三部第五章にいたって、犯行の動機というよりむしろその背景の説明がなされ、わたしたち読者は、ラスコーリニコフが発表を意図して書いた論文「犯罪論」から、その歴史的背景も含め、おおよその輪郭を知ることになる。だが、それでも読者は、やはり核心は先送りされていると感じる。もっともラスコーリニコフ自身はうかつにも、投稿した雑誌（『週刊言論』）がすでに廃刊となり、新たに衣がえした『月刊言論』に発表されていることを知らなかった。これもまた、彼の失態というより、「偶然」の復讐だったのかもしれない。かりに発表の事実を知っていたら、彼が現にもくろんでいる犯罪が露見する可能性があることを予知できたし、犯行は未然に防げた可能性もある。

『罪と罰』の主人公の持論を、一言で要約すると次のようになる。

非凡人は、ある種の障害を踏み越える権利をもつ、ただし、その踏み越えが人類にとって必要となる場合に限る。

後でくわしく説明するが、ラスコーリニコフのこの犯罪論は、当時ロシアで刊行された「ある本について」書かれたものだった。ちなみにこの「ある本」とは、『罪と罰』の前年にペテルブルクの出版社から二巻本で出た、ナポレオン三世による『ジュリアス・シーザー伝』である。出版社としても、そのあまりの過激な内容に恐れをなしたのか、著者の名前は匿名扱いされた。そしてこの時期、各国語に訳されてひとしきり話題になったのが、その「序文」だった。肝心のその序文の一部を引用してみる。

「本書の目的とするところは、以下のことを証明することにある。すなわち、神がシーザーやカルル大帝、ナポレオンのような人物を遣わすのは、諸国民に対して彼らが従うべき道を示し、それぞれが自らの天才をもって新しい時代の訪れを刻印し、数年のうちに数世紀にあたる事業を完成させるためである」

ナポレオン三世のこの思想には、神の使命を授かった天才と諸国民（すなわち凡人）という二分法が見てとれるが、彼自身は、『フランス革命史』（一八三七）を書いたスコットランドの歴史家トーマス・カーライルから影響を受けている。数々の偉人伝の執筆で知られたカーライルは、時代の新しいモードとなった物質主義や功利主義、さらには凡俗たちの著しい進出に異を唱え、それらに対抗する英雄や天才の優越性を謳いあげた思想家として知られている。すでに多くの研究者が指摘しているとおり、ラスコーリニコフが展開する独自の選民思想には、このカーライルの影響が一部含まれていた。

「二つの階層」

さて、「二つの階層」論、すなわち非凡人と凡人の二分法について少し説明を加えよう。

「かりにケプラーとかニュートンとかの発見が、いろんな事情がかさなり、もうどうしても世間に知られそうにない、ということになったとします。しかし、それが、発見のさまたげだとか、障害とかになって立ちふさがっているひとりの人間、もしくは十人、百人、あるいはそれ以上の人間の生命《いのち》が犠牲になることで世間に知られるようになるとしたら、ニュートンは自分の発見を全人類の前に明らかにするため、その十人なり百人なりの人間をなきものにする権利がある。いや、それどころか、彼の義務といってもいいくらいなんですね」（第三部第五章）

そして彼は、彼が非凡人と考える古代の偉人から、リキュルゴス、ソロン、ムハンマド、ナポレオンなどの名前をあげ、「むしろびっくりするほどですよ、こういう、人類の恩人だとか立法者だとかの大部分が、とくにたくさんの血を流させてきたんですから」（同）というのである。ムハンマドを「犯罪者」と呼ぶのは、一般の読者としてもかなり抵抗があるはずだが、ラスコーリニコフはひるまない。彼はさらに、歴史における非凡人と凡人のそれぞれの役割を明確にし、第一の階層である凡人すなわち「現在の主人」と、第二の階層すなわち「未来の主人」の二つに分けて、第一の階層は世界を維持し、それを数量的にふやしていく、そして第二の階層は世界を動かし、それを目的へとみちびくと豪語する。
ラスコーリニコフのこの思想が、グローバル化、二極化と呼ばれる現代に生きる読者にとってどれだけ説得的な意味をもちうるか、わたしにはわからない。しかし、この選民主義に、一種の全体主義的な発想の芽生えがみられることは疑いようがない。参考のために、ソ連時代の研究者グロスマンの言葉を引用しておこう。
「ラスコーリニコフは、これらの問題を自分に適用して解決するにあたって、征服者や主権者よりもむしろ精神文化の担い手である学者や賢者や立法者や改革者に思いをこらしている。〔……〕ドストエフスキーが作り上げたこの若い思想家は、世界の救済と革新をめざす最高のヒューマニズムのためでなければ犠牲を許容しない。ラスコーリニコフは、自分の考えを口にするときには、一瞬たりとも、人類のまことの指導者とみとめる新思想の持ち主の序列を念頭から離したことはない。これは利己主義的な虚栄心ではなく、人々の幸福を願って解放計画に呻吟する苦悩者なのである」(『ドストエフスキイ』)
これはある意味で全面的ともいえるラスコーリニコフ擁護、いや二分法の擁護である。ここに、たとえば、右の引用のなかにある「解放計画」に示されているのは、社会主義である。グロスマンとしては、マルクスやレーニンの名前を書き添えたかったかもしれない。さらに、二分法という点に限っていえば、いわゆるボリシェヴィキ革命が「第一の階層」である「ほんとうの人間」によって指導されてきたという歴史的事実がある。その意味でも、グロスマンとしては、ラスコーリニコフの主張に一定の評価を与えなくてはならない立場にあった。彼の思想は必ずしも一方的に否定されるべき性質のものではない、という主張である。

思想の起源

では、ラスコーリニコフははたして無神論の立場に立つ男なのか、というと、そこがむずかしい。なぜなら、ポルフィーリーに対する長広舌の終わりに彼はこう宣言しているのだ。
「だれもがみな、平等な権利をもっているんです、そうして Vive la guerre éternelle（永遠の戦争、万歳）、むろん、新しいエルサレムが生まれるまでの話ですけどね！」（第三部第五章）
完全な相対主義である。これはたしかにニヒリズムといってもよい思想だが、問題は、ポルフィーリーの「あなた、やっぱり新しいエルサレムを信じているんですか？」の問いに対し、ラスコーリニコフはきっぱりと、さらには、「神も信じてるんですか？」の問いに対しては、「上目づかいで」相手をうかがいながら、「信じています」と答え、そして「ラザロの復活」については、意表を突かれたのか、うろたえ気味に「し、信じてますとも」と答えていることである。ポルフィーリーの厳しい追及をなんとかやり過ごすための方策とみるのが妥当だが、そこにはラスコーリニコフの内部における微妙な「二枚舌」のうごめきを見てとることもできる。

読者の直観として、ラスコーリニコフが確信をもって答えることができたのは、第一の質問だけであった。つまり彼が、「新しいエルサレム」に、新しい意味を付与していたことだけはまちがいない。それは、「社会主義者がその目的として希求している新しい生活秩序であり、普遍的幸福が実現するはずの秩序」(ベローフ)、さらには、「貧しきものたち、女や子どもたちを、バビロンの虜囚から、資本主義の不運から、救い出す」(キルポーチン)目的である。

これらの指摘には、たしかな裏づけがある。かつてドストエフスキーとともに「ペトラシェフスキーの会」に加わっていたあるメンバーが、のちに『罪と罰』について次のように書いているのだ。

「ラスコーリニコフが「新しいエルサレム」をそもそもどんな意味に用いているか、疑問の余地がない。それは、社会主義者がそのめざすところとして希求する新しい生活秩序であり、普遍的な幸福を実現させるはずの秩序である。ラスコーリニコフはそういう秩序が可能であると信じる気であり、少なくともその可能性に異を唱えてはいない」(アフシャルモフ)

ソ連時代の研究者は、おおむねラスコーリニコフを社会主義者としてとらえようとしているが、それならば、彼は、同時代のさまざまな社会主義者、たとえば、チェルヌイシェフスキーやピーサレフといった思想家たちに対して共感を抱いていたのだろうか。もし抱いていたとしたら、ドストエフスキーはなぜ、小説のどこかで、彼の思想を、社会主義という言葉で明示することを避けたのか。母親のプリヘーリヤはたしかに、息子への手紙のなかで、「愛するロージャ」が、最近の流行にかぶれることを案じていた……。

予審判事ポルフィーリーは、彼の思想に空想的社会主義をかぎあて、フーリエの唱えた共同宿舎「ファランステール」に言及する。その口ぶりに対してラスコーリニコフは猛然と反抗する。あなたは何者か、どうしてそんな高みから平然と語れるのか、と。

ポルフィーリーの直観はあたっていなかった。なぜならラスコーリニコフの思想は、フーリエよりもさらに進化していたからである。

そのヒントとなるものが二つある。まず、一八六〇年代にロシアで流行したマックス・シュティルナーの『唯一者とその所有』の影響である。極端な個人主義を標榜したシュティルナーは、そのなかで、他者との交換不可能な自分自身の自我以外のすべてのものを空虚として退け、その自我が、みずからのもてる力によって所有し、消費するものだけに価値を認めようとしていた。そして、このような極端な個人主義の立場から、彼ら個々人の価値を貶め、疎外しようとする国家や社会の存在を否定し、アナーキズムの思想家たちにも強い影響をもたらしたのである。

二つ目は、ラスコーリニコフが、ポルフィーリーとの議論のなかで思わず口にする「永遠の戦争、万歳」の一言である。これは、フランスの社会主義者で「アナーキズムの父」とされるピエール・プルードンが書いた『戦争と平和（La Guerre et la Paix）』（一八六一）からの引用である。この著作は、『罪と罰』が執筆される直前の一八六四年にロシア語に訳され、ドストエフスキー兄弟が出していた雑誌『時代』にもその要旨が紹介された経緯があった。チホミーロフは書いている。

「ラスコーリニコフにおいて、流血、暴力、犯罪は、歴史的発展の基本的な形式であり、法則であったとするならば、プルードンにおいて、戦争、流血は、人類の歴史に欠かせない推進原理である。ラスコーリニコフの理論と、流血と良心、戦争と道徳をパラドキシカルな形で結びつけるプルードンの理論の原則的な近さをみると、後者の理論が、『罪と罰』の主人公にとってもっとも重要な「思想のイメージの原型」（バフチン）であることがわかってくる」

いずれにしても、イデオロギーの根本にかかわる神か、革命かの問いは、この小説における ラスコーリニコフの思想的立場を理解するうえで重大な意味をもつことになる。ろくに聖書の知識ももたない彼が、なぜ「信じている」と答えることができたのか。「ラザロの復活」についてさえまともな理解をもたない彼が、なぜ、「ラザロの復活」を信じるとまで言ったのか。そもそも、「新しいエルサレム」を扱った「ヨハネの黙示録」（二十一章）には何と書いてあったのか。

「わたしはまた、新しい天と新しい地とを見た。最初の天と最初の地は去って行き、もはや海もなくなった。更にわたしは聖なる都、新しいエルサレムが、夫のために着飾った花嫁のように用意を整えて、神のもとを離れ、天から下って来るのを見た」

問題は、ラスコーリニコフのナポレオン主義と、この「新しいエルサレム」の理想がどこでどう重なりあうか、という点に帰結する。端的にいうなら、この「新しいエルサレム」を実現するためにはナポレオン主義が欠かせない、つまり、法があらかじめ「非凡人」に対して一定の逸脱を認容しないかぎり、世界の変貌は期待できない、という結論になる。

では、ラスコーリニコフの「思想」と社会主義が大きく交わる点はどこに存在していたのだろうか。その問いには、人間社会そのものに対する基本理解がかかわっている。

一、犯罪の環境論――社会主義

二、犯罪の人為論――ラスコーリニコフ、英雄主義、ナポレオン主義

ラスコーリニコフは、人間の実存ともいうべき深みにおいて、犯罪の起源をより根源的なレベルで想定していたように思われる。いずれにせよ、ラスコーリニコフが社会主義者でないことは明らかである。では、彼は右の二の思想を心より奉じ、アクティブにかかわろうとしていたのか。それともその思想の有効性を試したかっただけなのか。

欺瞞の哲学——強者と弱者

ここで、非凡人と凡人のカテゴリーを強者と弱者の関係にスライドさせてみよう。

弱者たる地下室人が強者に変身するための試練としてのナポレオン主義は、ドストエフスキーが「未完成」と呼んだ選民思想の内実と合致する。現実にナポレオンは、陸軍士官学校を一年足らずで終えた後わずか二十四歳の若さで少将となり、王党派の反乱に際しては同じフランス兵を虐殺して軍司令官の地位につき、エジプトに大軍を置き忘れ、モスクワ遠征では五十万の兵士を失いながらも、皇帝の地位を退くことはなかった。つまり、ラスコーリニコフの理論は、ちゃんと歴史が証明しているというわけだ。

では、ラスコーリニコフをはたして強者と呼ぶことができるのだろうか。それとも弱者として意味づけられていたのだろうか。あるいは強者たらんとする弱者だったのだろうか。ここで見逃してはならないのが、ナポレオン主義にかぶれるラスコーリニコフに、カリスマ的な力を求めるドストエフスキーの心情が反映していることである。ロシアの研究者フォーキンによると、カリスマ的な性格の最初の試みがラスコーリニコフだとし、周囲にはっきりと意識されるカリスマが、その担い手自身に必ずしも見えない、ドストエフスキーの発見の一つとはそのようなものだという。カリスマの根本的な弱さを透視し、そのメカニズムと運命を描きることが、ドストエフスキーのねらいだったともいえる。

しかし、問題は「二つの階層」ないし「二つの基準」という考え方そのものにある。なぜなら、そこには限りなく大きな矛盾と欺瞞が含まれているからである。ロシアの研究者カリャーキンは、二種類のカテゴリーで人々を差別化する主人公の「自己欺瞞」を徹底してあばきたてる。

「もしもラスコーリニコフが、リザヴェータに代わって復讐し、そののち、リザヴェータのような女性たちを助けるために、高利貸しの老女を殺したいと思うなら、いったいなぜ彼はリザヴェータを殺したのか」（『ドストエフスキーと黙示録』）

これがカリャーキンの問いかけだった。カリャーキンはさらに、そもそも子どもをどうやって二つの基準に分けるのか、と問い、人類を二つに分けるという行為そのものが、犯罪の根拠をなすどころか、それ自体すでに犯罪である、と書いている。では、「神がかり」の女性リザヴェータはどちらに属するのか。そしてソーニャは？　いや、母親は？　そうした問いかけのうえに、カリャーキンは「最後のもっとも恐ろしい問い」にたどりつく。もしもあの現場に、リザヴェータではなく、妹か、母親が居合わせたとしたら、彼は殺しただろうか、と。つまり、「二つの基準」はまさに欺瞞そのものだというのである。

こうして個別の具体的な問いを重ねていけば、ラスコーリニコフの理論の綻びは容易に明らかになるだろう。彼の犯罪はまさに、肉親への思いなど入りこむことのない、「算数」のように単純な観念そのものにあった。だからこそ、彼の挫折は最初から運命づけられていたといってよいのである。とすると、『罪と罰』の物語において、犯行の出発点となったナポレオン主義は、小説全体のテーマ性という観点からみてさほど本質的な意味をもちえなくなる。ある意味で理由づけはどうでもよく、ラスコーリニコフの自己陶酔、非凡人であるという自負の何たるかを説明できればよかったということになる。

そして実際に彼は敗北した。彼は犯行後、こうつぶやくことになる。

「おれは人を殺したんじゃない、主義を殺したんだ！」

「主義（принцип）を殺した」とは、どういうことか。別の答え方をしよう。つまりそれは、「主義」の非現実性に気づき、それを無に帰した、自分は天才ではなかった、という認識をめぐる、ある意味でナルシシズム的な自己表現だったのである。読者の耳にそれは、あまりに傲慢すぎる言葉に響くかもしれないのだが、事実、そのとおりだった。

「非凡人」の刻印

ラスコーリニコフの理論の欺瞞を突こうとするポルフィーリーはきわめて明晰だった。彼は、このように問いかける。

「つまりその、凡人と非凡人ってのをどうやって見分けるかってことです。生まれたときに、すでに何か印でもついてるわけですか？〔……〕たとえば、特別な服を着させるとか、ラベルをはるとかしたらどうでしょう？……だって、そうでしょう、万が一もめごとが起きて、どっちかの階層の人間が、自分はもうこっちの階層に属しているなんて思いこんで、あなたがさっきいみじくもおっしゃったように、『いっさいの障害を排除する』なんてことをおっぱじめたら、それこそ目もあてられないでしょう……」（第三部第五章）

それに対して、ラスコーリニコフはどう答えたのか。

「ただ念頭に置いていただきたいのは、勘ちがいが起こりやすいのは第一の階層、つまり『凡人』〔……〕の側だけってことなんです。〔……〕少なからぬ凡人が自分を進歩的な人間、『破壊者』と思い、『新しい言葉』を口にしたがるんです、しかも心底そう思いこんでるんですよ。そのくせ、彼らはほんとうに新しい人間に気づかずに、見下してさえいるわけです、時代遅れだとか、考え方が卑屈だとかいってね」（同）

わたしは想像するのだが、『罪と罰』の主人公の名づけに劇的な変換が生じたのは、このあたりを構想していた段階のことではないか。劇的な変換とは、むろん一八六五年終わりのぎりぎりの段階まで「ワシーリー（略称ワーシャ）」という名前で呼ばれていた主人公が、急遽ロジオーンの名前に変えられた経緯をいっている。

主人公の名前の起源については、すでに前章でくわしく説明したから、ここで触れることはしない。端的にいうなら、作者ドストエフスキーは主人公を裏切る決心をしたということである。では、どのような裏切りだろうか。それは、ラスコーリニコフに、ポルフィーリーのいう「印」を刻み、「特別な服」を着せ、「ラベル」を貼ったことである。ほかでもない、PPPの名前であり、その反転形である666、すなわち「黙示録」に現れる「悪魔」の「サイン」である。

解釈の余白に

さらに、「ロジオーン」という名前に限っていうなら、次のような仮説も可能である。これまで、「祖国」「故郷」というカテゴリーのなかでとらえてきたこの名前だが、たとえば次のようなアプローチはどうだろうか。

語源的な観点から見て、ロジオーンには、「薔薇（ロデオス）の」と「英雄（イロジオン）の」の二つの意味がある。ドストエフスキーはおそらく「英雄の」の意味においてのみこれをとらえていたと思われる。そもそも、このロジオーンは、ギリシャ語のトランスクリプションで、本来の名前は、「イロジオーン」であった。そこで思い出されるのが、これまで指摘されてこなかった事実である。この名前から、帝政ローマ時代に、新たな救世主の誕生を恐れ、多くの幼児を虐殺した「ヘロデ王（Ирод）」（ロシア語で「イロード」と読む）との連想にかられる読者もいるのではないか。また、幼児殺しというテーマとの関連で特筆したいのは、『罪と罰』の犠牲者は、二人の女性のほかにもう一人いた事実である。それは、創作ノートの段階では構想のなかにあったリザヴェータによる妊娠のモチーフである（六カ月目の男の子）。ドストエフスキーがこのディテールに強いこだわりをもちながら、ごく曖昧な形での記述に終わらせたことはすでに述べたとおりである。

ここからは、すべて空想の領域であることを承知のうえでわたしなりにあえて提示する。ロジオーン→ヘロデ王との連想から生まれる疑問の一つにユダヤ人の存在がある。後年、ドストエフスキーは、臆することなくみずからのユダヤ嫌いを公言していくが、『罪と罰』の執筆時点においてユダヤ人問題は、どのような形で意識されていたか。

読者の多くは意外と思われるかもしれない。わたしはたまたまネット上で「謎解きドストエフスキー『罪と罰』」というブログに出会い、いくつか興味深い「仮説」を知ることができた。学問的な話題から遠ざかるが、一種のフォークロアと割り切ってお付き合いいただこう。第一に、ラスコーリニコフの最初の話相手となるマルメラードフ（Мармеладов）の姓の由来である。これは「マルメラードの子ども」ととるのが一般的だが、マルメラードとは何か。むろん一つには「マーマレード」（ないしはフルーツゼリー）が語源にある。マルメラードフの「甘えん坊」ぶりをその名が表すということなのかどうか、そのあたりの事情はわからない。しかし、ネット上の著者は、黙示録狂いといってもよい彼の名前から、ユダヤ名「メラムード（Меламуд）」の響きが聴きとれるという。また、『罪と罰』の作者は、小説の空間に惜しみなく、ただし巧みにカムフラージュしながらユダヤ人を配置していると書いている（「ラスコーリニコフはみずからの放浪のなかでまるでゲットーに入りこんでしまったかのようだ」）。

このロシア人によれば、ドゥーニャの婚約者ピョートル・ルージンもまたユダヤ人の出自をもつというし、ラスコーリニコフを最終的にその魂の闇から救いだすソーニャも、おのずとユダヤ人の一人として解釈できるという。これ以上、ネット上に書かれた「仮説」について言及することはやめるが、読解の可能性は意外な方向からやって来るということだけは確認しておきたい。

ソーニャの大地

さて、わたしはここで根本的な疑いをさし挟まざるをえない。『罪と罰』は、人間の内面、すなわち「更生」のための物語なのか、それとも一つのイデオロギー（たとえば、ナポレオン主義）の帰結をたどる物語なのか、という問いである。

ラスコーリニコフの悲劇には、おそらくわたしたち読者が考える以上に根深いものがある。創作ノートからみえてくるのは、目をおおうべくもない彼の悲劇的な姿である。金貸し老女の殺害とリザヴェータの殺害とを区別し、前者の殺害にほとんど心の痛みを感じない彼は、やはり根本的に一線を越えてしまった人間ということができる。では、そうして一線を越えた人間は、どうすれば人間と法のこちら側に戻ることができると作者は考えたのか。一人の作家としてドストエフスキーがこの小説に課した問いには、はかりしれない重みがあった。

ラスコーリニコフの復活の鍵をにぎるのが、いうまでもなく娼婦ソーニャである。創作ノートを見ると、作者はソーニャが、ラスコーリニコフのために身体を売る場面を用意していたことがわかる。自己犠牲の化身ともいうべき彼女は、自己中心の観念に溺れ、他者に君臨したいと願うラスコーリニコフとまさに対蹠点に立つ女性である。なぜなら、ソーニャには、ラスコーリニコフの破綻した観念、西欧的合理主義と狂気が、ロシアの大地で人間的な再生をとげるための力、癒しの場としての意味づけが与えられているからである。しかし、彼女が身をやつしている娼婦とは、他者の全面的な権力の前に絶えずさらされつづける弱者にほかならず、であればこそ、大地との断絶に苦しめられるラスコーリニコフにとってソーニャは、自分が大地との絆を取りもどすための最後の命綱となった。

しかし、救済の場は、現存のキリスト教信仰のなかにはない。ソーニャは教会に行くことを勧めず、大地に口づけすることを願う。むろん、ソーニャが娼婦という生業を営みはじめている以上、教会での懺悔の祈りを勧めることは不可能だった。彼女もまたある意味で「引き裂かれ」、離反された存在であったのだから。そして、人間社会の奈落に落ちた彼女には、もっとも原始的な感覚としての信仰しかなかったことも疑いえない。「潤える母なる大地」という表現にみられる、ロシアの民衆に根ざした大地信仰。それは、分離派の人々を深くとらえた信仰でもあった。反面、ナポレオンの化身として屋根裏部屋から地上に降りたったラスコーリニコフにとって、大地に口づけすることほど屈辱的なことはなかった。だからはじめは彼女の勧めを歯牙にもかけることができなかったのだ。それほどに彼を、屋根裏部屋の思想が、傲慢が蝕んでいたということができる。

では、そうした二人が惹かれあう理由とは何なのか。そして二人の愛とはどのような（肉的な）リアリティを得ていたのか。これまで、彼ら二人の関係をヴィヴィッドにイメージすることができず、そのために、『罪と罰』の世界に何かしら希薄さを感じてきた読者は、改めて心を集中させなくてはならない。ラスコーリニコフはソーニャに向かってこう言う。

「きみも越えてしまった……踏み越えられたんだ。きみは、自分で自分に手をかけ、ひとつの命をほろぼした……自分のね（どっちみちおなじことさ！）。きみは、心と理性で生きられたはずなのに、センナヤ広場で一生を終える……でも、きみには耐えきれない、自分ひとりになったら気がくるってしまう、ぼくと同じさ」（第四部第四章）

このセリフには、『罪と罰』全体を貫く主題が露出している。「罪」とは、神が定めた見えざるその一線を「越える」ことにほかならず、ラスコーリニコフはみずからこの表現を用いることで、なかば本能的に深化された「罪」の意識を告白しようとしていた。言葉にならない、神の啓示としての罰。大地との断絶感は、また、神との断絶感でもある。もっとも、彼は、自分が「越えた」という事実を、頭では理解しながらも、はたして魂の揺らぎとしてどこまで経験できていたのだろうか。もしかすると、魂の揺らぎというより、むしろ、彼の存在それ自体をとらえるめくるめく喘ぎこそ、「罪」の自覚の証だったのではないか。では、一線を踏み越え、人類の輪から切り離された「共犯者」同士にはどのようなエロスが保証されていたのか。そもそも娼婦であるソーニャにとってエロスとは何か。殺人者と娼婦の愛――。おそらく常識人なら、見向きもしない世界に、ドストエフスキーは想像力の垂鉛を下ろし、生命ないしは魂と同義語であるようなもっとも根源的なエロスを見いだしていく。

『謎解き『罪と罰』』の著者江川卓は、この二人の間にやがては生じる性的な関係をテクストの網目から浮かびあがらせ、次のように書くことになる。

「二人の間に正常な性の関係が結ばれたことは、ラスコーリニコフにとっては、生の実感を回復するよすがであっただろうし、ソーニャにとっては、卑しめられ、そこに忍従しようとしていた自分を、ふたたび人間として取り戻すための手立てとなるものであった。ラスコーリニコフはこの行為によって、ソーニャを自分と対等の人間として扱ったのである」

ラスコーリニコフとソーニャとの間に、性的関係が生じたことを示唆する研究は、たとえば、ソ連の研究者キルポーチンにもあるが、正直なところ、このような結論を下すことは危険である。殺人を犯したばかりの一人の男が、たとえどれほど追いつめられているとはいえ、相手が娼婦すなわち性を生業とする女性であることを知りつつ、そうした行為におよぶとは考えにくい。性行為にはつねに罪の意識がつきまとうからだ。この罪の意識ゆえに、彼は、スヴィドリガイロフを敵視するのである。この問題に、優れた洞察力を示したアメリカの研究者C・アポロニオは、ラスコーリニコフがソーニャ訪問時にみせる「無為」（性的なインポテンツにも通じる無力さ）と、彼が殺害行為に及ぶときの残酷さ（あからさまな行動）の鋭利なコントラストに着目しながら、次のように書いている。

「この願望は（つまり告白したいという願望――筆者注）、病的な憎悪、暴力を行使したいという願望と同様に、抑圧された性的願望とも分かちがたく結びついている。この矛盾した動機のコンプレックスがラスコーリニコフを金縛りにし、彼は、行動することも、話すこともままならなくなる」（『ドストエフスキーの秘密』）

アポロニオは、また、スヴィドリガイロフとラスコーリニコフの分身的な関係に着目し、前者に「鞭身派」に通じる性的放縦を、ラスコーリニコフに対しては、それとは逆の禁欲主義を見てとる。彼が分離派のはしくれであればなおのこと、性へのタブー意識が働いて当然である。

非常にリアルな洞察ということができるが、その一方で『罪と罰』を執筆中のドストエフスキーはおよそ性などといった問題を念頭からまったく拭い去っていた可能性もある。ただし、キルポーチン、江川の説が正しければ、本来的な性的喜びからたとえどれほど隔たったものであるとはいえ、行為それ自体によって得られた充実感には濃厚なものがあったはずである。なぜなら、ラスコーリニコフにしろ、ソーニャにしろ、二人が求めていたのは他者の身体のたしかな存在感だったからである。しかし、後で述べることだが、娼婦ソーニャに割りふられた象徴的な意味に遡っても、そうした行為を想定することはむずかしい。

運命の意志

神はラスコーリニコフを「意志」から救いだそうとしていた。

金貸し老女殺しは、意図した殺人でありながら、ある意味では偶然に生じた出来事だった。ドストエフスキーは、創作ノートでも、老女殺しも含め、その偶発性について何度も強調している。では、なぜ、これを、完全な理性による計画殺人ではなく、偶発的な事件としてドストエフスキーは意味づけようとしていたのか。

ラスコーリニコフの精神は、一種の波動を描いていた。生命の波動と鬱の波動である。生命のバイオリズムがはじまると同時に、さまざまな偶然が訪れてきた。それは、殺害から彼を救いだそうとする運命のリズムでもあった。

かりに『罪と罰』を神（＝運命）と意志の「二進法」として読むことができるならば、あるいはキリスト教的な視点からみるなら、ラスコーリニコフは、絶えず二つの声のささやきかけを受けて行動していたことに気づく。これはたとえば、先に触れたように、ラズミーヒン訪問をどうとらえるかということにも通じるテーマである。

ブラージニコフというロシアの研究者が書いている。

「すべての不信仰者がそうであるように、彼は迷信深い。神の配剤と悪魔の誘惑の見きわめがつかないのだ」（「ラスコーリニコフ　その内と外」）

要するに、ラスコーリニコフは、すべての徴が平板かつ運命的なものだと考えている。この研究者の指摘は読者の感覚をかなり正しくなぞっているような気がする。ラスコーリニコフに対して、偶然がさまざまなかたちで近づいてくるのだが、そのたびに彼は、みずからの意志の力で乗り越えてしまう。そしてアリョーナ殺害の時間が近づくにしたがって、彼の意志は研ぎ澄まされ、生命のバイオリズムは強く波うち、逆にそれに刺激されたように神の配剤が弱いバイオリズムを描きはじめる。神は、さながらラスコーリニコフを救いだそうと弱々しく手を差しのべはじめたかのようだった。その第一の配剤が、母からの手紙である。ドストエフスキーは書いている。

「手紙を読んでいるあいだ、もう冒頭の一行から、ラスコーリニコフの顔はずっと涙に濡れていた」(第一部第三章)

ところが、手紙を読み終えた瞬間に彼の唇のあたりには、「重苦しい冷笑」が「這《は》うように」浮かびあがっている。

第二の配剤は、ラスコーリニコフをワシリエフスキー島へと導いていく。

「ワシリエフスキー島のラズミーヒンのところだ、そう、やつのところに行くところだった」(第一部第四章)

だが、彼の下宿に立ちよろうという思いを彼はふいに諦めてしまう。ほかでもない、「あれ」の後にするという不可解な声にしたがうのである。

そして第三の配剤が、ある意味で、もっとも決定的な「指示」となる、惨殺された「百姓馬」の夢である。

血みどろになった馬は、生命そのものの生きた感覚を彼のうちに甦らせた。その甦らせ方は入りくんでいる。ラスコーリニコフはこのとき、「お父さん! どうしてあの人たち……あんなかわいそうなお馬さん……殺しちゃったの!」と泣き叫ぶ少年であり、かつ、馬を殺すミコールカであり、そして、ミコールカに棍棒で殴り殺される馬だった。いわばその三位一体のなかでカタルシスが生じたのである。そしてこの、ミコールカとの同一化が、『罪と罰』の展開における次の伏線を準備することになる。

彼は、この夢のもつおぞましさから、殺害というパラノイア的な妄想から、一瞬、それまでのつきものが落ちたように自由になった。彼はいったん神の配剤を引き受けた。じつは、『罪と罰』の物語は、ここで一つのサイクルを閉じている。

「まるひと月ものあいだ化膿していた心臓の腫れものが、急につぶれたような感じだった。自由、自由!」(第一部第五章)

ところが、計画の断念という重大な決断がなされた瞬間、今度は、何かしらまったく別の牽引、すなわちブラージニコフのいう「悪魔の誘惑」が生じた。

「そのときはもうへとへとに疲れきっていたので、いちばんの近道を通ってまっすぐ家にもどるのが何より得策だったはずなのに、なぜかまるで行くあてもないセンナヤ広場を通って帰ったのである」(同)

ラスコーリニコフは心のどこかで運命を感じていたのだろうか。このとき主人公の身に襲いかかった運命についてドストエフスキーは後で、恐ろしくくどい書き方をすることになる。事件、いや犯行が「偶然に起こった」出来事であることを、強調するねらいがあったからにちがいない。長くなるが引用する。

「どうしてああいう重要な、あれほど自分にとって決定的な、と同時にあれほどにも偶然的な出会いが、センナヤ広場で（そちらに足を向ける理由すらなかったのに）、よりによってあの時刻に、彼の人生のあの瞬間に、しかもああいう精神状態にあるときに、そう、ああした状況をねらいすましたかのように訪れてきたのか。ああした状況にあったからこそ、あの出会いは、彼の全運命にたいして、このうえもなく決定的で、取り返しのつかない影響をおよぼすことになったのではないか。そこで、まるで自分を待ち伏せしていたみたいではないか！」（同）

神と悪魔に翻弄されるラスコーリニコフ――。「悪魔の誘惑」を退けることのできない彼は、その非力ゆえにこそ有罪ということになるのか。彼が授かった傲慢は、彼個人のものとして裁かれるのか。

母殺し

犯行後、ラスコーリニコフに襲いかかる悪夢や孤独は、「善悪の彼岸」に立つ非凡人どころか、一匹の「ふるえおののく生物」に彼を変えてしまう。ラスコーリニコフを苦しめるのは、得体の知れない感覚、自分が現に立っている大地との断絶感である。しかし、それはある意味で彼の宿命だった。屋根裏部屋を出たラスコーリニコフにとって、ナポレオン主義への同化、いや、ナポレオンとの同化はじつは、絶大な権力をもつ支配者との一体化をめざすものであったからだ。それはいうなれば、父との一体化である。であるなら、母なる大地は、そうした彼を拒まざるをえない。いや、ナポレオンという父なる観念に同化できるという能力こそ、おそらくドストエフスキーがもっとも危険視したものの正体なのである。母なる大地への帰還を呼びかけることによって、ドストエフスキーはじつは、ラスコーリニコフに地下室へ戻ることを要請していたとも考えられる。しかし、問題はそう簡単に一筋縄で解くことはできない。

先ほども引用したカリャーキンが興味深い指摘を行っている。ナポレオン主義の理論にしたがって老女を殺し、「偶然に」リザヴェータを殺したラスコーリニコフの行為は、「母殺し」を意味しているというのだ。

「たとえ偶発的であるにせよ、世界の文学にこれほどの規模をもった母殺しの小説がほかにあるだろうか」（『ドストエフスキーと黙示録』）

『罪と罰』をすでに読み終えている読者は、母親のプリヘーリヤをめぐるエピソードに特別の感慨を抱いたにちがいない。彼女は、息子の行く末について何ひとつたずねようとせず、何かしら空恐ろしい別の物語を頭のなかで拵えていた、とある部分である。そして何より、老女殺害の直前にザライスクから届いた母親の手紙が、なぜ主人公を犯罪から救いだすことができなかったのか、と、無念さにくれる読者も多いことだろう。ところが傲慢の鬼となった彼は、一時期、その母親にまではげしく憎しみを募らせるのだ。

「なのに今は、どうして、こんなにも憎い？　そう、あいつら、もう大嫌いだ、この体が嫌

うんだ、そばに寄られるのも耐えられない……」（第三部第六章）

　では、カリャーキンのいう「母殺し」とはどのようなものなのか。そもそもだれをもって「母」とするのか。

　この問題を探るうえで鍵となるのが、ラスコーリニコフによって殺された「神がかり」リザヴェータの存在である。主人公にとってリザヴェータ殺しは、むろん一種の「誤算」だった。しかし作者は、その誤算が主人公の運命であり、業でもあったことを一つの象徴的なイメージによって示そうとする。リザヴェータがソーニャに与えた十字架のモチーフである。当時のしきたりによると、この儀式は、社会の底辺に生きる人々の心の連帯を象徴するだけでなく、それを行う二人が、同胞の契りを交わしたことを意味していた。ロシアの研究者グロムイコによると、古くから民間信仰においては、血のつながりのないもの同士の十字架交換は、肉親以上の絆の強さを意味したという（『ロシア農村の世界』）。このようにドストエフスキーは、十字架を交わしあった二人の女性の、いわば血縁なき同一性といったようなものを、きめ細かいディテールで暗示していたのだ。

　次に注目するのは、リザヴェータ殺害を告白されたソーニャの、子どものように怯える姿に、一瞬、リザヴェータの顔が二重写しになる場面である。

「ソーニャを見ていると、ふいにその顔にリザヴェータの顔が二重写しになったような気が

した。あのとき斧を手ににじり寄った彼は、リザヴェータの顔に浮かんだ表情をありありと記憶していた」（第五部第四章）

ソーニャとリザヴェータの二重写しという一種の錯覚をとおして、ラスコーリニコフはおぼろげながらも、みずからが犯した罪の核心に通じることになる。ことによると、ラスコーリニコフは、ソーニャとともにある瞬間だけ、みずからが犯した罪のたしかな重さと隣りあわせでいることができるのかもしれない。しかも後になって、ソーニャと同一化されたリザヴェータが、下宿の使用人ナスターシヤとも親しく、自分のシャツを繕ってくれた女性でもあることを思い起こす。何よりも彼女は、「神がかり」になぞらえられた存在である。チホミーロフが指摘するように、作者のドストエフスキーは、シベリア流刑中の彼が枕の下にしのばせておいた聖書を、リザヴェータがソーニャに与えた聖書になぞらえた。こうして、ドストエフスキーは、限りなく肉親に近い聖なる存在として彼女を、ラスコーリニコフに近づけていく。そこに現れるのは、彼があるとき呪わしいものと感じた母―ドゥーニャ―ラスコーリニコフの三位一体に代わる、リザヴェータ―ソーニャ―ラスコーリニコフの新しい三位一体である。そして彼は、現実のレベルではリザヴェータを、象徴的なレベルにおいては母親をそれぞれ殺すのである。

『罪と罰』とは、たんに金貸し老女殺害の物語というより、母殺し、神殺しとしての意味をはるかに重く担ったドラマなのだといってよい。しかもリザヴェータを殺したという事実は、じつはいま、現に向かいあうソーニャを殺すということと同じ重さを含んでいた。カリャーキンも述べていたように、リザヴェータ殺害の偶発的な性格からして十分にその可能性はあった。ではかりに相手が母、妹のアヴドーチヤだとしたら、それとも子どもであったなら……。つまり、リザヴェータはたんに彼女一人がまとっている肉体だけでなく、人類という身体そのもののシンボルとなるのである。ラスコーリニコフは、みずからが殺めたリザヴェータの肉体の普遍的な意味に気づく。だからこそ作者は、物語の終わりに、もう一度、十字架交換という象徴的シーンを挟むことで、リザヴェータとの和解を、すなわち、彼女に象徴された母殺し、神殺しの許しを暗示せざるをえなかったのである。

「イワーノヴナ」の輪、または無意識のレベルへ

そしてここにもう一つ、「母殺し」の視点からみて興味深い事実が浮上してくる。それは、ソーニャと、金貸し老女の外貌が驚くほどよく似ていることである。まず老女の描写を引用しよう。

「やせた、小柄な老女だった。年のころ六十前後、悪意のこもるするどい目つきをし、鼻はちいさくとがり、頭には何もかぶっていなかった。白髪《しらが》のまじる薄色の髪には、油がたっぷり塗ってあった」（第一部第一章）

次に、ソーニャの描写を引用しよう。

「やせた、ほんとうにやせて蒼白い、ちいさな顔だった。かなりアンバランスで、全体が妙にぎすぎすしており、ちいさな鼻もあごもつんととがっていた」(第三部第四章)

要するに、作者は、ラスコーリニコフをとり囲む女性たちを一つの輪のなかにつなぎとめようとしていたのだ。そしてその輪とは、まさに、ソーニャが彼に口づけを命じた「母なる大地」そのものであった。

逆に、金貸し老女とソーニャの外貌の類似は、神による思寵のサインだった可能性もある。しかし、それが一箇のサインとして機能するにはあまりにもその呈示が遅すぎた。なぜならラスコーリニコフは、すでにソーニャの存在を、マルメラードフの言葉をとおして知っていたし、しかも現実に彼女に出会ったのは、老女殺害の後のことだったからだ。

それればかりではない。ドストエフスキーは驚くべき手法を用いて、ソーニャと金貸し老女の「一体性」を暗示している。ソーニャと向かいあったラズミーヒンが、なんと、「ソフィヤ・セミョーノヴナ」を、「ソフィヤ・イワーノヴナ」と言いちがえているのである。ラズミーヒンの無意識のレベルにまで遡るならば、ソーニャとアリョーナとリザヴェータの三人が、イワンという、ある意味で「普遍的」ともいえる名をもつ父親の三人娘として位置づけられていたことがわかる。むろん、これは、文字通りの意味における「血縁性」を強調することがねらいではなかった。作者はここで、ラスコーリニコフが犯した罪の根源的な意味を明らかにしたかったただけである。では、ソーニャの義理の母親であり、マルメラードフの後妻カテリーナはどうなのか？　彼女の父称もまた、「イワーノヴナ」ではなかったろうか。

ドストエフスキーは女性同士の一体性を執拗に強調する。ソーニャと金貸し老女のイメージを二重写しにし、なおかつソーニャとリザヴェータの十字架交換をとおして、総体として女性ないし母なるものの殺害を暗示しようとしていた。ソーニャは、まさに金貸し老女アリョーナとリザヴェータの生まれ変わりとして意味づけられていた可能性もある。他方、肺結核の発作で死ぬカテリーナ・イワーノヴナは、文字通り、母として、そしてある意味では、ラスコーリニコフの「普遍的な」罪の犠牲者としてこの世界を去るのである。

4　棺から甦る

信仰者の読み

信仰をもって、信仰によって小説を書くとはどういうことなのか。信仰をもたず、信仰によらずして『罪と罰』の第四部を読むことは可能だろうか。かつて、作家の加賀乙彦と対談した際、わたしは、信仰をもてる人間としての加賀の『罪と罰』読解に少なからず疑問を感じたのだった。加賀は、『罪と罰』のクライマックスを第四部第四章ととらえ、そこに一大転換があるとみなしていたのである。ソ連崩壊後のロシアの多くのドストエフスキー研究者がこの方向性で『罪と罰』をとらえ、新たな解釈を試みていることを知っていた。しかしわたしは、この第四部第四章に、信仰をもてる作者としての、同時にまた信仰をもたぬ作者としての、ドストエフスキーの不徹底ぶりに強い不満を抱いたのだった。その理由についてはのちほど述べることにする。

いま、ここでいえることは一つ――、時代は読みの変更を要請するということだ。わたしは、『罪と罰』の読解をとおして、神と運命の問題に立ち返らざるをえなくなった。それはおそらく現代に生きる多くの人々の想像力が、十九世紀ロシアのそれに近づきつつあるしるしであって、何もわたし自身が信心深くなったからということではない。また、読みの精度が高まったことを自負するわけでもない。もしかすると、ドストエフスキー自身の「二枚舌」がはっきりと透けてみえるようになった、といったほうが正しいのかもしれない。

『罪と罰』第四部は、第三部と同じ、物語第八日目にあたる七月十四日、それもおよそ夕刻から夜にまたがる五時間ほどの記述と翌九日目、ポルフィーリーの執務室における迫真の心理戦の描写に充てられる。

六時半近く、ラスコーリニコフの部屋に現れたスヴィドリガイロフは、自分にはあなたの助けが必要だと言い、ドゥーニャとの面会の仲立ちになってくれという。ラスコーリニコフが、母から聞いたマルファ殺害の嫌疑を口にすると、彼は、マルファの死因は脳溢血であり、二度鞭打っただけのことだ、と弁解する。やがて彼は妻マルファとの結婚の経緯についてこまごまと話しはじめる。莫大な借財を背負って投獄された自分が、彼女が支払った大金と引きかえに釈放され、そのまま彼女の領地に連れていかれたこと、他方、マルファは、そのとき支払った三万ルーブルの借用書を、自分を捨てないための保証書代わりに肌身離さずもっていたこと、ただし、一年ほど前にそれ相当額をプレゼントしてくれたことなど。そして話の終わりに、死んだマルファが幽霊となって現れてくるという事実を話し、ラスコーリニコフを驚かせるのだった。驚きの理由は、ほかでもない、彼もまた、自分の殺した老女の夢を見て、金縛りにあったばかりだったからである。スヴィドリガイロフは、自分とラスコーリニコフとの間には何かしら共通点があることをしきりに口にする。それに対してラスコーリニコフは、相手が狂っていると感じて医者に行くように勧める。しかし、彼はそれを意に介さず、ドゥーニャはルージンにはもったいない、婚約を解消する意思があるなら、彼女に一万ルーブルを寄贈する用意があると伝える。また、妻のマルファが同じく彼女に三千ルーブルの寄贈を遺言状に書いていた事実を明かし、自分を彼女に引き会わせるよう要求するのだった。そして帰り際、彼は「旅」に出るつもりだとの謎めいた一言を残し、さらにそのうえで「ある娘」と結婚する意思を明らかにする。

夜の八時、ラスコーリニコフはラズミーヒンとともに母と妹の滞在するバカレーエフの旅館を訪れ、廊下でルージンと鉢合わせする。ラスコーリニコフを同席させないという要望が聞き入れられなかったことにルージンはいたく憤慨した。場を繕おうとプリヘーリヤがマルファの死に言及すると、ルージンはここぞとばかりにスヴィドリガイロフにまつわる悪い噂を述べたてるのだった。

ルージンは、夫への愛は兄弟への愛を上まわるべきだと主張するが受け容れられない。そして母のプリヘーリヤが、息子に宛てた手紙で、妻にする女性は、苦労を嘗めた貧しい女性であればあるほどよいというルージンの結婚観を曲解して伝えたことに抗議し、最後に、ラスコーリニコフがマルメラードフ一家そして娼婦を生業とする女性になけなしの金を手渡したことを口にする。怒り心頭に発したラスコーリニコフは、ルージンなどソーニャの小指にも値しないと言明し、それに応じるかのようにドゥーニャも、部屋を出ていくようにルージンに命じる。

ラスコーリニコフ家一同とラズミーヒンはつかの間の喜びで包まれる。ドゥーニャは、ルージンの金に目がくらみ、彼の人となりを誤解していたと伝える。一方、ラスコーリニコフは、スヴィドリガイロフが、彼女にあるまとまった金を用意していることを告げる。ラズミーヒンは、これから自分の金とマルファからの遺贈金を元手に出版業を起こそうと、夢を語る。ラスコーリニコフは、そうした一座の雰囲気にいたたまれなくなり急に部屋を出ていくと、ラズミーヒンが後を追いかけてくる。二人はおたがいの目をじっと見合わせる。

ラスコーリニコフの行き先は、カペルナウーモフ一家から部屋を借りているソーニャのアパートだった。ラスコーリニコフは、一家が置かれている絶望的な境遇をソーニャに説明し、死んだマルメラードフに代わって一家の主となったカテリーナが、近々結核で死ぬだろうと予言する。そして「神さまが守ってくださいます」とのソーニャの一言に、彼は、「神さまなどいない」と冷たく言い放つ。絶望にくれるソーニャを目にして、ラスコーリニコフはいきなり彼女の足もとに跪き、「きみにひざまずいたんじゃない、人間のすべての苦しみにひざまずいたんだ」と口にする。するとそれに応えるかのようにソーニャは、自分は「恥知らずの」「罪深い女なんです」と告白する。やがてラスコーリニコフは、彼女に福音書から、「ラザロの復活」の章を読んでくれと要望する。彼女の部屋にあった聖書は、彼が殺したリザヴェータからもらい受けたものだった。

朗読が終わった後、ラスコーリニコフは、「自分は肉親を捨てた」と告白し、「呪われた者同士だ、だからいっしょに行こう」と誘いかける。そして明日もういちどここに来て、リザヴェータを殺した犯人がだれかを教えると約束する。その一部始終を、隣室に通じる廊下の扉の向こうで盗み聞きしている男がいた。スヴィドリガイロフだった。

翌朝、ラスコーリニコフは、予審判事ポルフィーリーのもとに出かけていく。彼は、前日会った町人風の男がすでに密告していると確信していた。ポルフィーリーは愛想よくラスコーリニコフを出迎えるが、ラスコーリニコフは、相手ののらりくらりとした態度に激高し、質入れした時計の証明書を提示して、すぐにでも尋問をはじめてはどうか、と挑発する。それに対してポルフィーリーは、犯人はできるだけ長く泳がせておき、向こうから自白するように仕向けるのが手であると暗示的に語る。自分に嫌疑がかけられていることを知ったラスコーリニコフは、相手の愚弄に対し「断じて許さない！」と声を荒らげるのだった。そこへ突然、ペンキ職人のミコールカ（ミコライ）が侵入し、金貸し老女殺しを自白する。

以上が、第四部の概要である。

黄の鑑札、カペルナウム

第四部のライトモチーフは、「傲慢」である。

ソーニャの部屋を訪れたラスコーリニコフは、傲慢の極みにあった。強い同情心に貫かれてはいるものの、ソーニャに対するその態度は驚くほど粗暴であり、かつエゴイスティックである。彼は、これからソーニャが辿るかもしれない三つの道を想定していた。一に、自殺、二に、発狂、三に、快楽の三つの道である。その彼が何よりも恐れていたのは、「第三の道」であった。第三の道、すなわち快楽を選ぶかもしれないソーニャを救おうとする心のうちには、恐ろしいエゴイズムも潜んでいた。思えば、ラスコーリニコフが、一誘惑者としてソーニャの前に現れた可能性も完全には否定しきれない。アポロニオが指摘するように、ソーニャに対する彼の暴力的な言葉遣いは、「抑圧された性的願望」の証と解釈することも可能である。

つまりソーニャは、ラスコーリニコフの性の犠牲者となる可能性も秘めていたということである。

さて、ここで往々にして見逃されている事実を一つ紹介しよう。それは、ソーニャが「黄の鑑札」によって生きる娼婦であることの意味である。そもそも「黄の鑑札」とは何か。「黄の鑑札」は、いわゆる公娼制度のもとで生活する娼婦の証明書というだけにとどまらない重大な意味をもっている。

「黄の鑑札」はロシア語で「ジョールトゥイ・ビレート（жёлтый билет）」といい、内務省に付属する医療行政委員会によって発行される医学証明書である。この鑑札は、住居証明書の代わりとなる身分証明書と引きかえに交付され、これを所持している売春婦は、法的に罰せられることがなかった。ただ、勝手に住居を変えることが許されず、衛生上の問題に対してもきびしい要求が課され、これを遵守しないとすぐに鑑札を没収される仕組みだった。

一八四〇年代に導入された公娼制度の規則によると、彼女たちは、毎週一回、ペテルブルク郊外にあるカリンキンスカヤ病院（フォンタンカ運河沿い）の婦人科で検査を受けることを義務づけられていた。その際、彼女たちは、それぞれ自費でもって、婦人科での検査の際に必要とされる器具を購入しなければならなかった。ただし、極端に稼ぎの少ない独身の公娼に対しては官費による器具が使用された。『罪と罰』第一部で、マルメラードフがラスコーリニコフに、「この清潔ってやつは、特別の清潔ってやつは、金がかかるもんでしてね、そうでしょうが?」と、何やら暗示めいた口調で語りかける場面があるが、それは具体的にはこのあたりの事情をさしていると思われる。

以下、一八六八年に刊行された『法医学アーカイヴ』の記述から「黄の鑑札」の項を引用しよう。

「この鑑札には、医療行政委員会が作成した名簿に登録されている個人番号、名前、父称、身分、年齢、特徴が記されていた。また、この鑑札を所持する女性を診察した医師による所見を書き込む欄もあった。この鑑札を受けている女性から身分証明書を剝奪した理由は、医療上の監視から逃れようとする機会を奪うことにあった。医療鑑札によって、女性は、身分証明書を持っている場合と同様、アパートに居住する権利が与えられた。黄の鑑札は、ある一定の期間ごとに検査を受けることを強制するものであったが、この鑑札を持っていれば、たんに梅毒だけでなく、ほかの病気も無料で治療してもらえる特典があった」

そこで疑問となるのが、ソーニャが売春を行っていた場所である。考えられるかぎり、それは、彼女がカペルナウーモフ一家から借りている自室である。では、なぜ、家主の一家に、福音書に登場する町の名前（カペルナウム）を連想させる奇妙な名前が与えられていたのか。

そもそもカペルナウム（新共同訳では「カファルナウム」）は、ガリラヤ地方の小都市で、イエスはこの町のシナゴーグ（集会堂）で最初の伝道を行い、最初の奇跡を人々に知らしめた。他方、カペルナウムは、ローマ帝国の軍隊が駐留する、交易もさかんな商業の町であり、一般には退廃と堕落が渦巻く町とみられていた。まさにそのような理由から、イエスは伝道活動を開始する場所としてうってつけとみなしたのだ。ドストエフスキーが愛読したエルネスト・ルナンの『イエスの生涯』には、「イエスはこの町に強い愛着をもっていて、彼にとってあたかも第二の故郷のような町になった」と記されている。

以下、「マルコによる福音書」から、カペルナウムにかかわる最初の場面を引用しておく（一章二十一―二十八節。使用するのは新共同訳だが、一部、固有名詞の表記を変えてある）。

「一行はカペルナウムに着いた。イエスは、安息日に会堂に入って教え始められた。人々はその教えに非常に驚いた。律法学者のようにではなく、権威ある者としてお教えになったからである。そのとき、この会堂に汚れた霊に取りつかれた男がいて叫んだ。「ナザレのイエス、かまわないでくれ。我々を滅ぼしに来たのか。正体はわかっている。神の聖者だ。」イエスが、「黙れ、この人から出て行け」とお叱りになると、汚れた霊はその人にけいれんを起こさせ、大声をあげて出て行った。人々は皆驚いて、論じ合った。「これはいったいどういうことなのだ。権威ある新しい教えだ。この人が汚れた霊に命じると、その言うことを聴く。」イエスの評判は、たちまちガリラヤ地方の隅々にまで広まった」

かりに、カペルナウムとカペルナウーモフ家との間に何らかの象徴的な関係を見てとるとするなら、どのような観点からの説明が可能となるだろうか。イエスによって愛された町という肯定的な意味において、両者を意味づけるべきか、それとも、右の引用が示すように、イエスがこの町で行った奇跡との関連で考えるべきなのか。

わたしは、第一義的には、後者ではないかと思う。会堂で叫び声をあげた「汚れた霊に取りつかれた男」には、ラスコーリニコフが二重写しにされていた、と。では、彼に「黙れ、この人から出て行け」と叫んだイエスの存在は、だれに重ねあわされているのか。ソーニャか？しかし、ソーニャにも、どこかラスコーリニコフを思わせる「狂人」の気配が感じられる。ソーニャにすでに「悪霊」が取りついているのだろうか。取りついているとすれば、どのような悪霊か。論理的にたどれば、「この人から出て行け」と叫ぶイエスをソーニャに二重写しさせることが妥当である。

では、カペルナウーモフ家の人々は、なぜ、揃いもそろって障害を抱えているのだろうか（「ご主人は、どもりのうえに足がお悪くて。奥様もやはり……」）。

カペルナウーモフ家の人々は、イエスによる奇跡を待ちわびる存在としてそこに住んでいるのか。ここで、またしてもイエスの不在が問題となる。

となると、別の角度からのアプローチが必要となる。もしかすると「言葉がちゃんとおできに」ならない、しかし心優しき人々は、いまソーニャにはかりしれぬ苦しみを与えている公娼としての生業との関係において意味づける必要があるかもしれない。しかし、今は性急な答えを避けなければならない。ただひと言だけ述べておくなら、ソーニャは、このカペルナウーモフ家の人々とともにあるなかでようやく魂の安らぎを得ることができたということだ。

聖書の引用

ドストエフスキーは、『罪と罰』のほぼ中間部にあたる第四部第四章に、ラスコーリニコフとソーニャによる聖書の朗読というエピソードを配置した。四にまつわる数秘学的な関心も含め、おそらくは作者なりの周到な計算にもとづく配置だったと思われる。ところが、ソーニャによる「ラザロの復活」朗読というエピソードそのものの扱いをめぐって、当時、検閲を恐れる編集者との間に大きな対立が生じたことが知られている。作者は「ラザロの復活」の章をまるごと引用することを要求した。だが、聖書の一節を小説のなかにそのまま引用することは、ロシア文学の歴史でも前例のない「革新的な」（ノヴィコワ「十九世紀後半のロシア小説のソフィア性」）手法だった。それは、当然のごとく冒瀆、不敬、ニヒリズムの証となりかねなかった。そこでドストエフスキーは、必死で説得にかかったのである。一八六六年七月八日の手紙を引用する。

「これからあなたに、これ以上ないお願いです。どうか後生ですから（原文では、「キリストのために」とある」、残りの部分はすべて、いま、あるがままの形で残してください。あなたがおっしゃったとおりのことをすべて実行しました。すべてを区切り、区分けし、すっきりしています。聖書の朗読には別のニュアンスが備わっています。要するに、あなたにすっかり期待をかけさせてほしいのです。哀れなわたしの小説を守ってやってください」

　ところで第四部第四章で描写されている「手ずれのした、古い革表紙の」聖書は、すでに述べた通り、ソーニャが殺されたリザヴェータから贈られたものであった。興味深いのは、この「古い革表紙の」聖書が、二十代の終わりにドストエフスキー自身が、シベリアの流刑地に赴く途中、トボリスクの町でデカブリストたちの妻からプレゼントされたものと同一のものと見なされ、しかもそれは、一八二三年にロシア聖書協会によって翻訳された、ロシアではじめての新約聖書の完訳版だったことである（ドストエフスキーはこれをシベリア流刑中に熟読した）。

　ところが、ソーニャが朗読する「ラザロの復活」（「ヨハネによる福音書」にのみ記述がある）は、右の一八二三年版をよりどころとせず、五〇年代終わりに出た改訳版が用いられた。ドストエフスキーがそうした選択を行ったのは、二三年版の翻訳が、ロシア語として古いとみなされたためらしい。むろんその選択は正しかった。しかし、ドストエフスキーは、『罪と罰』で「ラザロの復活」に言及する際、その由来に対する愛着を振りきることができなかったように思われる。それはたんに聖書そのものへの愛着のみではなかった。おそらくそこには、のちに八年の刑を下され、シベリアに赴くラスコーリニコフに自分を重ねあわせたいという思いがあったからだと思う。

「あの四年間を、私は、私が生きたまま葬られ、棺に閉じ込められた時間だったとみています」（一八四五年十一月六日、兄ミハイル宛て）

ちなみに、本文で引用された「ラザロの復活」の一節、「わたしは、復活であり、命である」に、作者自身鉛筆でアンダーラインを引き、『罪と罰』で同じ節を引用する際にはイタリック体によってここの部分に強調を施した。

興味深いことに、ソーニャは、「ラザロの復活」のページを繰ろうとするラスコーリニコフを制止し、「そんなところじゃありません……第四の福音書……」と注意する。「第四の福音書」とは、「ヨハネによる福音書」を意味している。この「ヨハネによる福音書」には、マタイ、マルコ、ルカによる福音書と根本的なちがいがあった。第一に、この「第四の福音書」は、キリストの愛弟子であったヨハネの直筆によるものとされていることである。レフ・シェストフによれば、ドストエフスキーにとってこの福音書が特別の意味をもつにいたったのは、この福音書で扱われる「ラザロの復活」のエピソード同様、彼自身がこの福音書に「新しい生命の証」を見てとっていたからだという（「ドストエフスキーとニーチェ」）。

棺としての部屋

さて、小説の第一部で作者は五階建てアパートの最上階にあるラスコーリニコフの屋根裏部屋は「戸棚」を思わせた、と書き、その後、三度にわたって「船室」をイメージしている。エストニアの文化学者トロープは、この「船室」の比喩に難破船からの脱出のイメージを重ね、「救済のモチーフ」が込められているという（『ドストエフスキー　歴史とイデオロギー』）。ところが、彼の屋根裏部屋はやがて新たな比喩に出会うことになる。彼の下宿を訪れてきた母親のプリヘーリヤが思わずこう声をあげるのだ。

「おまえの部屋、ほんとにひどいったらないわね、ロージャ、まるで、棺桶ですよ」（第三部第三章）

屋根裏部屋と棺桶の対比は、ラスコーリニコフと「ラザロ」を二重写しにし、そこに神話的レベルでの物語としてこれを語りだしたいと願う作家の一つのナラティブ上の戦略とみることができる（「主よ、四日もたっていますから、もうにおいます」）。

しかしここでは、別の文脈からの解釈を試みるチホミーロフの意見を紹介したい。彼によれば、ラスコーリニコフの部屋と棺桶の対比は別の意味をもっており、主人公の青年は、「悪霊」につかれた男のイメージとして読めるという。

「イエスが陸に上がられると、その町の者で、悪霊に取りつかれている男がやって来た。こ

の男は長い間、衣服を身に着けず、家に住まないで墓場を住まいとしていた」（「ルカによる福音書」八章二十七節）

「棺桶」と部屋のイメージ的な連関は何もラスコーリニコフの屋根裏部屋に限られるわけではない。印象的なのは、ソーニャが住むアパートの形状に対する作者のこだわり方である。これははたして何を意味しているのだろうか。むろん、作者自身、このような部屋をじっさいに目にしていた可能性もあるが、主人公ラスコーリニコフの部屋を「戸棚」「船室」、さらには「棺桶」と二重写しさせてきた手法を思い起こした場合、そこに何かしら不吉な暗示を感じないわけにはいかなくなる。象徴か、リアリティか。

「ソーニャの部屋はどこか物置小屋を思わせるところがあり、たいそう不均衡な方形をなしていて、そのせいか、なにかしらいびつな印象を与えた。窓が三つある運河に面した壁が、斜めに部屋を区切るような感じで、そのため一つの角が恐ろしくとがり、どこか奥のほうまでつづいていたので、ろうそくのとぼしい灯では、はっきりと見きわめられなかった。逆にもういっぽうの角は、ぶざますぎるほど間のびしていた」（第四部第四章）

わたしの直観では、この長細い台形に二重写しされているのは棺である。思いだしてほしいのは、ラスコーリニコフの屋根裏部屋が、五階建ての建物の「屋根の真下」にあるとされているのだが、ドストエフスキーはこの「屋根」を「屋根板（кровля）」という言葉で表していることだ。まさに板のイメージを示したかったといえる。では、ソーニャの部屋の形状について、この「屋根板」との関連から何がイメージされてくるだろうか。それは、いうまでもなく棺の「蓋」のイメージである。

かりにこの仮説が正しいとして、ドストエフスキーはそこにどのような意味を込めたことになるのか。答えは、簡単である。作者は、ラスコーリニコフとソーニャを同等な「死者」として意味づけることを意図していた。わたしたちは、ラスコーリニコフが置かれている限界的な立場に目を奪われ、しばしばソーニャ自身の内面の苦しみへの同化を忘れがちだが、『罪と罰』のこの章を読み、「黄の鑑札」が当時の社会に果たしていた意味を思うとき、娼婦に身を落とすということが、彼女にとってどれほど絶望的な選択であったか、よく理解されてくる。ラスコーリニコフもまた、そのことをよく察知していて、彼女には、「三つ」の道しかないと直観していた。すでに述べたとおり、みずから命を絶つか、精神病院に入るか、性の快楽に身をゆだねるか、その三つである。ラスコーリニコフからすると、そのいずれもが破滅の道を意味するものだった。

ラスコーリニコフは残酷きわまりない調子でこう述べている。

「きみだって同じことをしたじゃないか。きみも越えてしまった……踏み越えられたんだ」

（第四部第四章）

ラスコーリニコフは、ここで、「犯罪（プレストゥプレーニエ）」と同じ語源をもつ「ペレストゥピーチ（переступить）」という動詞を使い、相手にその犯罪性を認識させようとしたのである。ドストエフスキーがもしも、二人の男女を、棺に閉じこめられた人間として意味づけようとしていたとすれば、『罪と罰』の物語は、当然、たんに二人の女性を殺したラスコーリニコフにとっての復活の物語にとどまらず、ソーニャ・マルメラードワにとっての復活の物語でもあったことになる。

「ラザロの復活」——「黙過」のリアリティ

さて、第四部第四章には、この小説全体のクライマックスと目される場面がある。それは、先にも少し触れたが、金貸し老女とその腹ちがいの妹の二人を殺したラスコーリニコフが、ソーニャとはじめて一対一で対面する場面である。場所は、運河をのぞむ奇妙な四辺形をしたソーニャの部屋。ラスコーリニコフはそこで荒々しい口調で、「ラザロの復活」の一節を朗読してくれるようにソーニャに求める。ソーニャは、激しい動揺を浮かべながら、「ヨハネによる福音書」から該当するくだりを朗読しはじめる。

ラザロはエルサレム郊外にあるベタニアに暮らし、マリヤとマルタの弟にあたり、イエスとは親しい間柄にあった。ラザロが病気であると聞いてベタニアにやって来たイエスは、ラザロはすでに死んでおり、埋葬されてから四日経っていることを知らされる。そこで、イエスはラザロの墓の前に立ち「ラザロ、出て来なさい」というと、体に布をまきつけてラザロが棺から出てきた。このラザロの復活を目のあたりにした人々はイエスを神と信じ、他方、ユダヤ人の指導者たちは、イエスの存在に危険を感じて、殺害の計画を練りはじめることになる。

読者の多くがすでにお気づきだと思う。ドストエフスキーがこの棺から甦るラザロに、屋根裏部屋のラスコーリニコフを重ねあわせていたことは確かであり、ある意味で、「ラザロの復活」の引用によって、ラスコーリニコフの「復活」は保証された、といっても過言ではない。しかし、この引用をめぐっては、先ほども紹介した『ロシア報知』編集者との軋轢の原因となった問題がある。じつは、ドストエフスキーは、この「ラザロの復活」のエピソードの初めの部分を、正確には、二行から十八行目をほぼ削除しているのだ。一般読者にとっては少し瑣末にすぎるかもしれない。しかしここには、避けては通れない一つの重要な問題が隠されている。

「ラザロの復活」の全文をここに引用できないのが残念だが、削除されている部分にはおおむね次のようなことが記されている。冒頭部は「ある病人がいた」ではじまる。ベタニアという村にラザロという男が住んでいて、その男は、主に香油を塗ったマリヤの兄弟だった。ラザロの病状を案じたマリヤとマルタの姉妹は、イエスの滞在する村に人を遣わし、病状を伝えると、イエスは「この病気は死で終わるものではない。神の栄光のためである。神の子がそれによって栄光を受けるのである」と答える。しかし現実にラザロは死に、イエスは村にさらに二日滞在してから、ベタニアに向かうことを決心するが、そこでイエスはこう言う。「ラザロは死んだのだ。わたしがその場に居合わせなかったのは、あなたがたにとってよかった。あなたがたが信じるようになるためである」

「ラザロの復活」のこの前半部を簡単に要約すれば、ラザロの死が近いことを知りながら、イエスはあえて救いにいこうとはしなかった。なぜなら、彼は、みずからの奇跡の力を、自分の神性によって死んだラザロを復活させられることを信じていたからである。

わたしはここで一つ素朴な疑問にかられる。いかに神の子とはいえ、自己過信がすぎるとはいえないか。芦川進一は、イエスの逡巡《しゅんじゅん》を次のように説明する。

「この時イエスがマルタとマリヤの願いを容れてベタニヤに赴きラザロの死と向かい合うということは、ほぼ確実に死を意味していた」（『罪と罰』における復活』）

芦川の説明は、イエスの「黙過」が不可避であったことを大状況から明らかにするものだが、それはあくまでも福音書の文脈に照らした解釈である。問題は、ドストエフスキーがこの部分をどう読みかえたのか、にある。

ロシアの研究者クリニーツィンは、後々の復活のために、いや「神の栄光のため」にラザロの死をいったんは「黙過」するというイエスの行為そのものが、ドストエフスキーにとって

「根本的な重要さ」を意味したと述べている（『地下室人の告白』）。ここから浮かびあがるのは、神に見捨てられた犠牲者としてのラザロ＝ラスコーリニコフの像である。すでに指摘したように、ラスコーリニコフが老女殺しの現場に向かう道行きには、いくつかの恐ろしい偶然が無言のうちに覆いかぶさった。つまり、少し奇を衒《てら》った言い方をするなら、神の「黙過」の間に、老女殺しは起こったとさえ解釈できるのである。

四の意味、ラザロの意味

さて、「ラザロの復活」との関連で指摘しておきたいことが一つある。それは、小説全体をとおして、主として言外の意味の強調や暗示を示すイタリック体（翻訳では傍点）の使用が異常なまでに多いことである。とくに第四部第四章でそれが際立っている。ここで、このイタリック体の多用についてつまびらかにすることはしないが、一つだけ読者の興味にかかわりがあると思われる部分について説明しておこう。問題となるのは、次の箇所である。

「「イエスが、『その石を取りのけなさい』と言われると、死んだラザロの姉妹マルタが、『主よ、四日もたっていますから、もうにおいます』と言った」彼女は、この四という言葉に、とくに勢いをこめた」（第四部第四章）

わたしたち読者の興味を引くのは、ドストエフスキーはなぜ、この「四」をイタリックにしたのか、という点である。この問題について、何人かの研究者の解釈を紹介しておく。

コーガンという研究者は、「死んだラザロの物語のなかで、ドストエフスキーが強調している「四日」という言葉は、ラスコーリニコフの状態をも象徴している。福音書の朗読が、金貸し老女殺害から四日目に起こっているということである」という（アカデミー版全集への注）。

しかしこれには反論がある。この朗読の場面は、厳密に数えて、殺害から七日目にあたっている、ということだ。あるいは、この四日間という時間を、ラスコーリニコフが譫妄状態にあった四日間ととらえる研究者もいる。これらの意見を踏まえつつ、まったく異なる視点からこの四日間を解釈したのが、チホミーロフだった。すなわち、ソーニャが「勢い」を込めて読んだこの四の数字とは、次のように解釈されるという。ロシア正教の伝統では、死者を埋葬するのは、死んでから三日目とされていた。いわゆる「仮死状態」での埋葬を避ける目的があったためである。葬儀は、つまり、遺体の腐敗の兆候が完全に見てとれてはじめて行われる習わしだった。その意味で、「四日目」というのは、まさに、「大いなる奇跡」を自然主義的に説明しようとするいかなる試みをも排除する、死の絶対性のしるしとして意味づけられている。要するに、ラザロがいったんは、完全に、「自然主義的に」死んだ状態にあったことを意味づけるものであった、というのである。

ソーニャは、おそらく、キリストの奇跡の偉大さを、ラスコーリニコフに知らせたいという熱意から、この四（четыре）の数字を誇らしげに発したにちがいない。なぜなら、草稿が示すように、彼女みずからがラザロを自覚し、イエスによって救済されたという意識をもっていたことが知られるからである。だが、ドストエフスキーの意図は異なっていた。ラザロに「奇跡」がもたらされたのは、彼が、その奇跡に値しないという「謙譲」のゆえであった。それは、酔漢でありマゾヒストであり、かつ「豚」と自虐的に呼ぶマルメラードフが、天国への入場を許されるのと、ある意味で同じ理屈である（「あの者たちを受け入れるのは、あの者たちのだれひとり、自分がそれに値するとみなさなかったからなのです」）。作家は、生ける屍としてのラスコーリニコフの将来を暗示しようとしていた。では、だれが、ラスコーリニコフに対して、現代のキリストとしての役割を果たすことができるのか。ソーニャ・マルメラードワだろうか。

こうして、草稿そして完成稿をとおして、ラスコーリニコフとソーニャの二人の主人公が「死者」として意味づけられていたことが明らかになる。それぞれの部屋が「棺桶」として意味づけられているとするなら、当然、二人はそれぞれの部屋を出ていくべき運命にある。ラスコーリニコフは屋根裏部屋を、ソーニャは「たいそう不均衡な方形」の部屋を。ラスコーリニコフが口にする「いっしょに行こう」は、いっしょに「出ていこう」という意味と同じである。では、どこへ出ていくのか。ラスコーリニコフは、ソーニャをどこへ連れ出そうとしていたのか。そもそも、殺人者であり、娼婦である二人は「新しいエルサレム」への入場を約束された存在なのか。そう、天国への入場を拒まれているという意識ほど、ソーニャにとって重い罰はなかったのだし、彼女の恐怖の正体はまさにラスコーリニコフのそれと大きくは変わらなかったはずなのだ。

では、彼らはどのようにして「新しいエルサレム」を見いだすことになるのか。おそらく見いだすことにはならないだろう。天国への入場を拒否された彼らは、ドストエフスキーなりの、ドストエフスキーが根源的と考える「信仰」のなかに入る。「ラザロの復活」のなかで、イエスはこう言う。「わたしは復活であり、命である」。復活であり、命である、ということのなかに、どれほどの「宗教性」があるというのか。

ラスコーリニコフがかりにラザロに重ねあわせられるとしても、ラザロは殺人者ではない。同じように、ソーニャがみずからをラザロに重ねあわせ、「キリストさまがわたしを甦らせてくれた」と考えるにしても、それは淡い希望のようなものでしかない。あるいは幻想にすぎないかもしれない。

しかし、二人の女性の命を奪ったラスコーリニコフが、生命を奪うという行為者として存在し、非生命としての傲慢さのとりこになっていることが確かなのに対し、ソーニャにはいっさい傲慢を見てとることはできない。彼女の苦しみは、傲慢ゆえではなく、まさに生命そのものの強さから発せられる苦しみとでもいうべき性質のものである。その苦しみに耐える彼女が、新しいエルサレムへの入場を許されないとしたら、神の正義はどこにあることになるのか。神はどこにいるというのか。

神を見るお方

さて、同じ第四部第四章について、さらに二つほど大事なディテールに注目しなければならない。それは、ドストエフスキーが、ソーニャとリザヴェータの関係をどうやら、もう一つ別の視点から姉妹として認定しているふしがみられることである。再び「ラザロの復活」を朗読している場面に注目しよう。作者は、ここで死んで四日目に甦ったラザロにラスコーリニコフを重ねあわせているのだが、ラザロの姉妹マリヤとマルタの二人を、ソーニャとリザヴェータの二人に重ねあわせていたことも明らかになってくる。マリヤは、しばしば「マグダラのマリヤ」とも混同もしくは同一視され、「罪深い女」と呼ばれるが、ソーニャがラスコーリニコフに対して自分をそう呼んでいる事実に照らしても、その連関性は疑いようのないものである。となると、ラスコーリニコフとソーニャ、リザヴェータの関係は、ラザロ―マリヤ―マルタの関係性のパラレリズムとしても読むことが可能となってくる。いずれにせよラスコーリニコフは、「復活」を期待されているラザロなのである。

さらに、もう一つ注意しなければならない。なんとこのマルタは、ロシア語読みではマルファとなり、スヴィドリガイロフの妻で、急死するマルファのイメージを否応なく引き寄せてくる点である。つまり、ここでスヴィドリガイロフ＝ラザロの同一化の視線が派生的に明らかとなる。

くわえてもう一つ、リザヴェータその人にかかわる問題がある。すでに述べたように、ソーニャの部屋を訪れ、「ラザロの復活」を朗読してほしいと懇願するラスコーリニコフは、これから読まれる福音書が、じつは、彼が殺害した金貸し老女アリョーナの腹ちがいの妹リザヴェータの持ち物であったことを知らされる。そしてそのリザヴェータについて、彼女と仲良しだったソーニャが次のように言う。

「あの人、神を見るお方なんですよ」（第四部第四章）

ドストエフスキーはこの後で、「この硬い言いまわしが、彼の耳に異様なひびきをもった」と書き添えるのだが、この「硬い言いまわし」は、具体的には「見る（узреть）」という動詞を指している。ここで使用されている「見る」が、日常的にはめったに使われることのない動詞であるため、ラスコーリニコフはほとんどめまいに近いものを感じてしまう（「こんなところにいたら、こっちまで神がかりになっちまう！」）。

ここでは、ソーニャとリザヴェータの二人が、どこか神がかった女性、すなわち「ユロージヴァヤ」であることが暗示されている（拙訳では「神がかり」で統一してある）。ユロージヴァヤ

（女性）／ユロージヴィ（男性）とは、ごく簡単に説明するなら、一般人として日常的な知性をもたずに、その生き方そのものによって神に近づこうとする苦行者をいう。語源は、「キリストのために愚者をよそおう」から来ており、もともとはビザンツの伝統を汲むものである。問題は、それがほんものの「神がかり」か「えせ神がかり」かの判別がつかない点にある。たとえば、『白痴』の主人公レフ・ムイシキンなどは民間にあって「神がかり」視されるまれな例だが、逆に、『カラマーゾフの兄弟』に登場する狂信的な行者フェラポント神父などは、その境界にいる存在とみなしてよい。

歴史的観点から「神がかり」の特徴としてあげられるのは、金品などの財産を一切もたず、妻帯せず、裸ないし裸足で生活し、時には、苦行のため鉄の首輪や鎖を身につけるなどしていたことである。イコンなどでは裸体の姿で描かれることが多い。また、その非知性的な行いによって、一般人よりもはるかに神に近い存在として敬われる存在だった。

この「神を見るお方」については、いくつか説がある。すなわち、この古風な言い方に、リザヴェータの「妊娠」のモチーフともからめて、彼女が、異端派のセクトに加わっているかもしれない、とする江川卓の説が代表例の一つである。それに対してチホミーロフは、これがロシア語訳「マタイによる福音書」五章における「心の清い人々は、幸いである、その人たちは神を見る」という表現にこの「見る（узреть）」という語が使われていることを指摘した。しかし、それだけでは、ここでドストエフスキーが「硬い言いまわし」とわざわざ用いた意味は伝わらない。他方たえざる妊娠のモチーフと合わせて、リザヴェータがかりに「異端派」のセクトに加わっているとするなら、そこにどのような意味が込められているとみるべきなのか。問題はさらに謎めいてくるが、リザヴェータと異端派のかかわりをめぐって、ここからさらに議論を進めるには大きな勇気が求められる。なぜなら、『罪と罰』のテクストにも、創作ノートにも、この興味ある問いの手がかりとなるティテールがほとんど見いだせないからである。

「死せるキリスト」——仮説

さて、スイスのバーゼル美術館に、ドストエフスキーに衝撃を与えた一枚の絵がある。ハンス・ホルバインの《死せるキリスト》である。横二メートル、縦三十センチのカンヴァスに痩身のキリストが身を横たえている姿を描いたものであり、カンヴァスそれ自体が「棺」であると同時に、「戸棚」のような趣を醸しだしている。わたしは長い間、なぜ、屋根裏部屋が「戸棚」とイメージされているのかわからずにいたが、ドストエフスキーが、たんに狭苦しさのイメージを出すために、戸棚の比喩を用いたとは思えなかった（ちなみに、ホルバインのこの絵は、『罪と罰』の次の作品『白痴』で大きくクローズアップされ、異端派［とくに去勢派］信仰のシンボル・イメージとなる）。では、この一枚の絵が『罪と罰』の執筆に何らかの影響をおよぼすことはなかったのだろうか。グロスマンによれば、ドストエフスキーは、この絵の存在を、カラムジンの「ロシア人旅行者の手紙」をとおして知ったという。

「十字架からはずされたキリストには神々しいものなど何ひとつ見えないが、死んだ人間としてはじつに自然に描かれている。伝説によると、ホルバインは、水死した一人のユダヤ人をモデルに彼を描いたということだ」（『ドストエフスキイ』）

だが、カラムジンのこの一節だけで、ドストエフスキーが何らかの決定的な刺激を受けたとは考えにくい。じっさいに彼がバーゼルの美術館で絵に対面するよりも前に、その図像の隅々まで熟知していたと考えるほうが理に適っている。グロスマンは、ドストエフスキーがおそらく一八六〇年代の半ばに、「だれかの口」を介してこの絵の存在を知ったらしいと書いているが、その「だれかの口」とは、具体的にだれであったのか。ホルバインに興味を寄せていたジョルジュ・サンドと交流のある作家ツルゲーネフだったろうか。あるいは、『白痴』で描かれるように、彼は、モスクワかペテルブルクのどちらかの町で、現実に《死せるキリスト》のレプリカを見た可能性もないとはいえない。

ラスコーリニコフとキリストの同一視という視点は、ソーニャとの関係においてより具体的になる。ソーニャが住んでいる下宿の家主がカペルナウーモフという苗字をもち、マグダラの隣町カペルナウムをあからさまに示しているのも、ドストエフスキーのひそかな意図を暗示するものとみることができよう。あるいは、シベリアの流刑地で「復活」のきざしを迎える場面で、ソーニャが緑色のショールをまとって登場するモチーフにしても、ラスコーリニコフとキリストの二重像は否定しがたいものとなる。

ソーニャははじめラスコーリニコフをキリストに比すべき魂の救世主と勘違いした。彼女の目に、そうした空想上の同一視が生じたからこそ、自分は、「罪深い女」であると告白したのではないか。なぜなら彼女は、そのときまだ、ラスコーリニコフの恐るべき心の荒廃を知らずにいたし、直観もできてはいなかった。むしろ、マルメラードフ一家の救済者として、崇めたてていた。だからこそ、ラスコーリニコフが自分の部屋から去った後、彼女のなかであれほどにも思いが燃えあがったのだ。ソーニャは、まさに娼婦に身を落とした自分を、死んだラザロと自覚し（草稿には「わたし自身が死んだラザロだったの、キリストさまがわたしを甦らせてくれたのよ」とある）、つかのまながらも、キリストの幻影に酔うことができた。ところがある時点で彼女は、当のラスコーリニコフが「死せるキリスト」であることを知る……。

むろん、わたしのこの主張には、何ひとつ論拠となるものがないことも事実である。しかし、一八六七年八月バーゼルの美術館でホルバインの絵とじかに接したドストエフスキーの直観は（「この絵を見たら、復活の信仰をなくしてしまう人がいるかもしれない」）、この絵と遭遇するはるか以前から存在していたと考えることができるのである。

「死せるキリスト」としてのラスコーリニコフ――。

ドストエフスキーはその可能性をみずからの小説の執筆と並行しながら、考えつづけていた。そして彼の「復活」ははたしてどこまで可能なのか。それにしても、二人の人間を殺したラスコーリニコフと、人類の犯した罪を引き受けるイエス・キリストを同列に置く必要が果たしてどこにあるのか。また、そのように重ね合わせることから、どのような物語の可能性が引き出されるというのか。

5　バッカナリアと対話

バッカナリア

『罪と罰』第五部は、一種の「バッカナリア」と「対話」の二つの部分からなっている。物語は、大団円へと向けていよいよ混沌とした様相を帯び、読者はさながら舞台上の演技でも見るかのような強烈な臨場感に包まれていく。おおまかな見取り図を示しておくと、この第五部で描かれるのは、マルメラードフの葬式からカテリーナの死の場面までである。ボルテージの点からみると、この第五部がもっともヒステリックな高さに達していて、少なからぬ読者が、ドストエフスキー文学がはらむ異様な熱気に辟易《へきえき》させられる部分といってもよい。舞台上のドラマと割りきり、ただただ見つめつづけるという態度も一つの方法だろう。

さて、わたしがこの第五部を構成する特質の一つに、ローマ神話の酒神バッコスにちなんで「バッカナリア」という名前を与えたのは、部全体に満ちわたる狂騒的な気分を表したかったからである。ソ連時代の文芸学者バフチンならそれこそ、「カーニヴァル」という用語で第五部の特質を言いあてたかもしれない。では、バフチンのいう「カーニヴァル」とは何か。
「カーニヴァル的生とは通常の軌道を逸脱した生であり、何らかの意味で「裏返しにされた生」「あべこべの生」「monde a l'envers」である。通常の、つまりカーニヴァル外の生の仕組みと秩序を規定している法や禁止や制限は、カーニヴァルのときには廃止される。何よりもまず取り払われるのは社会のヒエラルヒー構造と、それにまつわる恐怖、恭順、崇敬、作法などといった形式である。つまり社会のヒエラルヒーやその他の要因（年齢も含む）からくる不平等に基づくもののすべてが取り払われるのである。人間同士の間のあらゆる距離も取り払われ、カーニヴァル特有のカテゴリーである、自由で無遠慮な人間同士の接触が力を得ることになる。これはカーニヴァル的世界感覚のひじょうに重要な要素である。実生活では堅固なヒエラルヒーの障壁によって隔てられていた人々が、カーニヴァルの広場において自由で無遠慮な接触関係に入るのである」（『ドストエフスキーの詩学』）
もっともわたしたち一般の読者は、小説の読解のために必ずしもこうした分析格子に頼る必要はないし、そうすることでかえって窮屈な理解に陥る可能性があることにも注意しなければならない。そうはいえ、ドストエフスキー文学がはらむダイナミズムの本質を見きわめるためには、バフチンがここで示している「自由で無遠慮な人間同士の接触」といった特質を黙って見過ごすわけにはいかない。登場人物は、根本において自由であり、自由な、まさにカーニヴァル的な生を生きているのだから。

ドゥーニャとその母との不幸な話し合いの夜が明けて、ルージンはさまざまな不快感に襲われていた。同居人のレベジャートニコフが、落ちこんでいる彼の様子を見て、皮肉な薄笑いを浮かべていたことも腹立たしかったが、そのほかにも不愉快が次々と襲ってきた。自分の失敗が元老院にまで知れわたっていたこと、とりわけ、間近に迫った結婚のために借りた住居の件が彼をむしゃくしゃさせていた。家主は契約の解除に応じようとせず、違約金の支払いを要求してきたのである。またドゥーニャとその母親にお金を渡さなかったことも後悔の種だった。

レベジャートニコフとの関係も冷却する一方だった。ルージンはペテルブルクにやって来たその日からレベジャートニコフを軽蔑しきっていたが、反面、内心では彼に恐れをなしてもいた。というのもレベジャートニコフがある進歩主義的なサークルで指導的役割を果たしている人物であるという噂を耳にしていたためである。田舎から出てきたルージンにとってこうしたサークルは、何かしら漠とした空恐ろしいものと感じられた。ルージンは総じて、ペテルブルクの進歩主義者だとかニヒリストだとか暴露主義者といった類の連中に恐怖心を抱いていた。何よりも恐れていたのは「暴露」である。田舎の有力者たちが暴露によって失脚した例をみていたこともある。だからレベジャートニコフがとるにたらぬ人間だとは知りつつ、拭いされない恐怖心から彼を頼りにしていたのである。一方のレベジャートニコフも、かつての後見人ルージンと一緒にいるのに嫌気がさしていた。ルージンが自分をうまいことあしらい、陰では馬鹿にしていることに気づきはじめていたからである。

レベジャートニコフは新しいコミューンの設立に際して、かつて自分がアパートから追いだしたソーニャをコミューンの仲間に引きいれようとしていた。ルージンは、この話を利用し、レベジャートニコフにソーニャを呼びださせ、その場でお悔やみとして十ルーブルを渡した。このときルージンは、自分がマルメラードフの葬儀に呼ばれていたことを思いだし、ソーニャを使ってある策略をめぐらしていたのである。

カテリーナは、貧乏人の意地で、ラスコーリニコフから受けとったお金の半分を夫の葬儀費用にあてた。葬儀に際し、大家のリッペヴェフゼリ夫人は何くれとなく面倒を引き受けてくれた。葬儀にははじめルージンもレベジャートニコフも顔を見せず、カテリーナは大いに落胆したが、ラスコーリニコフの来訪には強く勇気づけられた。遅れてきたソーニャはカテリーナを落ち着かせ、彼女の自尊心をなだめようと努めていたが、しだいに激しはじめる彼女の苛立ちを抑えることはできなかった。追善供養の席ではとうとうカテリーナとリッペヴェフゼリ夫人との間で大喧嘩が持ちあがった。

そうした最中に現れたルージンは、開口一番、部屋の机から百ルーブル紙幣が消えたことを明かし、盗みの嫌疑をソーニャにかける。ソーニャのポケットから、ルージンが直接渡した十ルーブルのほかに百ルーブル紙幣が出てきた。ソーニャは窮地に立たされるが、レベジャートニコフがその嫌疑をくつがえす。彼はルージンがソーニャのポケットにこっそり紙幣を押しこむのを見たと証言し、彼女の濡れ衣を主張するのである。ラスコーリニコフもこれが、ドゥーニャとの破談を修復しようとするルージンのたくらみであることを見抜き、ソーニャに助け舟を出す。

ソーニャを守ろうとするラスコーリニコフの心のうちには、かなり個人的な動機が隠されていた。彼はリザヴェータ殺しの犯人をソーニャに告げなければならなかった。一方、ソーニャのアパートを再び訪れたラスコーリニコフは告白することの恐怖に怯えだしていたが、もはやそれを避けては通れないとも感じていた。彼は、ついに犯人は自分の親友で、リザヴェータを殺すつもりはなく、老女だけをねらったと告げる。やがてソーニャは、ラスコーリニコフの告白に恐ろしい真実が隠されていることに気づく。彼女は彼を両手で抱きしめ、泣きだした。彼女は、リザヴェータの持っていた十字架を差しだし、彼の肩をつかんで、いますぐセンナヤ広場に行って、「あなたが汚した大地にキスをするの」「わたしは人殺しです！」と大声で言ってほしい、そうすれば、神はあなたに「命を授けてくださる」と言い、自首を勧める。だが、いまだ歪んだ暗い信念に憑かれているラスコーリニコフに、その忠告にしたがおうとする素直な感情は生まれない。いや、この時期のラスコーリニコフは、ほとんど虚脱状態にあり、現実と非現実の境界すら見極められなくなっていた。

同じころ、結核におかされたカテリーナが末期的な症状を迎えていた。ソーニャのアパートの戸口に現れたレベジャートニコフは、カテリーナが発狂したことを彼女に伝える。カテリーナは、マルメラードフの元上司イワン・アファナーシエヴィチのところに赴き、食事中の彼に罵声を浴びせて戻ってくると、今度は子どもたちを引きつれてソーニャの住むアパートに近い運河沿いの道に立ち、ひきむしるような声で身の上話をするのだった。子どもたちは泣きわめき、人々がそばに群がっていた。やがてカテリーナは通りで倒れ、ソーニャの部屋に担ぎ込まれたのちに息絶える。

以上が、第五部の概要である。

フーリエ主義の再現

第五部でわたしが取りあげたい問題は三つある。

第一に、レベジャートニコフが口にする最新流行の議論とは何であったのか、ドストエフスキーはなぜここまで彼の存在に固執するのか、という問題である。

当時のロシアでは、コミューン生活による新しい男女のあり方がしきりに議論されていた一八四〇年代の終わり以降、一時全面禁止となったフーリエ主義がふたたび息を吹き返したのである。その火付け役となったのが、『罪と罰』刊行の直前にあたる一八六三年に発表され、絶大な反響を呼んだチェルヌイシェフスキーの小説『何をなすべきか』だった。この小説は、出版後ただちに発禁処分となったが、折からの解放的な気運に乗じて若い先進的な知識人に影響をもたらし、ペテルブルクのあちこちに「コミューン」が誕生しはじめていた。チェルヌイシェフスキーの立場は徹底していた。一八六一年、農奴解放の不徹底を批判する立場から、若い学生たちを支援し、全ロシアの農民革命をめざす秘密結社などの組織化を行った。農奴解放の翌年に逮捕され、ドストエフスキーが『罪と罰』を執筆中、彼はシベリアで辛酸を嘗めていた。『何をなすべきか』には、コミューン形式による新しい生活スタイルをめざす主人公のヴェーラ・パーヴロヴナが登場する。

ドストエフスキーが、若い時代に一時期傾倒したフーリエ主義の否定に向かいつつあったことは、ラズミーヒンの発言やレベジャートニコフの戯画化から明らかである。では、そもそもフーリエ主義とはどのような思想であったのか。

カール・マルクスらによる『共産党宣言』が出る直前、まだ二十代のドストエフスキーが「ペトラシェフスキーの会」で議論しあった「革命思想」は、階級闘争の理論にのっとったマルクス主義ではなく、シャルル・フーリエらの唱える「空想的社会主義」を大きな拠りどころとしていた。人間の理性と幸福とに輝く王国の建設のために、人々はファランステールと呼ばれる共同宿舎で生活を営み、一致団結して地球規模の調和を実現しようとする。フーリエ主義が生まれた背景には、産業革命勃興期に特有の国家による労働搾取が目をおおうばかりの段階に達し、資本家と賃金労働者がはげしく対立しあう状況があった。他方、国家にアンチを突きつける革命勢力の暴力もほとんど実りある結果を生みだすことはできなかった。

そこで、フーリエが提案したのが、「アソシアシオン」と呼ばれる共同体（フーリエによればファランジュ）である。この共同体の特色は、国家の支配を排し、土地や生産手段を共有のものとし、数百の家族からなる千七百人程度（理想数は千六百二十人）の人々が共同生活を営むもので、基本は完全な自給自足による生活だった。

だが、フーリエ主義の特色は何より、そうした共同生活における人間の感情や性愛に関する理論にあった。右にあげたチェルヌイシェフスキーの『何をなすべきか』でもこの問題が大きくクローズアップされていた。フーリエによると、人間の情念は、十二のカテゴリーに分化させられる。すなわち人間の五感にあたる五つの「感覚情念」と、友情、恋愛、野心、家族愛の四つの「感情情念」、そして密謀、交替、複合の三つの「配分情念」の計十二である。これらが、前後左右にマトリックス状につながることで系列と群が形づくられる。そしてその相互関係を結びつけているのが「情念引力」ということになる。

フーリエは、浮気、大食、奢侈《しゃし》、野心といった現代社会において抑圧されるべき自然の情念を系列化し、複合、累乗から全開へと高めていくことで、個人レベルにおいては有害でしかない情念も全的調和になり、宇宙的ハーモニーを奏でると考えた。

しかし、ロシアにおけるフーリエ主義の受容という視点から何よりも興味を引くのが、性愛に対する関心のありようである。フーリエによれば、社会悪や不協和音の原因となるのは、人間同士の自由な愛を妨げ、情念を抑圧する社会の仕組みそのものである。それゆえ、彼は肉体も欲望も喜怒哀楽も何ひとつ抑制することをしない新しい仕組みを作ろうとしていた。抑制どころか、「合理的計算」によってそれらを統御し、計量化し、調整していくことが理想社会の誕生につながる最大の方法であると考えたのである。その結果、多重婚や近親相姦にいたるありとあらゆる性愛が肯定されるにいたった。

隠された「二枚舌」

ペトラシェフスキーの会に参加していた時代のドストエフスキーが、フーリエ主義における性愛の理念にどこかで共感していた可能性もある。そしてその彼が、シベリア、中央アジアでの十年を経てどこまで変貌していたかを客観的に知る尺度はない。小説に描きこまれたディテール、とりわけレベジャートニコフには、時おり作者のアイロニーが小さくこだましているが、本心はどうだったのだろうか。レベジャートニコフという名前には、「取りいる、おべっかを使う（лебезить）」の意味が込められているが、ここにドストエフスキーの何がしかの本心が隠されていた可能性がなくはない。

そこで浮上してくるのが、ラスコーリニコフの分身としてのレベジャートニコフである。これまでの研究では、ラスコーリニコフをフーリエ主義者とする見方はさまざまであった。たとえば、シクロフスキーは、金貸し老女のアパートに向かうラスコーリニコフが、ユスーポフ庭園の傍らを通り過ぎる際、市内のすべての公園に噴水を設けるべきだといった都市改造のプランに浮かれるさまをみて、ここに彼の「フーリエ主義者」としての一面を嗅ぎ当てている（『ドストエフスキー論』）。もしもそうであるなら、当然のことながら、ラスコーリニコフとレベジャートニコフの間に、一種の分身関係が誕生してもよい。

では、なぜ、このような屈折した形でしか、「コミューン」の問題を提示できなかったのだろうか。おそらくは、フーリエ主義の流布にたいする警戒が社会全体に広がりはじめたからと思われる。理由は、一つしかない。アレクサンドル二世暗殺未遂事件である。事件は、小説の連載が開始されてまもない一八六六年四月に起きた。残念ながら、この事件がもたらした影響は、物語のなかではほとんど痕跡を留めていないが、あえてそれを指摘するとすれば、たとえば第六部第一章で、ラスコーリニコフの謎に満ちた行動を斟酌したラズミーヒンが、秘密結社への関与を疑う場面や（「やつは政治的陰謀に加わっているぞ」）、同じ第六部でラスコーリニコフに自白を迫るポルフィーリーが口にする次のセリフぐらいである。

「あのばあさんを殺しただけですんでよかった。べつの理屈でも考えついていたら、一億倍も醜悪なことをやらかしていたかもしれないんです！」（第六部第二章）

ポルフィーリーがこのとき口にした老女殺しよりも「一億倍も醜悪なこと」が何を意味するかは、もはや説明を必要としないだろう。

問題となるのは、ドストエフスキーが、この時期、どこまでアレクサンドル二世暗殺未遂事件を意識し、それを物語の内部に取り込む意図があったかということである。たしかに、ラスコーリニコフと皇帝暗殺未遂者のカラコーゾフの間に共通性をみる研究者もいる（ヴォロージン）。しかしそのような方向性で物語のテーマ性を追究するには、それなりに根拠がいるし、ラスコーリニコフがどのような政治グループにかかわっていたのかを識別するのも、恐ろしく困難である。彼の思想的な拠りどころとして考えられるのは、雑誌に発表した「犯罪論」の内容のみだからである。しかもそれは、あくまでラスコーリニコフとポルフィーリーの口をとおして語られた要約であり、おまけにそれは一つの仮説にすぎず、ラスコーリニコフの信念であるという保証はなかった。たしかに金貸し老女は、「凡人」にはちがいないが、ロシア皇帝を「凡人」と呼ぶことはできない。

　この皇帝暗殺未遂者とラスコーリニコフを二重写しにするという見方を発展させていくと、ドストエフスキー自身の心の奥に刻まれたトラウマの存在がくっきりと浮かび上がってくる。いうまでもなく、ペトラシェフスキー事件である。ラスコーリニコフは、罪の自覚をいっさい欠落させる一方で、みずからの犯罪が死刑に値すると考えている。逆にいうと、死刑と同一化するぐらい、老女殺しという行動に、全アイデンティティを賭けていたことになる。ポルフィーリーによる自白の勧めに対し、断固「恩赦」を拒否したのもそのためだった。そしてそのとき作家がラスコーリニコフに二重写しにしていたのは、青春時代の彼自身だった。

　多くの研究者が指摘するように、ルージンとレベジャートニコフは、チェルヌイシェフスキーの『何をなすべきか』のパロディをなしており、いずれも徹底してカリカチュア化が施されている。弁護士のルージンは、リベラル派のブルジョワであり、レベジャートニコフは、フーリエ主義者にして民主主義者、社会主義者である。ドストエフスキーは、彼の「理性的エゴイズム」を批判するが、それがきわめて薄っぺらな議論であることを承知しているからである。だが、レベジャートニコフを描くドストエフスキーの筆づかいはけっして冷たいものとはいえない。少なくとも彼のフーリエ主義は面白い。とりわけ、ルージンの犯罪を暴露するあたりの正義漢ぶりには、作家の温かいまなざしさえ感じとることができる。

　いずれにせよ、この時代のロシアにおけるフーリエ主義の「復活」は目をみはるものがあった。コミューンでの生活では、二つの結婚、すなわち「市民的結婚」と「法的結婚」の巧妙な二重性が保たれていた。レベジャートニコフがソーニャを新しいコミューンに誘いこもうという企みにも、そうした二重性を利用しようという下心が隠されていたと思われる。他方、リザヴェータの絶えざる「妊娠」というモチーフを、江川卓のように、たんに異端派（鞭身派）とのかかわりだけでなく、フーリエ主義者たちの「コミューン」における性という文脈において考えてみるのも面白いだろう。

カテリーナの謎の行動

ドストエフスキーは、物語の奥にもう一つ派生的なプロットを作ることを好む。『貧しき人々』（たとえば、「ワルワーラの手記」）以来、その二重構造ないしは入れ子構造の物語を書きたいという欲求は一時も弱まることがなかった。むろん『罪と罰』も例外ではなかった。彼はこの二重構造をとおして、比喩的にも現実的にも二つの『罪と罰』を書いていたことになる。そしてそれは、端的にいうなら、『罪と罰』が誕生するもっとも初期の段階での二つの物語、すなわち『酔いどれ』と「告白」の合体から必然的に生まれた結果、いや、より本質的と思われる何かを二重構造の奥に隠す「謎の詩学」の産物ということができる。では、『罪と罰』の背後に広がっていた「何か」とは何であったのか。二重構造、入れ子構造から生まれる派生的プロットは、ドストエフスキーの、内心の、もう一人の自分に関わるものであったのではないか。

そこで注目したいのは、気の狂ったカテリーナが最後に示す謎に満ちた一連の言動である。レベジャートニコフの報告だと、彼女は夫マルメラードフの元上司イワン・アファナーシエヴィチのもとに押しかけていき、さんざん罵倒したあげく「インクびん」まで投げつけてきたという。運河沿いの道に子ども連れで立った彼女はまた、イワン・アファナーシエヴィチへの抗議を口にする。イワン・アファナーシエヴィチは、ペテルブルクの役所でもかなり高い地位にある人物であり（「政府の高官であり、新しい国家的、文化的な考えをお持ちの方」）、カテリーナのような一介の市民がおいそれと近づける相手ではない。いったい何の不満があって、彼女はそのような思い切った挙に出たのか。

ここで一つ、きわめて実際的な話に立ち入らなくてはならない。イワン・アファナーシエヴィチのもとに出かけていった彼女の目的はまず、年金の支払いを求めることにあった。当時の年金制度によれば、三十五年間、無傷で勤めあげた場合に満額が支給され、三十年までが三分の二、二十年までが三分の一と段階的に減じられていく仕組みだった。また、子どもたち一人ひとりに対しては、その六分の一が、二十年に達しない者には一時金が支払われた。いずれにせよ、無傷で勤めあげることが年金受給の絶対条件だった。チホミーロフによれば、マルメラードフは、すでに一度自分の落ち度で役所を解雇されているので、受給資格は一切ないはずであり、遺族に対しても一銭も支払われる予定はなかったという。

マルメラードフの「もてなし」

わたしはここで、『罪と罰』読解の画期的な例を一つ紹介しようと思う。カテリーナが、イワン・アファナーシエヴィチに直訴に赴いた理由、そしてそれまでのカテリーナの言動をめぐって、清水正が示している一連の解釈である（『ウラ読みドストエフスキー』）。

清水によれば、そもそも酒の不始末でいったん解雇されたマルメラードフが、ふたたび雇用された背景には理由があるという。それは、ソーニャの問題である。貧しい一家を救うために「黄の鑑札」を受け、売春を行うことを決意する彼女が、最初に客として受け容れた相手は、ほかでもない、父の上司のイワン・アファナーシエヴィチだったというのが清水の主張である。この視点から生まれる物語の可能性は驚くほど大きなものとなる。まず、何よりもカテリーナの言動に注意してみよう。彼女は、運河沿いの道で、閣下のもとへ直談判にいったときのセリフを繰りかえしている。

「閣下は、亡くなった夫のセミョーン・マルメラードフをよくご存じのはずです、どうか、みなし児たちをお守りください。主人の血をわけた娘は、主人が死んだ日に、最低の低の人間からひどい濡れ衣を着せられたんでございます……」（第五部第五章）

そして最後に彼女は叫ぶ。すでに正気ではない。

「みなし児たちをどうかお守りください！　死んだセミョーン・マルメラードフのもてなしご存じでしょう！……」（同）

問題は、ここで半狂乱のカテリーナが意識喪失の直前に口にする、「セミョーン・マルメラードフのもてなし」の意味である。清水によると、「もてなし（хлеб-соль）」とは、ほかでもない、「処女ソーニャ」ことソフィヤ・マルメラードワを念頭に置いた発言ということになる。清水は書いている。

「夫のマルメラードフが年頃の実の娘を捧げた、そのことをおぼし召して、どうかみなし児たちの面倒を見てくれと、この狂気の女はイヴァン・アファナーシィエヴィチに頼み込み、そして拒否されたのである」

わたしは、これ以上この問題には踏みこまない。読者は、テクストの細かなディテールから『罪と罰』のメイン・プロットの背後に隠されたもう一つの真実を探しだせるかもしれない。しかし、一ついえることがある。それは、彼がなぜ、ラスコーリニコフに出会う「六日前」の七月一日の給料日から、役所勤めを放棄し、酒に走ったのかという問題である。たんに彼の、アルコール癖が原因だったろうか。それとも別の原因があったのか。清水の解釈が刺激的なのは、まさにその読解が、ほかのさまざまなディテールに次々と新しい光を当てていく点にある。

かりに、ソーニャの最初の「客」が、「閣下」イワン・アファナーシエヴィチであったとしたら、だれがその仲介役を果たしたというのか。

ユダはだれか?

ここでもう一度、小説の冒頭に戻らなくてはならない。清水の解釈を補いつつ、マルメラードフ＝ユダ説の「真実」を明らかにしていこう。

物語第一日目、ラスコーリニコフが居酒屋で出会ったマルメラードフは、酔いにまかせて福音書の話をし、なかでも「黙示録」を話題に上らせた。「この人をみよ」のくだりでは、あたかも彼自身が、イエス・キリストであるかのような口ぶりである。これは、本心だったろうか。たんなる道化芝居だったろうか。それとも、作品の書割を提示するための作者による意図的なシチュエーション作りにすぎなかったろうか。

そのいずれの可能性もある。だが、見知らぬ若いラスコーリニコフを相手に、彼はなぜ自分の娘が娼婦である、などと簡単に口走ることができたのか。それこそ娘に対する許すべからざる冒瀆ではないか。

わたしのなかに浮かびあがるのは、「この人」すなわち、イエス・キリストのモチーフはやはり一種の書割作りにすぎない、あるいは前座にすぎないということである。そして彼自身が、キリストを売るユダの存在でしかなかった。では、彼はだれを売ったのか。くどいようだが、もちろん娘ソーニャである。

ここで一つ注意していただきたいディテールがある。それは、ソーニャの最初の売春行為が、「黄の鑑札」を受けずに行われている事実である。これは違法行為だった。ラスコーリニコフが、ソーニャに向かって「きみも越えてしまった」と吐き捨てるように叫んだとき、彼の脳裏を、このマルメラードフから聞いた話がよぎった可能性もなくはない。しかもソーニャがこのとき受けとった額は、銀三十ルーブルという大枚だった。マルメラードフの一カ月の給料、二十三ルーブル四十コペイカという事実に照らしても、破格としかいいようのない額である。要するに、最初の相手が「政府の高官」だった可能性がきわめて高いのである。

ご存知のとおり、この違法行為が噂となって広まり、彼女は「黄の鑑札」を受けなくてはならない立場に追いこまれた。マルメラードフの話から、ソーニャを内々に世話したのが、美人局《つつもたせ》のダーリヤ・フランツェヴナであったことが明らかである。そして役所をサボタージュしはじめた彼が、ソーニャから酒代として手渡された額が三十コペイカであったというのも、きわめて暗示的である。つまり、三十の数がしきりに強調されているのである。「三十」はほかでもない、キリストを裏切ったユダとの関連性の高い数字である。イスカリオテのユダは、銀（シュケル）三十枚でイエスを祭司長らに売った。『罪と罰』でも、「銀三十ルーブル」というディテールがユダ＝マルメラードフの「裏切り」のモチーフを補強するかたちとなっている。

さらにこの「裏切り」を補強するディテールが、半狂乱のカテリーナの口から明らかにされる。先ほども引用した「セミョーン・マルメラードフのもてなし」がそれだが、要するに、ソーニャが一家のために犠牲になる、ということは、逆に、カテリーナとマルメラードフがソーニャを犠牲に供した、売ったという意味につながるのだ。そうなると、彼ら二人の死を、ある意味で、「ユダ」の報いとするとらえ方が可能になってくる。

これらのディテールを念頭に置くときに、にわかに気になってくるのが、マルメラードフの死である。第五部第一章では、マルメラードフの葬儀の場面が描かれているが、そもそもマルメラードフは、なぜ馬車に轢かれて死ぬことになったのか。

「わたしなんて磔にすりゃいい、十字架にかけりゃいい」という言葉に込められた絶望の響きも、「おまえたちはブタである」に秘められた自虐の意味も、物語の背景に隠されたこれらの事実を読みとることによってのみ、はじめて理解可能となる。では、彼がウオッカの「小ビン」の底に探しあてた「悲しみ」とは何だったのか。まさにそれこそが、「真実」だったのではないか。そしてその「真実」の重さゆえに、彼は、みずから馬車の下に身を投げざるをえなかったとは考えられないか。少し説明がくどくなったが、結論から言えば、ユダ＝マルメラードフは、ほとんど自殺を覚悟で馬車の下に引きこまれていったというのがわたしの考えである。

伏線はあった。主人公のラスコーリニコフ自身が危うく馬車に轢かれそうになる場面を挿入していることだ。

「みえみえだね、酔ったふりして、わざと馬車にぶつかってさ、さあ、どうしてくれるって、あとで脅しにかかるんだ」（第二部第二章）

マルメラードフを轢いた御者の証言を引用する。

「ところがこの男は、まっすぐ馬に向かってきて、足の下にどっと倒れこんできたんですよ！」（第二部第七章）

究極の動機

第五部全体が狂騒に包まれている。しかし、その狂騒のなかで第四章のみが静謐をたたえ、静かな対話の世界を現出させている。もっとも、ラスコーリニコフの高ぶった傲慢はいまだ静まる気配を見せていない。彼は、金貸し老女殺しではなく（「その男は、ばあさんだけを殺そうと思った」）、リザヴェータ殺しを告白するためにソーニャのアパートに出向いていった。

問題はその傲慢さの現れ方である。彼は、三人称の形を借りて暗示的にみずからを語る。それこそは傲慢さの極限形としてのナルシシズムである。

「つまりさ、ぼくはその男と、たいそう仲良しでね……」（第五部第四章）

「その男に、あのリザヴェータを……殺す気はなかった」（同）

ラスコーリニコフはまだ、殺人を二つに分けて考えようとしている。いかなる人も、命を奪うという行為そのものも、原初的な意味合いにおいては同一であり、そのどちらか、ということが問題になるはずはない。興味深いのは、そうした奇妙な告白によってソーニャとの意思の疎通が成立した瞬間、彼女のおびえきった表情に、ふりかざされた斧を前に後ずさりするリザヴェータの顔が二重写しになることだ。

そしてその意思の疎通そのものが、さながら近親憎悪にも似た何かとなってラスコーリニコフの心を支配し、ふたたび彼を傲慢のとりこにする。彼の口から吐きだされる犯行の動機は、次から次へと揺れ動いていく。

一、「ふん、なに、盗みさ」「母を助けてやろうと思ったんだ」

二、「ぼくはナポレオンになりたかった。そのために人を殺したんだ」

三、「ぼくは悪魔にそそのかされた」

四、「理屈ぬきで殺したくなったんだ」

五、「ぼくは、ただ殺した、自分のために殺したんだ」

老女殺しの動機は、たんなる選民主義にはなかった。「非凡人は、凡人の権利を踏みにじることができる」という手前勝手な哲学の証明ではなく、より存在論的な意味をもっていた。その意味について彼は説明する。つまり犯行の動機は、主義ではなく、主義を動機づけている自分自身のなかの感情そのもの、純粋化した動機そのものだったというのである。それは断じてイデオロギーではなかったと、彼は主張している。単純化していうと、棺のような屋根裏部屋の内側にあえて留まりつづけることで、ラスコーリニコフは、自分の憎悪がおのずから蓄積され、発酵するのを待っていたことになる。動機は、思想のなかにではなく、意志力そのものに潜んでいた。「あえて、する」という行為性そのもののなかに。たとえば、彼はこう告白している。

「権力っていうのは、身をかがめてそれを拾いあげようとする、勇気ある者だけに与えられるってことさ。それに必要なのは、ひとつ、ひとつだけ、つまり、勇気をもって身をかがめることだ！」（第五部第四章）

ラスコーリニコフにとって「勇気をもって身をかがめる」ということ、要するに一歩踏みだすことだけが動機と化したといってよい。そして、「勇気をもって」という意志力そのものを発見したときの状態を、彼は次のように告白する。

「で、ふいに太陽にさらされたみたいに明らかになったんだ。〔……〕ぼくはね……ぼくは、い、い、い、いきってしまいたくなって、それで、殺したんだ……あえてそうしたかっただけなんだ」

「で、ふいに太陽にさらされたみたいに明らかになったんだ。〔……〕ぼくはね……ぼくは、いい、い、いきっ、てしい、たく、なっ、て、それで、殺したんだ……あえてそうしたかっただけなんだ」

（第五部第四章）

殺人の動機が、イデオロギーでも思想でもなくなり、純化された意志ないしは意志力そのものとなった瞬間、老女殺しは、本来の目的そのものを失った。なぜなら、殺害を決行するということにのみ意味が存在する以上、相手が「シラミ」であろうが、何であろうが、どうでもよくなるからだ。ラスコーリニコフはおそらくこのときはじめて、自分自身の行動を文字通り「太陽にさらされたみたいに」自覚したにちがいない。しかし、意志力そのものと化した、ということは、ある意味でラスコーリニコフがむきだしの存在と化し、世界に無力のまま投げだされたことを意味する。つまり彼はそこで、それまで頭のなかで果てしなくつづけてきた「おしゃべり」がおよそ効力を持たないことを悟り、超越的な力の存在へと思いをはせることが可能となったのである。

その意味でおそらく、右に列記したセリフのうち最後の二つ、四と五は、ほぼ同一平面上での動機ととらえることができる。ただ、「理屈ぬきで」という動機がいかに危険であるかは、おそらくは作者自身も気づいていたにちがいない。なぜならそこには、サイコパス的な衝動が脈打っているからである。サイコパス的衝動とは、自己コントロールが完全に失われた状態を意味する。そしてそのサイコパス的衝動を、ラスコーリニコフは、悪魔のそそのかしとして意味づけていた可能性もある。つまり、三と四もまた、心理的には同じ状況を共有していることになる。

では、五つ目の「自分のため」とは何を意味しているのか。

純粋観念としての意志力、純粋存在そのものとしての人間――ラスコーリニコフの犯罪は、まさに唯物的な観念としての人間の存在を賭けた問いだったとみていい。しかしそのときにも、人間であることの証をどこに求めようとしたかといえば、やはりそれは傲慢さである。誇り、という言葉で置き換えることのできる傲慢さ――。

「一刻も早く知る必要があった。自分がほかのみんなと同じシラミか、それとも人間か？」（第五部第四章）

人間であるということは、「権力」をもつことを意味する。ただし、体をあえて屈めてそれを拾いあげようとしなければ、与えられない。それがどれほど卑しく、みじめな行為であろうと。

おそらく、ラスコーリニコフが一人の登場人物としてなしうる説明はここまでが限界だった。次からは、おそらくドストエフスキーが、さまざまな意図を込めて書きくわえた動機だったと考えてよい。

「つまり、あのときぼくは、悪魔かなんかに引きずられていった」（同）

そして悪魔に引きずられ、「おまえはほかの連中とこれっぽっちもちがわないシラミだからだ」と説明され、愚弄された結果が、現にソーニャの部屋で罪を告白しているという事実である。次のセリフに耳を傾けよう。

「だいたい、ぼくはあのばあさんを殺したんだろうか？　ぼくは自分を殺したんで、ばあさんじゃなかった！　あのとき、ぼくはほんとうにひと思いに自分を殺してしまった、永久に……あのばあさんを殺したのは悪魔で、ぼくじゃない……」（同）

ここで改めて思い出してほしいのは、ラスコーリニコフがかつて、自分は老女を殺したのではなく、「主義」を殺したと告白していた事実である。主義を殺したとは、主義の無効性を確認したという意味と、主義の有効性を自分の手でむざむざゼロに帰せしめたという意味の双方を呼びよせる。言葉は直観的に吐きだされており、必ずしもその意味は明らかではないが、青年の悪魔的な傲慢さを念頭に置けば、後者の意味にとるのが妥当だろう。だが、わたしたち読者の率直な感想としては、彼は主義に殺された、というのが正しい。ドストエフスキーの脳裏にも、どこかの段階でそうした直観が走ったことは、疑うべくもない。

思うに、自分の意思を超えた力に支配されているとの自覚が起こった瞬間から、ラスコーリニコフは犠牲者としての相貌を強めはじめた。ドストエフスキーは、悪魔と人間の対話のモチーフを何度も小説のなかで取りあげてきた。『悪霊』におけるニコライ・スタヴローギンと悪魔の対話、『カラマーゾフの兄弟』の大審問官の章の、イエス・キリストの荒野の誘惑、そして第四部第十一編におけるイワン・カラマーゾフと悪魔の対話……たとえば、「ヨブ記」において、悪魔による試練は、一方的にヨブから幸福を奪いとることにあった。ヨブは純然たる犠牲者として存在していた。だが、『罪と罰』における悪魔の試練は、ラスコーリニコフを加害者に、殺人者に仕立てあげる。このような試練をはたして試練と呼ぶことができるのか。そもそも、ラスコーリニコフがこうして「悪魔にそそのかされた」と叫ぶとき、その悪魔とはだれをさしているのか。神はどこにいたのか。

ラスコーリニコフ自身も半狂乱の状態でソーニャに向かって告白する。ソーニャは恐怖にかられながらもその傲慢な告白を受けとめる。そして彼女は、さながらドストエフスキーに受託されたかのように、ラスコーリニコフに対して、センナヤ広場の十字路に立って、体を屈め、大地に接吻すること、「わたしは人殺しです」と叫ぶことを求める。ラスコーリニコフが体を屈めて奪いとろうとしたのは、権力だったが、ソーニャが、同じ姿勢をとることで彼に求めたのは大地への口づけだった。

この命令は、ラスコーリニコフのなかに一瞬、反抗心を芽生えさせた。

「もしかしたら、ぼくはまだ人間で、シラミじゃない、あせって自分を責めすぎたのか……まだ戦いつづけるかもしれない」（第五部第四章）

ラスコーリニコフの闘争心をどのようにして冷ますことができるのか、ソーニャの本能はそこにしか働いてはいなかった。

6　運命の岐路

「踏み越え」たのはだれか

「踏み越え」――『罪と罰』のなかで、踏み越えることのできた人物は一人しかいない。ラスコーリニコフは、「ぼくは殺したが、踏み越えられなかった」と告白する。ラスコーリニコフから、「きみも踏み越えてしまった」と非難されるソーニャもまた、最終的に一線を踏み越えることはなかった（とわたしは思う）。もしもこの一線という語を限りなく矮小化すれば、最初に客を迎えた彼女が、「黄の鑑札」を持たずにこれを行ったという事実にこれを当てはめることができる。ラスコーリニコフは、マルメラードフとのやりとりからその経緯を知っていた。だが、問題の本質はそこにはなく、少なくともわたしたち読者の印象として、彼女の魂は、どこまでも一線のこちら側に留まっている。その理由の一つとして、彼女が、ラスコーリニコフが想定した三つの「破滅」のパターンの一つ、客との「性の快楽」からはまだ遠い地点にいたことが挙げられる。

では、踏み越えることができたのはだれか。それはほかでもない、『罪と罰』の影の主人公アルカージー・スヴィドリガイロフである。たしかに彼は、一線を踏み越えた。だからこそ、死を選ばざるをえなかった。では、スヴィドリガイロフとはどんな人物であったのか。どのような意味で一線を踏み越えたのか。

第六部に入ってから、作者の目は、主としてスヴィドリガイロフに注がれている。物語の始まりから数えて十二日目、すなわち七月十八日から二十日までの三日間の記述が中心である。過去二日にわたってラスコーリニコフは奇妙な精神状態にあり、いろんな事実を取りちがえたり、記憶の混濁を経験したりするのだった。彼がそうした状態に陥っている理由の一つが、スヴィドリガイロフの存在だった。カテリーナが死んだ際、スヴィドリガイロフの口からもれた一言が恐ろしい響きをともなって胸に突き刺さっていた。

ラズミーヒンがやって来て、母プリヘーリヤとドゥーニャの三人でラスコーリニコフの下宿を訪ねたが、留守であったことを伝える。ラズミーヒンを信頼していたラスコーリニコフは、ドゥーニャがラズミーヒンを愛していることを示唆し、ラズミーヒンに家族を託す。ラズミーヒンは、帰りがけ、老女殺しの犯人が見つかり、ポルフィーリーによれば、それはペンキ職人のミコライ（ミコールカ）だということをラスコーリニコフに言いのこす。

ポルフィーリーがなぜラズミーヒンの目をミコライに向けさせるのか考えているとき、当のポルフィーリーが姿を現す。ポルフィーリーは二日前にもラスコーリニコフを訪ねたが留守だったことを話し、とりとめのない話をつづける。ポルフィーリーは、この事件は、精神的な苛立ちと、病的な頭脳が生みだした事件であり、ミコライなどにはとうてい犯しえない犯罪だと決めつけたうえで、目の前のラスコーリニコフこそが真犯人であると断言する。ラスコーリニコフは動揺しながら自分ではないとシラを切るが、ポルフィーリーの自信は揺るがず、ラスコーリニコフに数日の猶予を与えるので、刑が軽減されるよう自首することを勧める。ラスコーリニコフの将来を案じてのはからいだった。

ラスコーリニコフはスヴィドリガイロフのところへ向かう。いち早く彼に会い、その謎めいた行動のあれこれを確かめるためだった。ところが、道すがら、センナヤ広場に近い居酒屋で折よく当のスヴィドリガイロフと出くわすことになった。ラスコーリニコフはその場で、スヴィドリガイロフがかりに何らかの卑怯な手を使ってドゥーニャに接近をはかる気でいるなら、「あなたを殺します」と息まく。ラスコーリニコフの質問に答えて、スヴィドリガイロフはおもむろに妻マルファとの結婚生活やドゥーニャとの経緯について話しはじめる。彼の忌わしい話に耳を傾けるうち、彼がドゥーニャを狙って計略を立てているとさとり、強い嫌悪感を抱く。

居酒屋で別れた後、ラスコーリニコフはスヴィドリガイロフの後をつけていくが、途中で諦めて下宿に引き返してくる。このときラスコーリニコフは橋のたもとでドゥーニャとすれちがうが、気づかなかった。スヴィドリガイロフから、兄が殺人犯であることを手紙でほのめかされたドゥーニャは、その真偽を確かめようと、恐れつつもスヴィドリガイロフが借りているアパートの一室に向かう。スヴィドリガイロフは、ソーニャとラスコーリニコフの会話を盗み聞きした事実を伝え、ラスコーリニコフの外国への逃亡を手引きしてもよいと伝える。あからさまな裏取り引きの要求だった。部屋に閉じこめられ、相手の不屈の決意を感じとったドゥーニャは、隠しもっていたピストルを構える。スヴィドリガイロフは、自分の愛が一方的で、希望がないことを知り、彼女を解放する。そしてソーニャと自分の幼い婚約者のもとを訪ね、それぞれにお金を渡し、アメリカへ行くと言いのこしてピストル自殺をとげる。

同じ日、逃げられないと感じたラスコーリニコフは、母と妹のもとを訪れ、それぞれに別れを告げた後、ソーニャのアパートに向かう。相変わらず傲慢な態度をとりつづけるラスコーリニコフにとまどいつつも、彼女は無言のまま彼の胸に糸杉の十字架をかける。ラスコーリニコフは促されるままに十字を切るが、自分の犯した罪を認めたわけではなく、ただ自首に追いこまれた自分を恥じていたにすぎなかった。

ラスコーリニコフは後からついてくるソーニャを追い払うようにして別れ、外へ出る。センナヤ広場の中央まで来たとき、不意にソーニャの言葉を思いだした。「いますぐ、いますぐ、十字路に行って、そこに立つの。そこにまずひざまずいて、あなたが汚した大地にキスをするの。それから、世界じゅうに向かって、四方にお辞儀して、みんなに聞こえるように、『わたしは人殺しです！』って、こう言うの」（第五部第四章）。こうしてラスコーリニコフは、不可解な「快楽と幸福」に満たされながら、大地にひざまずき口づけする。やがて彼は広場を出て、ゆっくりと警察署に向かう。署内に入り、四階まで上がっていくと、「火薬中尉」がおり、しばらく雑談するが、自白の決心がつかずに階段を下りて庭に出ようとする。するとそこに「死人のように青い顔をした」ソーニャの姿があった。そして彼はふたたび階段を上がり、「火薬中尉」の前にくずおれながら、自白する。

「あれは、ぼくが、あのとき、役人の未亡人のおばあさんと妹のリザヴェータを斧で殺し、盗みました」（第六部第八章）

以上が、第六部の概要である。

「好色」な神

ドストエフスキーの小説には、いわゆる「悪の主人公」ともいうべき系譜に属する人物が登場する。『罪と罰』以前にも、『貧しき人々』のブィコフ、『女あるじ』のムーリン、『虐げられた人々』のワルコフスキー公爵らがそうであった。ドストエフスキーは彼らの人物造形にあたって、総じて「謎めいた」独特の描写法をとった。引き立て役といえばそれまでだが、物語の本質に深くかかわる人物たちだけに、その「謎めいた」素性は読者の興味を大いに引く。スヴィドリガイロフがまさにその典型である。

スヴィドリガイロフの出自については諸説ある。もっとも有名なのは、十五世紀リトアニアの歴史で名前の残るスヴィドリガイロという公爵を起源とする見方である。出典はドストエフスキー家の蔵書にもあって、彼が幼いころから親しんだカラムジンの『ロシア帝国史』。そこには次のように書かれている。

「ポーランドの作家たちは、スヴィドリガイロを、罪と無為、不安定で、激しやすく、無分別で、風が吹くところ、ありとあらゆる面に顔をだしている人物として描き、彼のなかに見いだしている唯一のよい資質は、気前のよさである」

また、ロシアの研究者ベローフは、「自分の出自を研究しているうち、ドストエフスキーは、スヴィドリガイロという姓の語源的な成り立ちに注意を向けたのかもしれない」とし、「この姓の後半のガイロがドイツ語で geil、すなわち、好色な、淫蕩な、を意味する」(『注釈』)と書いている。ちなみに、ドストエフスキーの祖先は、リトアニアの古い貴族の出で、十六世紀ロシア南西部のさまざまな文献には、彼の一門に連なる先祖の名前が出てくる。

不思議な一致

スヴィドリガイロフをめぐる物語において圧倒的な印象をもたらすのが、ドゥーニャに対する激しい情熱であり、「旅（ヴォアヤージュ）」や、ベルクの気球をめぐるエピソードであり、さらに読者の好奇心を掻きたてるのが、ラスコーリニコフ訪問の際に話題になる妻殺しの嫌疑、さらにマルファの「幽霊」の話である。すべてのエピソードがどこか常軌を逸した印象を与える。この茫漠として不気味な謎の存在こそ、ドストエフスキー文学の醍醐味ともいうべきものである。『罪と罰』という小説のはかりしれぬ魅力もそこに潜む。では、具体的にその醍醐味、その魅力をどう説明づけることができるのだろうか。

初めに述べておきたいのは、ドストエフスキーの小説手法にあまねくみられる「謎の詩学」（ポメランツ、フッソー、アポロニオに指摘がある）である。読者の好奇心を掻き立てるエピソードをめぐって、作家はそのディテールにわざとぼかしをかける。とりわけ、セクシュアリティの問題と深く関わる場面でその傾向がつよくなる。

この「謎の詩学」の観点から見てもっとも気になるのは、やはり妻マルファの死をめぐる真相だろう。スヴィドリガイロフ自身の証言によれば、マルファの死に際して行われた検死の結果、彼の殺人容疑を暗示するものは何も出てこなかったという。しかし、依然として読者の疑いは晴れない。ドゥーニャとルージンの結婚話や、ラスコーリニコフ一家がペテルブルクに出るという噂を聞きおよんだ彼が、とりわけドゥーニャの結婚を阻止しようと、一気にマルファ殺害におよんだ可能性も無下に否定はできない。読者だけでなく、スヴィドリガイロフを囲むすべての登場人物たちが抱いている印象とは、そのようなものである。状況証拠で見るかぎり、彼は限りなく黒に近い。

スヴィドリガイロフ自身の言によると、ラスコーリニコフによる二人の女性殺害とマルファの葬儀の日付が一致している（ただし、チホミーロフの指摘によるとここには根本的な矛盾が隠されている）。たんなる偶然か、それとも作家のトリックだったのか。トリックであるならば、なぜ、そのようなトリックを仕組んだのか。ラスコーリニコフとスヴィドリガイロフの分身性を強調する手法の一環だったのか。あるいは作者は、とくに理由もなく、ただただ「運命の詩学」とでもいうべき数秘学の誘惑にかられていただけなのか。

スヴィドリガイロフは、伝説と噂の恐ろしい後光に包まれている。妻マルファの毒殺をはじめ、彼にまとわりついている「醜聞」とは次のようなものだ。

一、妻マルファの毒殺
二、下男フィーリカに対する暴行
三、レースリフ夫人の「姪御」、十四ないし十五歳の娘に対する「手ひどい陵辱」

スヴィドリガイロフをめぐってほかの登場人物たちは次のように言及する。

ドゥーニャ「いいえ、ちがう、怖ろしい人よ！　あれ以上、怖ろしい人って考えられないくらい」（第三部第三章）

ルージン「とびぬけて堕落しきり、悪徳に身をもちくずした男なんですから！」（第四部第二章）

プリヘーリヤ「あの男とは、たった二度お会いしたことがあるだけですが、怖ろしい、ほんとうに怖ろしい男に見えました！　マルファさんが亡くなられたのだって、あの男が原因だと思っています」（同）

ドゥーニャ「あんた、奥さんを毒殺したでしょ、ちゃんと知ってる、あんたが人殺しなのよ！」（第六部第五章）

みごとというしかない煙の巻き方である。ここで無視できないのは、とくにプリヘーリヤの発言ではないだろうか。彼女の狂いかけた脳は、現実の事件がはらんでいるリアリティをほかのだれにもまして生々しく感じとる予言的能力に長けている。その意味で、彼女の行動、彼女の言葉、彼女の葛藤は、作者の一種のオーセンティックな声と感情を反映している可能性がある。では、この場合、わたしたちはプリヘーリヤの直観に賭けることができるのか。

ついでながら、二の、下男フィーリカへの暴行についても言及しておこう。まさに「秘密の詩学」の真骨頂とでもよぶべきディテールである。六年前、フィーリカはそれこそ謎の死を遂げた。「心気症」、「本の読み過ぎ」、スヴィドリガイロフとの「大喧嘩」などいくつかの理由が囁かれているが、実態は謎に包まれている。しかし何より興味深いのは、彼が「お屋敷でも妙に哲学者ぶっていることがあった」というドゥーニャの証言である。下男フィーリカは、どんな「哲学」の持ち主だったのか。この問いに答えあぐねるなか、ウェブ上に非常に興味深いサイトを見つけ、私はその洞察力に驚かされた。そのサイトの著者は次のように主張する。

「フィーリカは自分を傷つけることによって神に救われるというマゾヒスティックな信仰心を持っていた。嘲りつつも、完全に無視することができないスヴィドリガイロフはフィーリカを観察し続けた。時にはフィーリカの「自分を傷つける」ことにも加担した。次にスヴィドリガイロフはフィーリカに究極のマゾヒズムを提示して見せた。「究極の自傷行為である自殺によって、人は神をも乗り越えられるのではないか」という人神論。激しく困惑するフィーリカを、スヴィドリガイロフは冷やかし、自殺に追い込んだ」

詳しく触れる余裕はないが、ドストエフスキー文学の本質を衝く、みごとな「仮説」というしかない。謎を解くカギは、フィーリカの元の名前「フィリップ」にある。

たしかに、スヴィドリガイロフに対していくらでも嫌疑をかけることが可能である。しかし、しっかりと見極めなくてはならない。もしも彼が、何がしかの「罪」を犯しているとすれば、その「罪」については、やはり、法と神の掟という二つの基準に照らして考える必要があるだろう。無意識のレベルにおける人間の欲望を裁くことができるのは、神のみである。現実のレベルにまで覚醒されなかった内心の「罪」において、スヴィドリガイロフはだれにもまして有罪である。それは、彼の常軌を逸した行動をめぐって、ほとんどの読者が抱いている率直な印象である。では、スヴィドリガイロフの異常性について引用した、ルージン、プリヘーリヤ、ドゥーニャの言葉はどこまで具体的裏づけをもつものなのか。もしかするとスヴィドリガイロフの犯罪とは、彼を取りまく人々の集団的な幻想そのものなのではないのか。

妻マルファの死とその深層

スヴィドリガイロフは、正常と異常という境界線の感覚に卓越した人間だった。たとえば、彼が、妻のマルファとの間に結んだ契約関係それ自体が、そうした異常性の証である。異常性は異常性そのもののなかにはない。それが、複数の人間同士の了解事項とされたときに異様さを増す。

一、永久にマルファの夫であること
二、マルファの許可なくして一切の旅行をしないこと
三、決まった愛人をもたないこと
四、小間使いに手を出してもよいが、マルファの内諾を得ること

五、同じ階級の女には手を出さないこと

六、真剣な情愛を経験した際には、それをマルファに打ち明けること

これだけの数のなかにスヴィドリガイロフの隠された真実があるのだ。いや、同時にマルファの真実も。

読者のなかには、おそらくスヴィドリガイロフの「罪」を追及することに否定的な向きもあるだろう。現実と噂の境界にある神秘的な魅力を持ち味とする人物だけに、それを追及し、解きあかすことは、むしろ小説の面白さを殺ぐ結果になりかねない、と。

だが、スヴィドリガイロフの名誉回復のためにも、ここでは、せめて妻マルファ毒殺の容疑だけでも晴らしておく必要がある。小説のなかで、マルファの死については、二つの可能性が噂されている。

一、スヴィドリガイロフによって打ちすえられたマルファが、ワインを飲み、かなりの食事をとって水浴したのが原因で脳溢血（ないしは心臓発作）を起こした。

二、スヴィドリガイロフが毒殺した。

一は、スヴィドリガイロフ自身の説明によるものである。まず、水浴のイメージをしっかりと想像できない読者のため、余談となることを恐れずに説明を加えておこう。後でも触れることになるが、スヴィドリガイロフ家の所在地は、ドストエフスキー家の領地があったダロヴォ

ーエと想定される。この屋敷には、じっさいに少年ドストエフスキーも水浴したことのある貯水池（小説では、「鉱泉」とされている）がある。では、なぜマルファは、スヴィドリガイロフによって打ちすえられたのか。問題はその点にある。考えられる説明は、ドゥーニャとの恋路を妨げられた怒り、ないしはサド＝マゾヒズムにしかない。サド＝マゾヒズムは、先ほどの六項目にわたる契約の「精神」とでも呼ぶべきものである。マルファが、スヴィドリガイロフの愛を確認し、またスヴィドリガイロフが恍惚を経験できる手段は、このサド＝マゾヒズムにしかなかった。ここでもドストエフスキーは「謎の詩学」に十分にものを言わせた。こうして彼は、スヴィドリガイロフとマルファの関係を暗示する「鞭」のイメージを使用し、両者を精神的に結びつける性の秘密を暗示するのである。プリヘーリヤは言う。

「マルファさんをひどくぶったとかいう話で！」

「そういうことがあったときは、いつも町に行くことになっていたって」（第三部第三章）

「町に行く」というひと言が暗示しているのは、性的に解放されたマルファの晴々とした気分である。

読者に注意してほしいのは、『罪と罰』で何度か登場する鞭のイメージである。ラスコーリニコフの馬殺しの夢にはじまり、彼自身が街頭で御者に鞭うたれる場面がそうである。そして極めつきがスヴィドリガイロフ自身による次のような告白である。

「わたしが鞭を使ったのは、七年間の暮らしのなかで、たった二度ばかりでした（もうひとつ、といっても、三度めの、じつに特殊なケースを数に入れなければですがね）」（第四部第一章）

「じつに特殊なケース」――むろん、サド＝マゾヒズムの性的儀式だろう。これは、わたしの想像にすぎないが、ドゥーニャはことによると彼ら夫婦間、というかマルファの性の秘密をどこかで察知するにいたったのではないか。あるいは、スヴィドリガイロフは、それをドゥーニャに誇らしげに示唆した可能性がある。その証拠として、医者のゾシーモフの興味半分の問いに対し（「かなりはげしくぶったのかねえ？」）、「そんなこと、どうでもいいでしょう」とドゥーニャが不快そうにはぐらかしている場面が挙げられる。

想像を膨らませるなら、妻のマルファは、若いドゥーニャを刺激し、興奮を得るために家庭教師として招いた可能性さえ否定できない。つまりマルファは、ドゥーニャの目も覚めるような美貌を怖れてはいなかったし、彼女をライバル視する理由もなかったということだ。なぜなら彼女には、ドゥーニャにはないマゾヒズムの快楽があったからである（「つまり妻のマルファのほうでも、「……」わたしの悪趣味を喜んでいたかもしれないってことです」）。ところが、両者の、肉体と精神の一体性は、スヴィドリガイロフの精神的な目覚め、すなわちドゥーニャへの愛の目覚めによってうち砕かれた。

では、二のマルファ毒殺の嫌疑についてはどうなのか。

十九世紀後半のロシアで毒物として知られていたのは、砒素とアヘンチンキである。ロシアのある研究者によれば、スヴィドリガイロフ一家が住んでいたロシアの地方都市で、何かよりエキゾティックな薬物を手に入れることができたとは考えにくいという。なぜなら、砒素による毒殺には激しい胃痛や嘔吐がともない、アヘンチンキによる毒殺はチフスに似た症状を催すからである。スヴィドリガイロフ自身の証言によれば、検死の結果、マルファの体からそのような異状は見つからなかった。一般の読者が抱く印象とはうらはらに、スヴィドリガイロフの「無罪」を主張する研究者キルポーチンは「スヴィドリガイロフについて真に悪いところは何ひとつ知らされていない」(『ロジオーン・ラスコーリニコフの幻滅と崩壊』)と述べている。

最後の情熱

では、ドストエフスキーはなぜ、このスヴィドリガイロフに対し、これほどまで執拗に、妻殺しの話をからませたのだろうか。たんに小説としての魅力を際立たせるため、つまり、ゴシックロマン風の味つけを施すねらいだったろうか。むろん、そういう解釈でも一向にさしつかえない。

わたしは、後年の小説との関係において、スヴィドリガイロフの「良心は平安である」とする見方には同意できない。むしろ彼は、無罪と有罪のぎりぎりの境界を歩みつづけてきた登場人物であり、良心の、いや、原罪の苦しみに耐えつづけた人物と見る。たんに有罪の部分が、わたしたち読者には知らされていないだけのことだ。ベームという研究者の指摘に耳を傾けてみよう。彼は、スヴィドリガイロフが口にする「なにも悪いことばかりするのがわたしの特権じゃない、ってことですよ」（第四部第一章）というセリフに、ゲーテ『ファウスト』の有名な「わたしは絶えず悪をなしたいと欲しながら、たえず善をおこなう力の一部である」からの影響を見た（「ドストエフスキーの作品における『ファウスト』」）。スヴィドリガイロフの本質を突くみごとな指摘である。しかしこの指摘も、おのずから両義的な意味を引き寄せてしまう。なぜならこのセリフが、ほかならぬメフィストフェーレス（＝悪魔）の口から吐かれているという事実があるからである。そこで問われるのは、メフィストフェーレスにおける有罪性の意味である。

小説に描かれたスヴィドリガイロフにいかなる謎もない。しかし、少なくとも有罪か無罪かの法的判断においてはキルポーチンの主張をわたしとしては支持したい。しかし人間存在がその根本的な謎を露出するのは、まさしく無罪と有罪の境界線上なのである。

謎があるとすれば、それは、あくまでもラスコーリニコフとの関係性においてである。スヴィドリガイロフはなぜラスコーリニコフに親近感をもち、ラスコーリニコフもまた、その淫蕩ぶりに嫌気がさしながら、有無をいわさぬその威力に惹かれつづけるのか。二人の関係性に、ドストエフスキーは何か、わたしたち読者の目には見えないドラマを描きこんでいるのではないか。たとえば、ラスコーリニコフが見る金貸し老女の夢と、スヴィドリガイロフが経験する妻マルファの亡霊が、一種のみごとなパラレリズムをなしていることに気づいた読者もいるだろう。しかし、少なくともわたしたち読者の目に、スヴィドリガイロフがラスコーリニコフを「同じ畑のイチゴ」と呼ぶところの動機を見いだすことは困難である。では、ドストエフスキーは、その謎を解く鍵をどこに隠していたのか。

むろん、表面的に、スヴィドリガイロフがラスコーリニコフに共感を抱く理由は考えられる。彼は、ある時点でラスコーリニコフが犯した罪の実体を嗅ぎつけた。では、その犯罪に、何か、彼自身心のうちに通じるものがあったのだろうか。あったとすれば、スヴィドリガイロフにおける正体不明の罪の意識である。つまり、「同じ畑のイチゴ」の意味である。これを、たんなる「同類」の意味でとるか、より深化された分身性の問題としてとらえるか。

ここであらためて検討しなければならない。それは、ラスコーリニコフとスヴィドリガイロフの犯罪の質のちがいである。ラスコーリニコフは、ご承知のとおり、金貸し老女とその腹ちがいの妹を斧で殺害した。それに対してスヴィドリガイロフの場合、すべての犯罪が噂のレベルに留まり、実体を帯びていない。読者も含め、彼の周囲の人物はみな、客観的には無罪でも、主観的には有罪であるという観念のとりことなっている。スヴィドリガイロフに迫られ、ついに絶体絶命の境地で叫ぶドゥーニャも例外ではない。スヴィドリガイロフとの対決の場面で彼女が思わず口ばしるセリフは、追いつめられた者の叫びであり、そこに真実はない。引用しよう。まず、彼女が突きつけたピストルの持ち主についてドゥーニャはこう叫ぶ。

「あんたのピストルなんかじゃない、あんたが殺したマルファさんのものよ。この人でなし！〔……〕あんたが何してでかすかわかんないって気づいてたから、これを隠しておいたのよ」（第六部第五章）

「あんた、奥さんを毒殺したでしょ、ちゃんと知ってる、あんたが人殺しなのよ！……」（同）

「自分からほのめかした、わたしに毒の話をしてた……わたし、知ってたわ、あんたが毒を買いに行ったこと……」（同）

ドゥーニャがスヴィドリガイロフに対して口にする言葉と、スヴィドリガイロフがドゥーニャに対して口にする言葉はそれぞれに興味深いコントラストをなしている。それぞれの主張をまとめてみると次のようになる。すなわち、スヴィドリガイロフは、ドゥーニャが自分の部屋に来たことを口実にして、彼女が自分に対して気持ちが傾きかけたことがあったと強調する。他方、ドゥーニャは、彼のマルファ殺害の嫌疑を執拗に突きつけることで自分をガードしようとしていた。

このやりとりは、かなり本質的に、過去のある時点における二人の相互的な関心のありよう、端的に、親密な関係性の存在を物語っている。しかし現在は、完全に異なる状況にある。ドゥーニャは何としても過去の「事実」を作りかえる必要があったということだ。では、どちらの言葉により客観的な真実が隠されていたのだろうか。過去の事実に関するかぎり、わたしはスヴィドリガイロフに分があるとみる。過去の感触があったからこそ、彼は、ペテルブルクにまでドゥーニャを追ってきたのではないか。

スヴィドリガイロフの言葉を、衒いでも、嘘でもなく（彼自身、「作り話なんて、めったにしませんよ」と叫ぶ）、一つの絶望の哲学として耳を傾ける必要がある。まず、幽霊が出るという話が暗示的である。これは、根源的な罪の意識の現れと解釈するのが妥当だろう。

「幽霊というのは、いわばほかの世界の切れっぱしであり、断片であり、それらの始まりである。健康人には、むろん、そんなもの見えるわけもない。なにしろ健康人というのは、もっとも地上的な人間だから、もっぱらこの地上での生活を生きなくちゃならない、その充実のため、秩序のためにです。ところがちょっとでも病気になり、オルガニズムのなかの正常な地上的な秩序がちょっとでも壊れると、たちまちほかの世界の可能性が出現しはじめる。病気がひどくなればなるほど、ほかの世界との接触は大きくなる。だから、人間は、完全に死んでしまうと、そっくりそのままほかの世界に移っていく」（第四部第一章）

「そこにちっぽけな部屋を想像してみたらどうです。田舎風の煤《すす》けた風呂場みたいなところで、隅から隅まで蜘蛛の巣が張っている。で、これこそが永遠っていうふうにね」（同）

「死ぬのが怖くて、人が死の話をするのを聞くのもいやなんです。ご存じですか、少しばかり迷信深いところがあるのを？」（第六部第三章）

スヴィドリガイロフは意識そのものである。したがって具体的な罪への反応として彼の魂がふるえることはない。つまり、原因が欠落している。あるとすれば、それは原罪の記憶なのだ。そしてその原罪への意識の上での挑戦者としてスヴィドリガイロフは存在している。キリスト教的美徳と戒律への挑戦がおそらくは彼のめざす目標なのだろう。そしてその挑戦という行為において彼の境界線からの逸脱が生まれるのである。

デカダンスと腐臭

だが、じつのところスヴィドリガイロフ自身が死者の気配をただよわせている。端的にいうなら、「腐臭」をただよわせている。それは、デカダンスという言葉がもつ堕落と腐敗の匂いである。ロシアの研究者カサートキナは、美男子で、健康そのものであるスヴィドリガイロフの魂が「あたかも肉体の深みに葬りさられているかのようだ」と書き、彼の肉体は「棺」つまり「美しい、塗られた棺」であって、「その内部は、魂と精神のおぞましい腐臭に満ちている」

と述べている(「ラザロの復活」)。

すぐれた直観に満ちたスヴィドリガイロフ評である。

だが、腐臭そのものは、人間の復活にとってけっして取り返しのつかない、致命的な現実というわけではない。それは、死んで四日目に棺から甦ったラザロの存在が如実に示している。しかしスヴィドリガイロフ自身、復活するラザロとして意味づけられてはいなかった。カサートキナはさらに書いている。スヴィドリガイロフは「神が近づけない、一種の砦」のなかに入っていく、と。カサートキナがいわんとしているのは、ほかでもない、スヴィドリガイロフは復活を許されないラザロとして存在しているということだ。復活を許されないラザロがどのような意味においてラザロたりえるか、わたしにはわからない。しかし、彼の妻が、マルファ(聖書名で、ラザロの姉マルタである)と名づけられていることはきわめて暗示的である。両者の関係は、少なくとも先に引用した「契約」にみる限りにおいて、夫婦というより、ほとんど兄と妹の関係としてしか成立していなかったかのように見える。だが、すでに見たとおり、現実にマルファの「遺体」からも腐臭は発せられていたのだった。ほかならぬサド=マゾヒズムが発する倒錯の腐臭。

では、スヴィドリガイロフはどのような意味において「棺」であり、死者なのか。それは、まさしく無関心という意味においてである。彼はだれをも非難することがないし、ラスコーリニコフですら彼にとっては「研究の対象でしかない」（カサートキナ）。その無関心さは、あまりにも常人のそれを脱しているために、さまざまな形の噂や風評を招く。しかし、すでに述べたように、スヴィドリガイロフはすべての面で法的に無罪である。夫婦間のサド＝マゾヒズムが法の裁きの対象とはならないように。かりに彼が裁かれるとしたら、それは、スタヴローギンの妻殺し（『悪霊』）、イワンの父殺し（『カラマーゾフの兄弟』）と同じレベルで罪を問われるにちがいない。すなわち、使嗾《しそう》ないしは、黙過の罪。スヴィドリガイロフは、妻マルファの死を願望するというその一点において有罪でも、それはほとんど原罪に近く、そもそも原罪は法の裁きの埒外にある。

スヴィドリガイロフと「ラザロの復活」の関連性を考えるうえで、見のがせないのは、ソーニャがラスコーリニコフにそのくだりを朗読する場面を彼が隣室からのぞき、盗み聞きしている事実である。彼もまた、ラザロに意味づけられたラスコーリニコフ、ソーニャとともに、三位一体の関係性を構築していた。カペルナウーモフの屋根の下には、そのとき、三人のラザロがいたのだ。ラスコーリニコフは、無関心ではない、むしろ恐ろしいばかりの傲慢さと、現実へのはげしい関心において、ソーニャは、みずからの体を売ったという悔いにおいて（草稿「わたしがラザロなの」）、そしてスヴィドリガイロフは、まさにその精神的堕落において死せるラザロなのである。

そして、すでに述べたように、ここに一人だけ復活を許されないラザロがいる。それが、スヴィドリガイロフである。許されない理由とは何なのか。つまり彼がキリストの奇跡に与れない理由とは何か。いま、わたしに提示できるのは次のことだけである。彼は、「黙過」という行為において一線を踏み越えた人間である。真の意味で一線を越えた者は、もはやどんな力をもってしても甦らせることはできない。なぜなら、真の死者だからである。そのことを、ドストエフスキーは言いたかったのではないか。つまり、真の「腐臭」は、スヴィドリガイロフからしか発されていなかったのだ。

しかし、もう一つ副次的な、ある意味でレトリカルな理由を見いだすことができるかもしれない。彼がキリストの奇跡に与れない理由とは、それは彼が、キリスト以前の世界を生きている人間だからである。法的にラスコーリニコフは有罪であり、スヴィドリガイロフは無罪である。だが、小説の思想はそれとは相反する事実を描いている。罪を犯しながらも、救済される男と、少なくとも法的にはいっさいの罪を犯すことなく、なおかつ有罪にされ、破滅する男の物語――。

スヴィドリガイロフがラスコーリニコフに、クレオパトラの話をする印象的な場面に注目しよう。ラスコーリニコフを訪れた彼が、マルファ鞭打ちの話の流れからいきなりクレオパトラについて言及したのは、それなりの理由があった。ドストエフスキーはこの小説に先立つ五年前、雑誌『時代』で、アレクサンドル・プーシキンの未完の小説『エジプトの夜』について評論を書き、キリストが現れる前の古代社会を描きだしてみせたのだった。『エジプトの夜』そのものは、ロシアに来たイタリアの詩人が、社交の席で即興詩を朗読し、大喝采を博する物語である。一夜の歓楽のために自分の命を投げだす男に、「愛と快楽」の限りを授けようとしたクレオパトラの逸話にもとづき、プーシキンは倒錯的なエロティシズムをその小説に満たした。当時、この小説が問題となったのは、ウラルの町ペルミで、とある高級官吏の妻が、公衆の面前でこの小説を朗読するという「椿事」が起こり、それを中央の雑誌がおもしろおかしく取りあげたことから、女性解放をめぐって一大センセーションに発展したためである。その一節を引用する。

「未来には何もないため、一切を現在から求めなければならず、人生をひたすら日々のもので満たさなくてはならない。すべては肉体へと消え、肉体の快楽へと投げだされる。そして手に入らない至高の魂の印象を満たすため、感官を刺激しうるありとあらゆるもので自分の神経を、自分の肉体を刺激するのだ。もっともグロテスクな嗜好、この上なくアブノーマルな現象が、しだいにごくありふれたものになる。自己防衛の感覚さえなくなってしまう。クレオパトラとはこうした社会を代表する女性なのだ。クレオパトラにとってはもはや退屈であるが、この退屈が彼女のもとにしばしば訪れる。よりグロテスクなもの、よりアブノーマルなもの、底意地の悪い何かなら彼女の魂を目覚めさせることができよう。いまや彼女には強い印象が必要なのだ。彼女はもう愛と快楽のすべての秘密を知り尽くしてしまったので、彼女の前ではサド侯爵さえおそらくは赤子のように思えるのだ」（「『ロシア報知』への回答」）

ドストエフスキーはさらに、「クレオパトラの美しい体には、暗い、現実離れした、恐ろしい毒蛇の魂がひそんでいる――それは蜘蛛の魂だ。そのメスは、オスとの交わりにおいてオスを食い尽くすのだ」と書き添えた。

この倒錯したエロティシズムこそがスヴィドリガイロフ（そしてその犠牲となったマルファ）の病であり、「腐臭」の原因だったとみていい。

スヴィドリガイロフが、キリスト教の原理からほど遠い世界にあることの強調は、ほかにもいくつかのディテールから明らかになる。彼が、ペテルブルクで最後に入るホテルの名前「アドリアノポリ」（現在のエディルネ。ローマ帝国がトラキア支配の要とした古代都市）がそうであるし、「アキレスふうの銅のヘルメット」をかぶった男の前で自殺するエピソードも象徴的である。ドストエフスキーはあくまでも、スヴィドリガイロフに、キリスト教の原理からはるかに隔たった異教的な原理を体現する存在を関連づけようとしていた。ある意味で、彼は、キリスト教の救済原理では救いえない存在としてあった。

それはともかく、スヴィドリガイロフにとって、たとえばドゥーニャの存在は「復活」の契機とはなりえなかったのだろうか。そもそも復活をどのように意味づけることができるのか、それに答えるのはきわめて困難である。しかし可能性としては、きわめて低いながらもあったとみてよい。では、ドゥーニャの何に、無関心な彼の魂は揺さぶられたのか。逆になぜ、ドゥーニャはスヴィドリガイロフを「弁護」することができたか。彼女は、女性としてというよりむしろ母として、ソーニャがラスコーリニコフを救うように、スヴィドリガイロフを救うべき運命を背負っていたはずである。しかし、ドゥーニャにその役割を演じきる力はなかった。

最後の遍歴

スヴィドリガイロフの最後は衝撃的である。

第一に、ドゥーニャに寄せるすさまじい執念――。しかしその執念は、征服欲そのものであるような愛であり、執念である。いったん合一が確認されたなら、とたんに消失しかねない危険なもろさを含んでいるが、スヴィドリガイロフとしてはそこに賭けざるをえない。彼は、そうして征服の欲求を満たすという行為においてしか、自己を確認できないからである。その循環を断ち切るべき永遠的な存在としてドゥーニャがあったのか、それともドゥーニャは所詮、スヴィドリガイロフの感情のメカニズムの犠牲となる運命にあったのか。

ドゥーニャにはすでに新しい恋の希望が芽生えていたから、スヴィドリガイロフに対する拒否感がなおいっそう強固なものとなったとしても仕方ない。しかしそれは、恋愛ドラマのごくありきたりな道行きであり、名うての「好色（リベルタン）」にとって、とりたてて障害となりうるものではなかった。事実、スヴィドリガイロフの行動を見るかぎり、彼が、潜在的な恋のライバルであるラズミーヒンを歯牙にもかけていないことは明らかである。しかしそうはいうものの、彼自身すでにドゥーニャとの将来にもさほどの希望を抱いてはいなかったことがうかがい知れる。だからこそ、「もう一月で十六歳になる」若い娘との縁談に前向きになっていたのだ。それにしても奇妙な縁談である。「もう一月で十六歳になる」というディテールは、犯罪とのぎりぎりの地点につねに身を置き、境界線での快楽をあくまで追求する彼の宿命的情熱をシンボライズしているかのようである。つまり、彼は、つねに法を意識しているということだ。なぜなら、法を過剰に意識することに、すなわち、法と無法のぎりぎりの境界を意識しつづけることに、快楽の源泉があるからである。踏み越えるのではなく、踏み留まるのである。彼が、完全な「好色」であるなら、この「少女」との間で何らストイックな関係性を守る理由はなかっただろう。思うに、法の観念を意識するということ、そして法の観念を無意識のうちに踏み越えるということ、ここにラスコーリニコフとの根本的なちがいがあった。そして、その踏み留まる快楽に何らの喜びも見いだせなくなるとき、彼は真の意味での踏み越えを実現するのである。

だから、スヴィドリガイロフのさまざまな噂、すなわち、妻のマルファ殺しや下男のフィーリカに対する暴行、さらにはレースリフ夫人の姪に対する「手ひどい陵辱」の噂の真偽を詮索することにはあまり意味がない。彼をピストル自殺へと導いていくのは、罪の意識ではないし、登場人物のだれひとりそれらの真偽を知りえないだけでなく、そもそも彼の絶望はじつはもっと根源的なところに根ざしているからである。それは、彼が口にする、生命そのものへの無関心である。ドゥーニャへの情熱もまた生命そのものへの関心からは程遠い。

スヴィドリガイロフにおいては、欲望が生まれると同時に、それは現実化する。あるいは現実化させようとする。かつて彼はこの反復のなかで生きてきた。そしてその欲望を克己し、放棄する道のりが、妻マルファとの七年間の生活だった。それは、一種の流刑に等しい意味を帯びるにいたった。そしてそこに現れたのが、ドゥーニャだったのである。ラスコーリニコフの前に現れたソーニャのように。ドゥーニャは、腐臭を発するスヴィドリガイロフを甦らせることのできる救世主として現れた。しかし彼には、救済後の、生命の甦りを持続できるという展望が生まれることはなかった。ドゥーニャへの過剰な期待は、むしろ、絶望の深さの現れだったのかもしれない。事実、ドストエフスキーは創作ノートに書いていた。

「スヴィドリガイロフを改宗させられる者がいるとしたら、それは、ドゥーニャではなく、ソーニャだ」

まさに、ソーニャならば、スヴィドリガイロフを彼岸から此岸に引きもどすことができる可能性があった。これには、むろん深く宗教的な動機が関わっている。

永遠の否定

それにしてもスヴィドリガイロフの自殺は、あまりにも生々しい。いや、人間くさい。ただしこれは、『悪霊』のスタヴローギンとの対比においてもそういうことができる。その人間くささは、この小説をイデオロギー小説ないし観念小説であることから救いだす。そのぶん、『罪と罰』は、他の小説とくらべ、はるかに小説としてのリアリティに富んでいる。そして小説が、生きたディテールをより多くはらめばはらむほど、その小説について何かを語ることが困難になる。『罪と罰』は、他のどの小説にもまして、桁外れといえるほどディテールの粒子が多いからである。そのことを前提としつつ、さらに言及できることとは何か。

スヴィドリガイロフの自殺の場面に注目しよう。それは、合計で十四日間にわたる物語最後の日にあたり、七月二十日の事件として確定することができる。そしてこの日は、ロシア正教会の暦で「聖預言者イリヤの日」とされる日でもある。物語のなかで、この日は深夜から雷雨となり、さながら禊のようにスヴィドリガイロフとラスコーリニコフの二人の体を打ったのだ。二週間にわたって炎天の日々が続いたあとに訪れた雷雨は、イリヤの日に相応しいものだった。

なぜなら預言者イリヤは、生きながらにして火の車で昇天させられたという伝説から、雷雨の神として崇められるようになった経緯があるからである。実際に、ペテルブルクでもこの日は、例外的に雨が多い日とされてきたらしい。『罪と罰』では、この伝説をなぞるかのように、二週間におよぶ猛暑が続いたあと、七月二十日、激しい雷雨が発生した。この雨のなかでスヴィドリガイロフの「腐臭」はかき消され、最終的な浄化が訪れたと見ることができる。興味深いのは、彼のピストル自殺を目の前で目撃する「アキレスふうの銅のヘルメット」をかぶった男である。

「締めきった大きな門のそばに、灰色の兵隊外套《がいとう》を着こみ、アキレスふうの銅のヘルメットをかぶった小男が立っていた。〔……〕その顔には、永遠に刻みこまれた鬱屈した悲哀が見てとれた。それは、あらゆるユダヤ人の顔に例外なく刻まれている、あの苦々しい哀しみだった。スヴィドリガイロフとこのアキレスのふたりは、しばらく何も言わずに、たがいの顔を見つめあっていた」（第六部第六章）

スヴィドリガイロフは、証人を求めたのだった。みずからの死が、ある種の形而上的な抵抗であることを証明してみせるかのように。永生を拒否し、神の創造物であることを否定するスヴィドリガイロフにとって、死ぬことを許されない「永遠のユダヤ人」は唾棄すべき存在である。「鬱屈した悲哀」も「苦々しい哀しみ」も、すでに自死を決断した彼にとっては嘲りの対象でしかない。そもそもスヴィドリガイロフにとって「永遠」とは、蜘蛛の巣の張る「田舎風の煤けた風呂場」以上の何ものでもなかったのだから。

スヴィドリガイロフは、自殺前夜のベッドのなかでこう一人ごちる。

「おれはこれまでどんな相手に対しても、憎しみってものをまともに抱いたことがない。復讐したいと思ったこともとくにない。だが、こいつは悪い兆候だぞ、たしかに悪い兆候だ！」

（第六部第六章）

彼が生命力の根源に見つめていたのは、淫蕩である。端的には、女遊びということだが、淫蕩には、より深い秘密が備わっている。それは、無関心の病にとりつかれたスヴィドリガイロフをも生きながらえさせる秘密の力である。だが、最終的にそれは法を超えることを意味した。法を超えたときに、快楽が消失することを彼は知っていた。だから彼は、手を下さず、手を汚そうとしなかったのだ。その点にこそ、ラスコーリニコフに対置された意味があった。スヴィドリガイロフについて考えるとき、ドストエフスキーが『悪霊』のなかで救済原理のように提示した黙示録の一節が頭に浮かぶ。

「わたしはあなたの行いを知っている。あなたは、冷たくもなく熱くもない。むしろ、冷たいか熱いか、どちらかであってほしい。熱くも冷たくもなく、なまぬるいので、わたしはあなたを口から吐き出そうとしている」（「ヨハネの黙示録」三章十五—十六節）

父と子、または自伝層の深みへ

では、『罪と罰』において父の問題はどのような深層においてとらえられていたのか。ラスコーリニコフの父親はすでにこの世にはない。そして父親の存在が言及されることもほとんどない（「馬殺し」の場面に言及がある）。象徴的シーンの一つが高利貸しの質草に出された時計である。いってみれば、家族的な血の継承性のシンボルである時計を質草に出してから、彼は、幾多の偶然が支配する無時間のなかをさまよいはじめた。父親の形見であるこの時計を質草に出すということは、「家族を捨てる」行為を暗示すると同時に、家族から放逐されることをも意味していた。カリャーキンはこの時計を、「家族のお守り」であると同時に、「家族の十字架」であるとし、父から授かったこの時計の裏蓋に描かれた地球儀のアレゴリーに着目した。

「現代人からすれば、味も素っ気もない、干からびたアレゴリーでしかないが、あのような時代、あのような家庭、あのような人々にとっては、そう、このアレゴリーには、震えるような生きた意味が吹き込まれていたのだ。父から送られた時計に刻まれた地球儀とは、時間と世界における精神的、道徳的な方向性を示している」

しかし、ラスコーリニコフにはもう一人、父親がいた。ラスコーリニコフと対極的であり、かつ双生児のような悪の主人公スヴィドリガイロフがそうである。彼はまさに成熟した視点から、『罪と罰』の世界に穴をうがち、覗きこむ人物である。その犯罪は謎めいている。奇妙だ、謎だ、と読者が感じるとき、作家は確実に何らかの重大な告白を隠しているのである。これが、「謎の詩学」の真骨頂である。

では、どのような意味においてスヴィドリガイロフは父親となるのか。すでに述べたことだが、とくにわたしたちを謎に陥れるのは、スヴィドリガイロフのラスコーリニコフに対する謎に満ちた親近感である。ここに作者の重大な告白がある、とわたしは考えている。すでに触れたように、ラスコーリニコフが生まれた町は、ペンキ職人のミコールカと同じザライスク。スヴィドリガイロフ家に保母＝家庭教師として働いていたドゥーニャは、マルファに屋敷を追いだされ辱めを受け、十七キロの道をずぶぬれになってザライスクに戻ってくる。ちなみに、このスヴィドリガイロフ家が、ドストエフスキー自身の第二の故郷ともいえるダロヴォーエと重ねあわされていることを突きとめたのが、江川卓だった。

江川のこの発見によって、読者は『罪と罰』の迷宮から一歩、出口に近づくことになった。かりにスヴィドリガイロフの領地をダロヴォーエと定めたドストエフスキーが、そこに彼と父ミハイルをダブルイメージ化する目的があったとするなら、スヴィドリガイロフに帰されている罪は、すべて父ミハイルの罪と重ねあわされるにちがいない。

では、ドストエフスキー自身の父親とスヴィドリガイロフの同一性をどこに見るべきなのか。

これは、ほとんどわたしの空想でしかないが、それこそは妻（＝母）殺しの嫌疑と少女陵辱である。少年フョードルにとって、結核で死んだ母親は、父ミハイルによって殺された犠牲者だったのである。

では、スヴィドリガイロフの原像である父ミハイルを憎悪した（はずの）青春時代のドストエフスキーは、『罪と罰』のどこに位置しているのか。ラスコーリニコフその人だろうか。もちろんそこにしかない。しかし、不思議なことに、『罪と罰』に、父スヴィドリガイロフをどこまでも憎悪しきる、ラスコーリニコフの姿はない。これは驚くべきことである。たしかに彼は、かつて若い娘と下男を自殺にみちびき、妹のドゥーニャを誘惑し、ペテルブルクまで彼女を追いかけてきた好色漢を侮蔑し、彼女からその魔の手を払いのけようとする。しかし、くり返すが、元大学生の彼には、なぜか、スヴィドリガイロフを憎悪しきるだけの力が欠けていた。これはけっしてわたしの錯覚ではないと思う。

『虐げられた人々』にはいた作家の分身（イワン）が、この小説には存在しない。憎悪できない主人公の弱さは、すでに犯してしまった「殺人」という事実に起因している可能性もある。もしかすると、主人公がすでに心の奥で、スヴィドリガイロフが、噂に聞くほどの悪党ではないことを感じとっているしるしとも考えられる。憎悪する理由は、ドゥーニャとの関係性においてしか存在しない。しかしいずれにしても、そこではすでに父（スヴィドリガイロフ）と子

（ラスコーリニコフ）の対立は解消している。

スヴィドリガイロフのほうから接近がはじまった。彼は、「同じ畑のイチゴだ」と言う。べつの言い方をすると「同類」ということだ（「だって、私とあなたはじつに近いところに立っているのですからね」）。これは何を意味しているのだろうか。五十歳のスヴィドリガイロフが自信に満ちて解き明かすのは、犯罪における「良心の平安」という恐ろしい秘密ではないか。たしかにラスコーリニコフは冷静に目的を完遂させた。震えがくるのは、しばらく後のことである。深化された、存在論的とでも呼ぶべき不安。芦川進一が執拗に言及する、「ルカの福音書」（十二章）に示された「懼るべきもの」（「殺した後で、地獄に投げ込む権威を持っている方」）の存在。

先のカリャーキンは、スヴィドリガイロフを「ラスコーリニコフの一種の悪魔」と呼び、『カラマーゾフの兄弟』におけるイワンと悪魔の関係になぞらえた。たしかにイワン・カラマーゾフの前に出現する悪魔は、このスヴィドリガイロフをイメージしていたのではないかと勘ぐりたくなるほどおしゃれな田舎紳士として描かれている。しかし、スヴィドリガイロフはイワンの悪魔よりもはるかにカリスマ的な力に満ちていた。それは、彼の人生哲学のゆえ、その宏量ゆえだったともいえるかもしれない。

「ところでシラーはお好きですか？　わたしはものすごく好きで」（第六部第三章）

なぜ、ここであえてシラーなのか？　ベルジャーエフは、ドストエフスキーのシラー信仰

（「けだかく、美しいもの」）は、死の家の試練を持ちこたえることができず、キリスト教的な人間信仰のみがその試練に耐えたと述べている。スヴィドリガイロフが、アイロニカルに「ものすごく好きで」と語ったとき、彼は、ラスコーリニコフの理想主義に「未熟さ」を見ることでいわば父としての、先達としての立場を誇示したと考えてよい。

自伝のなかに

堕落した父という観念が主人公（あるいはドストエフスキー）を襲い、がんじがらめにしているにもかかわらず、ラスコーリニコフがこの男に見るのは、まさにそのカリスマ的な力である。それは、ソーニャから得るべき魂の救いとは対極にあるものでもある。彼を、袋小路から救いあげてくれる力が、目の前の好色漢にあると感じられる（「ふたりを結びつけようとしているのは、運命とか本能とかではないのか」）。そしてそのとき、ラスコーリニコフの脳裏を支配しはじめるのは、一種の同一性の確認である。

そしてここで明らかになる構図がある。ラスコーリニコフがスヴィドリガイロフとセンナヤ広場に近い居酒屋で最後に顔を合わせる場面に注目しよう。ここでふたたび「偶然」のモチーフが顔を現してくる。老女殺害の前日、彼は、悪魔に引き寄せられたように広場に向かい、商人夫妻とリザヴェータの会話から思いがけない「囁き」を得た。思えば、そのときと同じ偶然がここで新たに起こったのだ。ラスコーリニコフは言う。

「ただなんとなく曲がってみたら、あなたがいた！　ほんとうに妙だ！」（第六部第三章）

それに対して、スヴィドリガイロフはこう答える。

「どうしてすなおにおっしゃらないんです、奇蹟だ！　って」（同）

『罪と罰』のなかではじめて、奇跡すなわち恩寵と偶然が対立的構図のなかでくっきりと形をあらわす場面である。奇跡が神に、偶然が悪魔になぞらえられていることの証といってもよい。思えば、偶然と奇跡との間で引き裂かれていたのがラスコーリニコフだった。こうして「ラスコーリニコフの一種の悪魔」としてのスヴィドリガイロフの立場が明らかになる。にもかかわらずラスコーリニコフはなぜ、スヴィドリガイロフのもとへと向かったのか。何を求めて、この偶然の神に、好色の神のもとに走ろうとしていたのか。

わたしの直観に誤りがなければ、ドストエフスキーはそのあたりをしっかりと書きこむことができなかったような気がする。

では、スヴィドリガイロフとドストエフスキーはどのような意味で分身関係を結ぶことができるのか。視点がいきなり飛躍するようで恐縮だが、それはおそらく、ドゥーニャに投影されているアポリナーリヤ・スースロワ（ドストエフスキーの愛人）の影においてではないか。では、なぜ、スヴィドリガイロフとラスコーリニコフは分身関係として意味づけられるのか。おそらくはドストエフスキーみずからの堕罪においてそうなのだと思う。

すでに述べたように、スヴィドリガイロフの「出自」と目されるのは、リトアニアである。ドストエフスキー一家もそうである。賭けに熱中し、「いんちき賭博者」として一時は鳴らしたスヴィドリガイロフをみて、多くの読者は、少なからず作者自身の賭博癖を思いだすかもしれない。このように、スヴィドリガイロフとラスコーリニコフの同一化は、深く作家の自伝的側面に根ざしており、それを媒介とすることなしに理解はむずかしい。いいかえれば、ドストエフスキーは、それほどにも作品の内部に入りこみ、みずからの内なるドラマを演じているのである。

では、『罪と罰』の作者が、小説のなかで演じているのは、どのような役回りであったか。

ドストエフスキーが内心「父」への変貌を感じたのは、シベリアから帰還して間もない時期だったと思われる。すでに四十代に入り、マリヤ・イサーエワ（ドストエフスキーの最初の妻）との愛、アポリナーリヤ・スースロワとの恋をとおして、彼は、シラー的な愛やサド＝マゾヒズム的情欲がそれぞれに行きつく地獄を身をもって経験していた。その地獄に、シベリア帰りの、家庭の愛にすら潜在的な肉欲の罪をみる彼は決定的に傷ついた。自己犠牲や愛にではなく、情欲のもつ深さに——。

シベリアでの時間がドストエフスキーに多くの点で「遅延」をもたらしたことはいうまでも

ない。その「遅延」が負の成熟を先送りし、それゆえ、彼は地獄と馴れあうことのない柔らかい感性の皮膚を保ちつづけることができたのだ。

しかし、ドストエフスキーにはもはや一方的な肩入れによって、あるいは感傷的な告白によって、夢想家らしい、いや、夢想家としての夢を語ることはできなかった。すなわち「子」から「父」へのみずからの変貌を確実に意識したとき、彼は、夢想家は堕落する定めにあるという、絶望にも似た確信にとらえられていたことだろう。なぜなら、夢想家は、そのマゾヒズムにおいて強者=権力者との一体化を夢見るが、彼らの夢を根底において支配しているのは、権力への欲望にほかならないからだ。だからこそ、彼は、『地下室の手記』の主人公を、夢想家ではなく、徹底したリアリストとしてしか造形できなかった。そして作者はラスコーリニコフを、まさに父と子の曖昧さそのものを体現する両義的な性格においてしか描きえなかった。その意味で『罪と罰』は、父と子が同一性の感覚のなかで描きとめられた最初の確認の書といってよいのである。

第一の浄化

ラスコーリニコフは自首への第一歩を踏みはじめる。

第一に、ポルフィーリー・ペトローヴィチの説得が大いにものを言った。ちなみに「ポルフィーリー」は、「赤紫色」を意味する。父称から彼の父親の名前が、ピョートルであったことが明らかである。これが、ペテルブルクの建設者ピョートル一世と同じであることは改めて指摘するまでもない。少なからぬ読者が気づいていると思うが、ポルフィーリーには、姓が与えられていない。なぜなのか。ロシアの研究者ブレシチンスキーは、ラスコーリニコフの救済者としてのソーニャ・マルメラードワの宗教的英知と、ポルフィーリー・ペトローヴィチの法的英知の両極性を指摘するとともに、この予審判事が、小説の中心人物のなかで唯一、姓が与えられていない事実について、この小説の機能における彼の「独立性」と「不可解さ」を示唆していると述べている。ちなみに、ポルフィーリーの語源である「ポルフィーラ（порфила）」は、「君主がまとう赤いマント」を意味し、否応なくピョートル大帝との連想を呼びおこす（「ポルフィーリー・ペトローヴィチ　『罪と罰』の予審判事の芸術的形象と構成上の機能」）。また、彼の父称がペトローヴィチ（語源はギリシャ語で「右」を意味するペトロス）であることとの関連で指摘しておきたいのは、「火薬中尉」の異名をもち、ラスコーリニコフが最後に犯罪を自供する相手イリヤもまた同じ父称をもち、ポルフィーリー同様、法秩序の維持者としての役割を与えられていることである。そしてそこに覆いかぶさるようにして、ドゥーニャのフィアンセで法律家のピョートル・ルージンまでが、ペトローヴィチの父称を与えられている。思うに、これらの名づけは、「土壌主義」を標榜し、なおかつピョートル大帝による近代化に是々非々の態度をとるドストエフスキーの世界観、ピョートル観と必ずしも一致しておらず、おのずと苦しい説明を要求される。かりにポルフィーリーの名前のなかに、何かしらペテルブルク原理とでも呼ぶべきものを読みとることができるなら、それはドストエフスキーにおける二重性ないしは一種の「二枚舌」の可能性を示唆するものにほかならない。「ピョートルの町」を批判することは、ある意味で帝政ロシアのアイデンティティそのものをけなす行為に等しい。だから、反逆者ラスコーリニコフの大いなる庇護者ポルフィーリーは、むしろ、近代性のシンボルともいうべきペテルブルクに住み、なおかつそれにするどく対立するもう一つの原理との調停者と位置づけられるべき存在なのだ。また、名前と父称のみで一貫させる作者は、そうすることで彼に対する親密感を醸成しようとの狙いがあったと見ることもできる。さらに言葉を重ねるなら、ポルフィーリー自身が、物語の進行とともに、一介の「種馬」であり、「終わった人間」を自称する予審判事から、一人の人間として大きく成長をとげていくさまにも注目する必要があるだろう。庇護者ポルフィーリーが、この事件を介して目のあたりにしたのは、まさにペテルブルクすなわち「ピョートルの町」の無意識の部分だった。

そのポルフィーリーが、脅し、すかしながら、言葉たくみにラスコーリニコフをコントロールし、自首へと導いていく。ラスコーリニコフのなかに、心ならずも、罰の軽減という打算が、現実的な観念が芽生える。

第二に、屋根裏部屋を訪ねてきたドゥーニャの声と「大粒の涙」があった。しかし、ラスコーリニコフの不条理な怒りは収まらなかった。自分がいったいどんな罪を犯したのか、と彼は逆に問いせまった。

「なに、ぼくが、あのけがらわしい有害なシラミを殺したことかい、貧乏人の生血を吸ってるだけで、なんの役にもたたない金貸しばあさんを殺したことか、あのばあさん、殺せば殺したで四十の罪が許されるような相手じゃないか？　これが罪だっていうのか！　そんなの、ぼくは罪だなんて考えちゃいない、そんな罪、つぐなう気はない。どうしても猫も杓子も、寄ってたかって《罪だ、罪だ！》ってぼくを小突きまわす！」（第六部第七章）

ラスコーリニコフにとって、自首は、「無用の恥辱」を受ける試練である。そして老女殺しという行為の醜さに触れて、こう叫ぶ。

「どうして、正規軍の包囲攻撃や、爆弾で人間をぶっ飛ばすほうが、もっと敬意を示される形式なのか？　美学の心配するなんて、無力さの最初のしるしさ！」（同）

だが、このときの彼の叫びは、ほとんどドゥーニャの大粒の涙と一つになっていた。少なくとも、読者の耳にはそうひびく。その証が、熱病で死んだ下宿の娘ナターシャのエピソードである。彼は、一冊の分厚い本にはさんであった一枚の肖像画を取りだし、しみじみとした調子で言う。

「そう、この娘とはずいぶん話しあったもんさ、例のことも、この娘とだけはね」（同）

そして、ネヴァ川に立ったときの心境を次のように告白する。

「そう、今日、明け方にネヴァの川岸に立っていたとき、ぼくはね、自分が卑怯者だってことがよくわかったんだ！」（同）

ソーニャの力

第三に、ソーニャの力強い言葉があった。

ラスコーリニコフは、ソーニャのアパートに向かう道すがらつぶやく。

「それにしても、あいつら、なんだってこうもおれを愛するんだ、おれにそんな値うちなんてないのに！　そう、もしおれがひとりきりで、だれもおれを愛してくれなかったら、そして、このおれもだれひとり愛することがなかったら！　こういうことは何ひとつ起こらなかったろうに！」（第六部第七章）

病は少しも癒えてはいない。鉱石のように固い何かを、解きほぐそうとする周囲の力――。

ソーニャの部屋に入ったラスコーリニコフは、「で、そう、十字架はどこだい？」とぶっきらぼうな口調でたずねる。はじめて彼女の部屋を訪れた際、「ラザロの復活」を読んでくれ、と叫んだあの傲慢な口ぶりと同じだった。ソーニャは黙って箱の中から、糸杉と銅の二つの十字架を取りだし、糸杉の十字架を彼の胸にかける。ラスコーリニコフは傲然と言い放つ。

「これがつまり、十字架を背負うシンボルってやつか、は、は！　これじゃ、まだ苦しみ方が足りないって感じだな！　糸杉は、ふつうの民衆の十字架ってことだね。銅のやつは――リザヴェータので、きみが自分でかけるんだね――ちょっと見せてごらん？　そうか、こんなふうにかかっていたわけか……あのときにね？　同じような十字架、ほかにもふたつおぼえてるよ、銀のと、聖像のやつ。あのときばあさんの胸に放りなげた。そう、あれが今ここにあればいいのに、いっそあれをかけりゃいいんだ……いや、めちゃくちゃなこと言って、いちばんの用件を忘れてるな」（第六部第八章）

十字架の交換のモチーフについてあらためて触れることはしない。しかし、ここに、ゴルゴタのイエスへの連想が働いていることだけは注意しよう。荒々しい言葉づかいのなかにも、声色の変化から徐々に現実と同化していく姿がうかがえる。

それにしても、ラスコーリニコフを前にしたソーニャの強さには、驚くべきものがある。傲然たる自信をのぞかせるこの殺人犯にもはや少しも怯む様子のない彼女の信念はどこから来るのか。そもそも彼女の信仰の秘密はどこにあるのか？　少なくとも物語の表面から浮かびあがるソーニャは、教会のしきたりとはほとんど絶縁したところで生きる女性である。ソーニャと比べた場合、むしろラスコーリニコフによって殺害された金貸し老女のほうが、信心深さではるかに際だっていた。実際、老女が、教会の掟をまもり、死後は遺産をすべて修道院に寄付する心づもりであったことが記されている。それに比べ、ソーニャの日々の暮らしは、ほとんど世俗的な教会とは隔絶した地点で営まれている。この問題に着目した十九世紀ロシアの極右派思想家コンスタンチン・レオンチエフが手厳しい意見を述べている。

「この若い娘（ソーニャ・マルメラードワ）は、福音書を読んでいるだけで〔……〕、教会の祈りに出て行かないし、聖職者たちや修道僧の助言を求めようとしなければ、霊験あらたかな聖像画や聖体の前で跪拝するといったこともせず、たんに父の法要を行っただけである。その事実、こうした類の女性はみな、かりに生きた宗教的感情が目覚めさえすれば、実生活にあってこうしたことはすべて実行しているのである」（「世界愛について」）

思うに、ソーニャの信仰生活は、レオンチエフの保守的かつ否定的な言辞とはまったく別次元にあって、既存の教会に背を向ける分離派衆徒（無僧派）のような、反抗精神すらにじませるものとなっている。ソーニャは一信仰者として、まさに実践的な愛によって、もっというなら、愛と自己犠牲によって人々を救おうとするリアリストなのだ。この観点から見ると、『罪と罰』の第五部から第六部にまたがるラスコーリニコフとソーニャの対話には、対話という以上に、一種の主導権争いのような意味が隠されていたことが明らかになる。ラスコーリニコフが、富と権力によって、いわば流血をいとわぬ「正義」によって新しいエルサレムへの入場をめざすのに対し、ソーニャは、まさに愛と自己犠牲によってそれを実現しようとする。ラスコーリニコフは、ほとんど無意識のうちにソーニャを洗脳しようと働きかけるが、最終的に、どちらがその主導権争いで勝利を収めたかは、物語のフィナーレがはっきりと物語っている。

センナヤ入場

そしてついにセンナヤ広場への「入場」となる。この場面ほど、ラスコーリニコフという人物像、それも作家の思い入れぬきの人間像を、いわば彼の外的像をくっきりと伝えてくれる場面はない。

「センナヤ広場に入った。人々とぶつかるのが不快だった。不快きわまりなかったが、それでも人がひしめきあう場所をめざして行った」（第六部第八章）

広場の中心まで来たとき、彼はソーニャの「あなたが汚した大地にキスをするの」という言葉をふいに思いだす。ここからがきわめて大事なくだりとなる。第一の復活の場面である。ラスコーリニコフの内面に巣くう、あの鉱石のように固い何かがふいに溶けはじめるのだ。そのくだりを注意して読んでみよう。はたしてこれを、奇蹟＝恩寵と呼ぶことができるのかどうか。

「その感覚は、発作のようにいきなり襲いかかってきた。心のなかにひとすじの火花となって燃えはじめ、とつぜん、炎のように自分のすべてをのみつくした。自分のなかのすべてが一

気にやわらいで、涙がほとばしり出た。立っていたそのままの姿勢で、彼はどっと地面に倒れこんだ……」(同)

問題は次の描写である。

「広場の中央にひざまずき、地面に頭をつけ、快楽と幸福に満たされながら、よごれた地面に口づけした。起きあがると、彼はもういちど頭を下げた」(同)

広場にたむろする人々が冷やかしの言葉を浴びせる。

「こいつ、エルサレムへ行く気だぜ」(同)

この「快楽と幸福」とは何なのか、どうして作者は、「至福(ブラジェンストヴォ)」(блаженство)という言葉を用いず、あえてここに「快楽(ナスラジジェーニエ)」(наслаждение)という、肉感的な響きをもつ語を使用したのか。いずれにしても、彼はなぜこの瞬間、さながら奇跡のように燃えあがることができたのか。しかもそれは、一瞬にして終わったのか。この問いに答える手がかりが一つある。すなわち、ラスコーリニコフが経験した「快楽」の実体そのものに対する作家の意味づけである。かつて物語の初日に酒場で出会ったマルメラードフは、妻のカテリーナに引きむしられる「快楽(ナスラジジェーニエ)」について語ったことがあった。作家が『ロシア報知』に向けた「回答」でクレオパトラが倦みはてた「愛と快楽」について使われた「快楽」も、むろん、「ナスラジジェーニエ」である。つまり、作家は、ラスコーリニコフの「恍惚」の体験を何かしら肉感的なもの、身体的な快感に近いものとして読者に伝えようとしたということだ。少なくとも宗教的体験として意味づけることはできない。だから、センナヤ広場での「恍惚」は、根本から彼の傲慢を融解する力とはなりえなかったのである。

しかも彼は、センナヤの大地に向かって「わたしは人殺しです」と言いきることができず歩きはじめる。ドストエフスキーは、ここで奇妙な一行を書き残している。

「あたりを見もしないで、横町から警察の方角に向かってまっすぐ歩きだした。道の途中、ひとつの幻が眼前にひらめいたが、とくに驚きもしなかった。むしろ当然あることと予感していたのだ」（同）

ラスコーリニコフがこのとき目にした「ひとつの幻」とは何であったのだろうか。謎かけの好きなドストエフスキーが仕掛けた最後の謎といってよい。

ここは少し冷静に立ちどまって考えよう。ロシアの研究者はどう説明しているか。もっとも常識的な回答の一つに、ソーニャの幻影とする意見がある。さらには、そのソーニャが「心眼」でとらえた父マルメラードフの幻影とする研究者もいる。あるいは、これとほぼ同時に自殺するスヴィドリガイロフととらえるウェブ上の無名の書き手もいる。

わたしは、さしあたり、「新しいエルサレム」のモチーフに照らし、ドストエフスキーがこの警察署への出頭を、ゴルゴタへの道行きととらえていたとの仮説のもと、また、創作ノート上の走り書きどおり（「キリストの幻。民衆に許しを乞う。誇り。出かける」）、キリストの幻ととらえたい。「ラザロの復活」の文脈を考えても、しかも「当然あること」と予感していた事実に照らしても、それ以外の解釈は施しようがない。いまだ傲慢を拭いさることのできないラスコーリニコフにとって、このときキリストの「幻」こそが、唯一の救いであったからである。彼は、「とくに驚きもしなかった」が、内心で、この「幻」を幻視できたという事実に少なからぬ安堵を得ていたにちがいない。しかし、だからといって彼の岩盤のような傲慢が溶解しはじめたことを意味するわけではない。むしろ傲慢であるがゆえに見ることのできた幻影とさえいえる。

いや、必ずしもイエス・キリストとの二重写しにこだわる必要はないのかもしれない。彼は、極度の自制と禁欲のなかで生きてきたという事実がある。ここに一つ、興味深いディテールがある。警察で待ちうけていた相手が、「火薬中尉」の通称で知られるイリヤ・ペトローヴィチだったことである。またしてもイリヤ。ラスコーリニコフが出頭した七月二十日が、「聖預言者イリヤの日」であったことはすでに述べたとおりである。

ラスコーリニコフが火薬中尉に抱く恐怖はどこか尋常ならざるものがあった。警察署内に彼の姿をちらりと認めて、一瞬出直そうとすら考えたほどだった。そしてついに火薬中尉を前にした彼は、全身に震えをきたす。

「目の前に火薬中尉が立っていた。三つめの部屋からとつぜん出て来たのだ。《これが運命ってやつか》ラスコーリニコフはそう思った。《こいつが、なんでここに?・》」（第六部第八章）

もはや説明は不要かもしれない。彼は、「火薬」の怒りに接することを怖れたのである。ロシアでは、預言者イリヤは、「裁きの日」を予告する「恐ろしき」存在であり、ロシアの二重信仰の伝統のなかにあって、雷の神ペルーンと預言者エリヤを合体した神話的存在として、罪深い人類に罰をくだす神の代行者として受けとめられた。火薬中尉にたいする恐怖には、精神的に衰弱しきった彼の迷信深ささえ反映していたかもしれない。

霊験あらたかな預言者イリヤによる試練は、深夜の雷雨となって彼の精神の髄まで貫きとおしているかのように見えた。彼が、七月十九日から二十日にかけてどのような試練を経ていたかは、端的にその服装が物語っている。

「彼はおそろしい身なりをしていた。夜どおし雨に打たれたせいで、どこもかしこも泥まみれだった。そこらじゅうにかぎ裂《ざ》きができ、すり切れていた。彼の顔も、疲労、悪天候、それに心身の衰弱、さらにはほぼ一昼夜つづいた自分との戦いのために、無残なくらい醜く変わりはてていた。彼は、昨日の晩からずっとひとりで、見たこともないような場所にいたのだ」（第六部第七章）

預言者イリヤの試練は、このようなものだった。

ところがラスコーリニコフは、怖ろしいほどハイな火薬中尉の口から次のような謎めいた一句を耳にするのである。

「あなたにとっては、人生のあらゆる美しさなんてものは——nihil est（無）です。禁欲家で、修道僧で、隠遁者なんですから！〔……〕で、リヴィングストンの手記、お読みになりました？」

ここで言及されているリヴィングストンの手記とは、『罪と罰』と同じ一八六六年にロシアで翻訳の出た『ザンベジ旅行』を指している。

ラスコーリニコフからすると、もっとも忌わしい相手の一人だった「火薬中尉」が、いまや、作者から直々に託された使命にしたがい、ことによると彼が選びとることができたかもしれない別の運命を、思いがけずユーモアたっぷりの言葉で予言してみせたということだ。

エピローグ　愛と甦り

死者の物語

『罪と罰』は死者の物語である。物語のはじまりからわずか二週間のうちに何人の登場人物がこの世との別れを告げることか。死は、さながら疫病のようにペテルブルクの中心街を支配し、次々と登場人物の生命を刈りとってゆく。まさに「死の舞踏」である。読者は、おのずから、その異様なまでの吸引力に引きこまれることになる。

七月のペテルブルクがいかに狂乱の暑さのなかにあったとはいえ、登場人物にとってこれほど厳しい夏はなかったはずである。しかし、客観的に見て、わずか数日の間に両親を失い、殺人犯との出会いをとおしてシベリアに赴くソーニャほど厳しい試練にさらされ、まさに劇的ともいうべき人生の岐路に立たされた登場人物はいない。

まず、ラスコーリニコフによる、金貸し老女アリョーナとその腹ちがいの妹リザヴェータの二人の女性殺害がある。これとほぼ同じ時間にラスコーリニコフの故郷では、スヴィドリガイロフの妻マルファが謎の死をとげている。次に、酔漢マルメラードフの事故死（自死の可能性が高い）がある。つづいてその妻のカテリーナが結核でこの世を去り、そして最後にスヴィドリガイロフがピストル自殺する。その自殺の前に、水に溺れた少女の話が出てくる。彼ら彼女らの死は、カテリーナひとりを除けば、いずれも横死というにふさわしい死である。読者は、この小説のもつあまりの陰惨さにあらためて驚かされるにちがいない。

エピローグを含む物語全体を念頭に置けば、このめまぐるしい「死の舞踏」に、ラスコーリニコフの母プリヘーリヤも加わっていく。愛するロージャの身に起こった事件について母プリヘーリヤは何ひとつ正確な知識を与えられなかった。だが、迫りくる狂気と死のなかで、ことによると彼女はほかのだれよりも冷静に事のなりゆきを見守り、その恐ろしさをだれよりも鋭く見通していた可能性がある。彼女の最期を描写するドストエフスキーの筆使いに注目してみよう。

「たえまない幻想と喜びにみちた夢や涙にあけくれ、落ち着かない一日が過ぎると、プリヘーリヤはその夜中、病いに倒れた。翌朝にはもうひどい熱が出て、いろんなうわごとを口走るようになった。熱病だった。二週間後、彼女は息を引きとった。熱に浮かされて口を突いて出た言葉から察すると、はたで考えていたよりも、はるかに深く、自分の息子の怖ろしい運命に

ついて疑いをいだいていたらしいことが結論づけられた」（エピローグ第一章）
逆説的と感じる向きがあるかもしれないが、この犯罪の恐ろしさ、形而上的ともいえる深さは、正気ではなく、狂気のなかでしか感じとれないものだったのかもしれない。だからこそ、アプリヘーリヤは狂ったのだ。そしてその原因とは、一歩踏み込んであえてここに記すなら、アレクサンドル二世暗殺未遂事件である。いうまでもなくポルフィーリーが、以前、「一億倍」の罪に喩えた犯罪である。ラスコーリニコフに同情し、罰の軽減を望んで奔走し、証言した人々は、むしろ事件の本質から目を背け、事件がはらむ原初的な意味を見失っていた。その原初的意味とは、現実にラスコーリニコフが自分の犯した罪をまったくといってよいほど理解できなかった点にある。そして周囲の人々がある意味で事件に同化し、目をくらまされてゆくのとうらはらに、プリヘーリヤだけは根源的な深さにおいて事実の本質に通じていたのだといえる。もしも、事実がことごとく明らかにされたならば、恐怖のあまりみずから命を絶ったかもしれないと思えるほどに。アンチ・キリストを、「悪魔」を生んだという自覚と自責の思いによって……。
しかし、いずれにせよ、カリャーキンが『罪と罰』を評したラスコーリニコフによる「母殺し」の物語は、プリヘーリヤの死によって幕を閉じることになる。
では、次に残されている問いは、何なのか。むろん、それは、ラスコーリニコフの甦りの可能性である。

罰の「重さ」

ラスコーリニコフに対して下された刑は、第二級懲役八年である。この刑が、当時の刑法に照らし著しく寛大なものであったことは、語り手みずからが認めている(「しかし、その判決は、犯行から予想されたものよりは寛大だった」)。そして彼に下された罰の軽さにこそ、『罪と罰』がはらむ根本的な意味はあったと考えてよい。当時の刑法にしたがうなら、事前に計画された殺人の場合、「すべての権利剝奪と鉱山労働十二年から十五年」を科せられるのが妥当である。ラスコーリニコフの場合、計画殺人であるうえに、二人の女性が殺されている。これは、ナスターシヤ・フィリッポヴナを殺害し、十五年の刑を下される『白痴』のパルフェーン・ロゴージンとくらべても比較にならないほど軽い。

この量刑の「軽さ」を、どのように解釈すべきなのか。問題は、ラスコーリニコフ自身ほとんど罪の自覚をもてず、良心の呵責に苦しんでいる様子が見えない点にある。犯された犯罪の重さと量刑の軽さをめぐる根本的な矛盾がここに生じつつあったことは、多くの読者が感じていることにちがいない。

流刑地のラスコーリニコフは、頭を剃られる。そしてその額と頬に、懲役囚人を意味する

「カートルジニク（каторжник）」のＫＴＰの三文字が烙印として押される可能性もなくはなかった。Ｋの文字は額に、ＴとＰの文字は、頬の部分にである。作家自身がオムスクの監獄で遭遇した重罪犯たちは、みなこの烙印が押されていたので、作者ドストエフスキーの脳裏に、烙印を押された主人公の像が去来する瞬間が何度かあったにちがいない。そしてこの烙印は、むろん、アンチ・キリストの６６６を第一に連想させるものでなくてはならなかった。つまりＰＰＰの頭文字をもつラスコーリニコフは、象徴のレベルからいきなり現実の世界に帰還させられたということができる。ただし、この烙印の罰は、一八六三年の四月七日に廃止されており、少なくとも彼はぎりぎりのところでこの屈辱を免れることができた。

　裁判ではラスコーリニコフに対し、一種の心神喪失が適用された。農奴解放からまもない当時のロシアの裁判制度において、「心神喪失」は新しい法的概念として適用されはじめていた。エピローグには次のように書かれている。

「自首の事実といくつか情状酌量に値する事実が尊重されて、第二級強制労働、わずか八年の判決が下ったのである」（エピローグ第一章）

　チホミーロフによれば、これは、一八六〇年代前半に主として西ヨーロッパで流布した考え方で、作者自身、クラフト・エビングの犯罪理論が、『罪と罰』執筆中の一八六六年に雑誌『法医学と社会衛生』に翻訳されたのを知っていたという。この理論で採用された病名は、

mania transitoria で、この発作にかかるのは「大部分が二十歳から三十歳」「個別の発作があらわれ、数時間つづくにすぎない」ものの、「全プロセスの速やかな流れのなかでしかるべき評価をすることがむずかしいことがあり、精神生活の病的な状態の現れと認められる矛盾した行動」をとるという。

ラスコーリニコフが正気であったか、否か、を議論することがここでの目的ではない。かりに心身喪失をいうならば、おそらくほとんどの犯罪が心神喪失に帰せられるにちがいない。問題は、ドストエフスキーが正気の意味をどうとらえようとしていたか、という点に尽きる。

『罪と罰』の原点

では、ラスコーリニコフに対するドストエフスキーの同一化は、『死の家の記録』の書き手になぞらえられた妻殺し犯ゴリャンチコフと同じレベルのものにすぎなかったのだろうか。もしも、ラスコーリニコフに託すべき何かがドストエフスキーにあったとすれば、それは何であったろうか。

ナポレオン主義という狂気とのはげしい闘争を生きぬいたラスコーリニコフだが、シベリアの地にあってなおも存在感覚の希薄さに悩み、うつろな姿をさらしつづける。その姿は、罪に与えられる罰の意味、罪と罰の関係性そのものの不条理さをまざまざと浮かび上がらせている。

十五年あまり前、セミョーノフスキー練兵場でドストエフスキーを襲った不条理だったろうか。彼はそのとき、皇帝権力を否定するペリンスキーの手紙を朗読したという理由によって死刑の宣告を受けた。はたして、罪の重さに正当に見合う罰の重さはあると感じていたのか。

シベリアは、ドストエフスキー改心の地として意味づけられている。流刑地でのラスコーリニコフのうつけた姿は、屋根裏の一室で彼がひたすら培った観念の悲劇的な巨大さを、そしてさらに、その観念を一時期共有した作者自身がシベリア流刑で経験した「転向」の道のりの長さを暗示するものといえる。震えようとしない心、訪れてこない悔い……死せるラスコーリニコフの絶望的な戦いはまさにここからはじまるのだ。

「せめて運命が後悔をもたらしてくれたなら——心臓をうちくだき、夜の夢をはらう、じりじりと焼けるような後悔を、おそろしい苦しみに耐えられず、首吊りのロープや地獄の底を思いえがかずにはいられないような後悔をもたらしてくれたなら！　ああ、どんなにかそれを喜んだことだろう！　苦しみと涙、それもまた生命ではないか。しかし、彼は自分の罪を悔いてはいなかった。〔……〕ところが今、こうして監獄に入り、自由の身となって、彼はあらためて自分のこれまでの行為を吟味し、考えをめぐらせた、するとそれらの行為が、以前、あの運命の日に感じたほど、愚かしく醜悪なものとはどうしても思えないのだった」（エピローグ第二章）

裁判のプロセスで明るみに出たラスコーリニコフの人となりと日頃の行いには驚くべきものがある。友人たちや下宿のおかみまでが次々に彼を弁護する証言を行った。一般の読者にしても、なぜ、これほどに心優しい人物がこれほどに恐ろしい罪を犯してしまうのか、という無念にかられるにちがいない。

それにしても問題は、ラスコーリニコフが自分に下された判決を裏切っているということだ。ポルフィーリーを中心に、彼を愛する友人たちの奔走によって勝ちとられた「判決の軽さ」は、じつはラスコーリニコフが望んだものとは大いに異なるものだった。裁判もまた、一つの判決では二人のラスコーリニコフを裁くことができなかった。

自分が奪いとった生命の重さを知ることができないなら、それこそ、より大きな罰の対象となるべきではないか。くどいようだが、彼は悔いていない。では、「心神喪失（一時的精神錯乱）」として彼の罪を片づけることが許されるのか。ドストエフスキーは彼の「行い」をほんとうに「錯乱」ととらえていたのだろうか。顧みるに、作家は、かつてこのラスコーリニコフほどにも自己コントロールを失った主人公を物語の中心に据えたことはなかった。だが、『罪と罰』以降、作家は、たとえば、エドガー・アラン・ポーの小説『黒猫』（一八四三）にも似て、一種の境界線上での錯乱（ポーのいう「天邪鬼」）にかられる登場人物を好んで描くようになった。『白痴』のムイシキン公爵が、婚約披露の席で中国製の花瓶を割るエピソードがそうであるし、

『悪霊』では、悪魔的人物スタヴローギンが再三繰り返してきた衝動行為（窃盗、公衆の面前で他人の妻にキスをする等々の行為）もその例の一つである。そして『未成年』では、西欧派的な知性をもつヴェルシーロフが、一家の面々を前にして、由緒ある（分離派の）聖像画を叩き割る行為が描かれる。ラスコーリニコフは、完全犯罪をめざして周到に下見を行い、その「現場」までの距離を測るまでしており、理性はほぼ完ぺきに保たれているかのように見える。だが、理性は、すでに狂気と一体化していた。本能が支配する殺人＝絶対悪、という掟がすでに効力を失っていたという点で、これ以上に悲劇的な事態はない。「悪魔のささやき」と、内心のささやきは同じであり、外部からの運命的な力と名づけられるものがじつは自己誘導そのものなのである。一線を踏み越えることの恐ろしさがまさにここにある。求められているのは、この「ささやき」を沈黙させることのできる力なのだが、それが見いだせない。いったん、その「ささやき」に耳を傾けたが最後、永久にそこから抜け出せないことをかりに作者が知っていたら……。

　ラスコーリニコフは呟いている。

「ほんとうにおれにあれができるのか？　いったいあれは本気なのか？　なあに、本気なわけがあるもんか。そうさ、空想で、自分で自分を慰めているだけさ、おもちゃだな！　そうさ、どうやら、おもちゃってところが正解らしいぞ！」（第一部第一章）

ラスコーリニコフは、空想と戯れているわけではなかった。「ささやき」を懐柔し、黙らせようとしていたのだ。自己コントロールを回復しようとして彼は、「ささやき」との闘争に入ろうとしていた。では、どこに救いは、あったのか。あったとすれば、もはや一つしかない。「空気」である。しかし、その肝心の「空気」が決定的に不足していた。

「通りはひどい暑さで、しかも息づまるような熱気と雑踏、あたり一面の漆喰《しっくい》、建築の足場、れんが、土ぼこり」(同)

第二の恩寵

ラスコーリニコフには「復活」が約束されている。しかし、復活を約束するのは作家なのだろうか。神だろうか。それとも、復活とは、一つのプロセスをいうにすぎないのだろうか。ドストエフスキーはそのプロセスにどのようなシナリオで迫ろうとしていたのか。そもそもラスコーリニコフは、最終的に人類の輪に戻ることができるのか。できたとして、具体的には、どこでどのように生きることになるのか。この問題は、ある意味で小説全体の根幹にかかわる主題ともいえるものだが、ドストエフスキーは一つの暗示的なディテールでそれを締めくくる。

ドストエフスキーが提示した救済の手段は、そのままキリスト教に重ねあわせることができない原始的な感覚に満たされている。思いだしてほしいのは、警察に自首する前、センナヤ広場で経験できたひとときの恍惚である。ドストエフスキーはあたかも、大地の奥深くに何かしら強力な磁力をそなえたものが存在するかのような描き方をしていた。たんにそれまでの彼を閉じ込めていた「憂鬱と不安」からの解放ばかりが原因ではない。

「広場の中央にひざまずき、地面に頭をつけ、快楽と幸福に満たされながら、よごれた地面に口づけした。起きあがると、彼はもういちど頭を下げた」（第六部第八章）

かりにこれを、「第一の恩寵」と呼ぶことができるなら、「第二の恩寵」もまた下からやってくる。それは、人間の意識の大地とも呼んでいい無意識の世界からである。

大斎期の終わりと復活祭の期間中、彼は病院で伏せる。入院の期間中、彼は世界が伝染病に侵される夢を見る。ここで「伝染病」と訳されている病（моровая язва）は、もっぱらアフリカ北東部や、西アジアに流布したチフスに似た伝染病をさし、旧約聖書では、しばしば神の怒りのシンボル・イメージとして使用されてきた病である。

「全世界が、ある、怖ろしい、見たことも聞いたこともない疫病の生贄《いけにえ》となる運命にあった。疫病は、アジアの奥地からヨーロッパへ広がっていった。ごく少数の選ばれた人々をのぞいて、だれもが死ななければならなかった。出現したのは新しい寄生虫の一種で、人体にとりつく顕微鏡レベルの微生物だった。しかもこの微生物は、知恵と意志とをさずかった霊的な存在だった。この疫病にかかった人々は、たちまち悪魔に憑《つ》かれたように気を狂わせていった」（エピ

ローグ第二章）

こうして人々はみな、善と悪の観念を見失い、不条理な憎しみにかられてたがいを殺しあい、ついには火災が起こり、飢饉とともにすべて滅び去る。

ちなみにこの「微生物」のイメージの起源についても言及しておこう。ここには、ドストエフスキーのパラノイア的想像力がみごとに露出している。というのも、『罪と罰』が書かれる二年前の一八六三年末から六四年初めにかけて、ヨーロッパのジャーナリズムをにぎわせた「微生物」の存在があった。それは、動物の筋肉に入り、人間にも寄生して死亡の原因となることが確かめられた。このニュースは、翌一八六五年の暮れから『罪と罰』の連載のはじまる六六年の初めにかけてロシアに飛び火し、ジャーナリズム界をにぎわせた経緯があった。

ドストエフスキーは明らかにそうした同時代人のパニックを小説に利用したわけだが、一読して明らかなのは、この部分に「黙示録」の影響が見てとれることである。ご存知のように、黙示録は、十二使徒のひとりヨハネが幻視した「終わり」の世界である。

では、黙示録的ヴィジョンとラスコーリニコフの夢ではどこかどうちがうのだろうか。単純に比較してわかるのは、新しい寄生虫の夢には、新しい神の国のヴィジョン、新しいエルサレムのヴィジョンが存在しないことである。

「世界じゅうで難を逃れることができたのは、ごく少数の人たちだけだった。それは汚れない、選ばれた人々で、彼らの使命は、新しい人類をつくり、新しい生活をはじめること、大地を刷新し、浄化することにあった。ところが、だれも、どこにも、そうした人々を目にした者はなく、彼らの言葉や声を耳にしたものはなかった」（同）

これこそまさに、「神なき」世界の荒廃のヴィジョンだった。ラスコーリニコフは、無意識の夢のなかでその荒廃がもたらす恐怖の根源に触れていたのだ。

しかしそれにしても、この微生物の夢は、人間が見る夢の解説として著しく逸脱しているとはいえないだろうか。なぜなら、あまりにも論理が勝ちすぎているからである。しかし、問題は提示されている内容そのものにある。端的に答えよう。むろんこの微生物とは、あるいはそのうちの一匹は、ラスコーリニコフ自身のことを言っている。ドストエフスキーはそう考えていた。そしてこれは、むろん、そうすることで、ラスコーリニコフのナポレオン主義に対し根本的な批判を浴びせようとしていたのである。

問題は、夢のなかでラスコーリニコフが、災厄を逃れた「選ばれた人々」の一人にみずからを同一化することができたかどうか、ということである。

ペトロフスキー島で見た「馬殺し」の悪夢では、彼は、まだ幼い少年でありながら、馬にはげしく鞭をくわえるミコールカに、そして殺される馬そのものに同化していた。そこからつかのまながら浄化のプロセスははじまった。それと同じプロセスが、意識の地下、無意識のうちに蓄積された力によって開始される。

　では、世界の終わりのヴィジョンとラスコーリニコフのナポレオン主義との間にどのような類縁性が生じたのか。世界の終わりのヴィジョンを、ドストエフスキーがこれほど率直かつ具体的に語ったのは後にも先にも一回限りである（ちなみに、ここには黄禍論に近い何かがある）。興味深いのは、のちのスタヴローギン（『悪霊』）やヴェルシーロフ（『未成年』）などが経験する黄金時代の夢とはおそろしく性質を異にしていることだ。なぜ、ラスコーリニコフは、黄金時代の夢ではなく、これほどにも生々しい終わりの夢を見ることになったのか。あるいは、ドストエフスキーが癲癇の発作の際に見る夢は、時としてこのような、フロイトのいう「世界没落体験」に近いものであったのか。

　答えは二つ提示できる。一つは、ラスコーリニコフの「選民」思想の挫折が、夢の形で啓示されたということである。これは「天から」降ってきた一種の恩寵であった。そしてもう一つは……。

　ラスコーリニコフの救済を、ドストエフスキーは二つのモチーフを軸に考えていたように思える。まず、ラスコーリニコフに重ねあわされた作家自身の問題である。そもそも夢とは何かについて考えなくてはならない。わたしがこの夢に特別の注意を向けるのは、そこに描かれた「終末」が、ラスコーリニコフの一種の願望としての意味を帯びていたかもしれないとの思いを拭えないからだ。いうなれば、アンチ・キリストとしての彼の、破壊の欲望は夢のなかで成就された。その夢は、彼が、犯行の直前に見た「馬殺し」の夢にも深く通じている。

　では、ドストエフスキーはこの微生物の夢を、たんに彼の「悪魔的な傲慢」への批判として意味づけていたのだろうか。さらに、金貸し老女殺害を、絶対悪としてどこまで裁ききるつもりだったのだろうか。もしもそうだとすれば、彼は、キリスト教による救済という地点に不可避的に突き進まざるをえなかったはずである。

　ラスコーリニコフにとって、ナポレオン主義は、口実、手段にすぎなかった。彼は、どこまでも、差別された者、新しいエルサレムへの入場を拒まれた者の連帯に、新しい可能性を求めようとしていた。事実、彼は、悪の根源と見定めた金貸し老女をこの地上から消し去る行為をどこまでも正当化していたではないか。しかしそれにはげしく抵抗したのが、無意識の叫びであり、夢であり、ラスコーリニコフの内なる神であった。内なる神は、ついに人知を超え、一線を踏み越えようとする者にたいして、ありとあらゆる手段を用い、「恐（懼）るべきもの」の威力を知らしめようとしたのだ。

　ラスコーリニコフとソーニャの物語を、いっさいの留保なしで最後まで語りきるには、作家としてドストエフスキーは、何かを拠りどころとせずにはいられなかったはずである。それは彼が身をもって、統一された自分であった時代の記憶である。彼が、矛盾を感じることなく自分でありえた時代、すなわち、黄金時代の自分。いまだ二つに引き裂かれていない、文字通りの意味で彼がラスコーリニコフではなかった時代の自分である。ラスコーリニコフの二十年余りの人生に黄金時代は存在しない。黄金時代は一足飛びに、太古のギリシャ、人類の故郷、いや、彼の無意識の世界にまで遡ってしまう。だが、現実に『罪と罰』の執筆に向かいあった作家のうちには、黄金時代のたしかな記憶があった。その彼は、どこまでも過激に、思想を追求することができた。「貧しき人々」の正義を描くという課題を立て、その人々の幸福を願うことのできる自分がいた。

試される信念

では、『罪と罰』を書いた時点で、作者の信念とはどのようなものであったか、それは、彼自身の人生が物語っている。一八六五年から六六年にかけて、癒しがたい魂をかかえ、あてどない彷徨を重ねていた彼が、ラスコーリニコフ自身でなかった証はどこにあるだろうか。怒りと、自虐と、絶望と、空腹のなかで、彼は『罪と罰』を着想した。そのなかで彼が、「ラザロの復活」による救いの暗示に、軽くのせられるほど信心深い人間だったとは思えない。シベリア時代に熟読した福音書が、彼の荒廃した精神を明々と照らしだしたとも到底考えられない。『地下室の手記』の主人公を思い出してほしい。彼は、懐疑に懐疑を重ねながら、みずからの存在理由を問いつづけた。『罪と罰』の精神は、まさにその延長上にある。「ラザロの復活」を信じることのできない、そこに何ひとつ感じるものをもたないラスコーリニコフこそは、『罪と罰』の執筆に向きあう作者自身の自画像であったとわたしは思う。ただしそれでも、ソーニャ・マルメラードワの絶望にまではたどりつくことができた。他方、作者の「ラザロの復活」への関心を、アレクサンドル二世暗殺未遂事件以降、にわかに厳しさを帯びはじめた検閲への阿《おもね》りと考えることはできない。差別されたソーニャやマルメラードフの絶望を描くことができたのは、彼が、それとは、阿りとは別の心で、神を信じる力を保持していたからなのだ。そのように仮定するほかない矛盾が、この小説には満ちあふれている。ラスコーリニコフはおそらく、世界と社会の「不正」に対して真剣に憤っていた。憤っていたからこそ、理論を求めた。そして理論がしばしば恐ろしい犯罪の現実を生みだすことは、過去の歴史が如実に証明してみせたことである。

ドストエフスキーの不信を共有するか、あるいは信仰を共有するかで、『罪と罰』の読みは、根本から異なったものとなる。

信仰の側から読んでみることにしよう。エピローグの第二章は、次の興味深い一行ではじまる。

「彼はもうずいぶん前から病気だった」

この一行が、「ヨハネによる福音書」で、「ラザロの復活」が語られる十一章冒頭と呼応していることは明らかである。チホミーロフは書いている。

「こうしてこの小説の最後の数ページにおいて徐々に、ラスコーリニコフの来るべき「復活」のモチーフが奏でられはじめるのだ」

しかし、このような主張はあまりに予定調和的すぎる。なぜなら、ラスコーリニコフの復活を約束できるのは、けっして作家ではないのだから。作家にその資格はない。現実に彼の復活は、少なくともキリスト教への明確な帰依という形では提示されていない。

最終的にラスコーリニコフは「選ばれた人々」の一人として生きのこれない。挫折はそこからはじまっている。この願望は、一種のラスコーリニコフ自身の内面の傷のシンボルでもあるのだろう。ドストエフスキーが、この夢を、物語のプロットに内在するものと、あるいは物語のプロットそのものとどこまで有機的に結びつけながら物語っていたか明らかではない。この夢が、『罪と罰』に不可欠にして不可分の意味をもつという、十分な認識のもとで挿入されたとすれば、この夢がはらんでいる破壊的な意味についても十分な言及が必要となる。あるいは、この夢が、ドストエフスキー自身によって見られた、それゆえに、ラスコーリニコフの存在におおいかぶさるようにして告白された作家の内面を表すとすれば、わたしたちは、「母殺し」という根源的な罪に重ねあわされた青年の内面の「傷」を想定しなくてはならなくなる。

　そこでここに一つの仮説を提示しよう。つまり、この微生物の夢は、ラスコーリニコフにおける破壊衝動をシンボル化しているが、世界の没落と死の光景はおのずから「傷」の癒しとなるということ、その意味で彼に救済が訪れてくるのであれば、それはまさにある破壊的な力への屈服、すなわち「ゼロ」からの復活として理解しなければならないということである。この微生物の夢にこそ、死と再生のドラマは刻みこまれていたのである。

　しかしかりに、世界の没落ないしは全体の破壊のヴィジョンによって傷を負ったひとりの人間の復活、再生が可能になるとしたら、人間の復活というドラマはきわめて恣意的な力に支配されていることになる。つまり、人間の復活が、そうした一種の類的なレベルでの救済としてしか成立しえないなら、もはや、いかなる神の存在も不要となる。すなわち神に代わる何か、大地と無意識、あるいはその二つを統合する宇宙論的な夢。そのことは、作家自身のシベリア体験に根ざした永遠回帰的な感覚と深く通じあっているかのようである。

　朝の六時、ラスコーリニコフは、イルトゥイシュ川のほとりに腰を下ろし、遠い向こう岸を眺める。

「遠い向こう岸からかすかに歌声が聞こえてきた。そこでは、あふれんばかりの陽を浴びたはてしない草原に、遊牧民の天幕が、かろうじて見えるほど黒く点をなして散らばっていた。そこには自由があり、こちらの岸とは似ても似つかない別の人々が住んでいた。時間そのもの

がまるで静止し、アブラハムと家畜たちの時代がまだ過ぎ去ってはいないかのようだった」（エピローグ第二章）

アブラハムの時代を脳裏に浮かべたドストエフスキーは、このとき、彼岸と此岸の間を流れる川を隔てて、二つの時間が一つに触れあう永遠の時の感覚を心に記録していた。彼は、おそらく彼自身がかつてシベリアで感じることのできたつかのまの希望に主人公の未来を託すほかなかったのだと思う。つまり、ラスコーリニコフがいま経験しようとしている永遠の時の感覚と、いわばその延長上に救いはあるということだ。思うに、この永遠の時の感覚こそは、ドストエフスキーが転向、あるいは、民衆への回帰と考えたものだったのではないか。そして彼は彼自身が、死刑場で、一つの啓示のごとく受け容れた生の欲望（「生命はぼくたち自身の中にある」）を、一つの究極の救済の原理として提示したのではないだろうか（「七年、たった七年！／この幸せがはじまったばかりのころ、ときどきふたりは、この七年を、七日だと思いたいような気持ちになった」）。さらに言葉を重ねるなら、ドストエフスキーにとってこの根源的ともいうべき生命の感覚こそは、あらゆる神、あらゆる宗教に代わる重大な意味を帯びていたとは言えないだろうか。

開かれた「未来」

エピローグの最後の段落を読んでみよう。

「しかし、もう新しい物語ははじまっている。ひとりの人間が少しずつ更生していく物語、その人間がしだいに生まれかわり、ひとつの世界からほかの世界へと少しずつ移りかわり、これまでまったく知られることのなかった現実を知る物語である。これはこれで、新しい物語の主題となるかもしれない――しかし、わたしたちのこの物語は、これでおしまいだ」（エピローグ第二章）

ラスコーリニコフの人生は今後どのような形で展開していくのだろうか。その暗示はすでに「エピローグ」に書かれている。シベリアに旅立った日から二カ月後、ドゥーニャとラズミーヒンは結婚した。三、四年後に二人は生活の資を蓄えてシベリアに旅立ち、刑期を終えたラスコーリニコフとソーニャらと同じ土地に住みつづけるだろう。新しい物語は、ラスコーリニコフとソーニャ二人だけの物語ではない。遠いシベリアの地には、確実に、ふれあいと助けあいの共同体が生まれるはずである。ラスコーリニコフは孤立した運命を強いられているわけではない。親しき人々の善意に支えられながら、少しずつ生命の感覚を取りもどしていく。「ひとつの世界からほかの世界へと」移りかわる、と作者は書いている。その移りゆきは、さながら、喜ばしい時の流れを暗示しているかのようにも響く。だが、読者の直観が、そうした作者の思いとはべつの方向に動きはじめていることもまた確かだと思う。ラスコーリニコフが、真の意味で生命の感覚を取りもどすには、肝心の原因が突きとめられなくてはならない。ラスコーリニコフみずからがその原因の究明に立ち合わなくてならない。物語のなかで裁かれているのは、傲慢の罪である。では、傲慢の罪が拭い去られたとして、果たして原因は、すべて突き止められたといえるのか。再犯の可能性はないのか。傲慢以外にも、癒しがたい病がひそんではいないだろうか。たとえば、純粋な破壊欲望が。創作ノートにドストエフスキーは書いている。

「安楽のなかに幸福はない。幸福は苦しみによって贖《あがな》われるものだ。これが、地上の掟だが、生のプロセスで感じられるこの直接的な意識は、そのためには何年間もの苦しみを支払ってもよいほどの、きわめて大きな喜びなのだ」

同じ創作ノートには、すでに引用した印象深い一行がある。

「神が人間を見いだす道は、人知には測りがたい」

神を信じるものと、神を信じないものとでは、この解釈は真二つに分かれるだろう。おそらくは「不信の子」ドストエフスキーもまた信仰の予感と不信の現実に揺れうごきながら、一縷《いちる》の望みをこの言葉に託さざるをえなかったことだろう。

物語の最後に来てドストエフスキーは粋なはからいをみせている。チホミーロフの説明にしたがい、物語を流れる時間に少しこだわってみよう。じつはエピローグの最後に設定された日時が、未来の、非現実の時間に当てられているのだ。ドストエフスキーは、『罪と罰』の物語のはじまりを、一八六五年七月七日に、そしてラスコーリニコフのシベリアへの旅立ちを同じ年の十二月下旬に設定した。そしてエピローグが語りはじめられた時点で早くも九カ月が流れており、金貸し老女殺しが起こってから「一年半」が過ぎていた。そしてエピローグの終わりは、翌年の大斎期から復活祭が舞台となっている。ラスコーリニコフが、すでに述べた「微生物」の夢を見るのはこの時期のことである。そして「エピローグ」の終わりは、復活祭週間後の第二週にあたっている。

『罪と罰』は、『ロシア報知』の一八六六年一月号から連載が開始され、同年十二月号で完結した。ところが、肝心の十二月号が刊行されたのは、予定よりやや遅れた、翌六七年二月中旬のことであった。すなわち小説の時間が、現実の時間を追い越していたのである。なぜなら、この年の復活祭週間は、三月二十二日から四月二十五日（旧暦）にあたっていたからだ。雑誌『ロシア報知』十二月号を手にとり、「エピローグ」を読みはじめた読者は、はたして小説の時間がすでに未知の時間に入りこんでいることに気づいていただろうか。むろん、そこまで計算できる余裕のある読者は少なかったにちがいない。しかし、ラスコーリニコフの物語が未知の時間に開かれていることを知って、何かしら救いを得た読者も少なくなかったのではないか。なぜなら、読者はすでに早い春の訪れを、近い将来における大地の甦りを予感することができたからである。

そこであらためて問おう。

シベリアでのラスコーリニコフとソーニャの未来はどうなるのか。

ラスコーリニコフが首都への帰還を許されることは恒久的にありえない。だとすれば、二人は永遠にシベリアの地に留まり、アブラハムの時代のようなロシアで一生を終えることになる。ラズミーヒンとドゥーニャがいずれシベリアを訪ねてくる。しかし人生は予断を許さない。そのことをドストエフスキーは、この小説全体でひそかに語りかけていたように思う。小説のなかでの生命と、現実における生命とは別ものであって、小説のなかであればこそ、彼らは自由に人生を選ぶことができる。考えるべきことは、「これまでまったく知られることのなかった現実を知る物語」である。つまり、どのような状況が未知の現実として彼らの身の上に起こりうるかということ。それは恐ろしく散文的で、恐ろしく旧態依然とした、反復の毎日であるにちがいない。ただし、そこには確実な慰めが存在している。ペテルブルクにはなかった土と、澄み切った空気が……。

参考文献一覧

・本書の執筆にあたって主として参照した文献

Альтман М., Достоевский. По вехам имен. Саратов, 1975

Белов С., Роман Ф. М. Достоевского “Преступление и наказание”. Комментарий, Л., 1979

Бем А., Исследования. Письмо о литературе, Языки славянской культуры, 2001

Карлова Т., Достоевский и русский суд, Казань, 1975

Карякин Ю., Самообман Раскольникова. Роман Ф. М. Достоевского “Преступление и наказание”, М., 1976

Касаткина Т., Комментарии, Достоевский. “Преступление и наказание”, М., 1996

Кирпотин В., Разочарование и крушение Родиона Раскольникова, М., 1970

Криницын А., Исповедь подпольного человека: К антропологии Ф. М. Достоевского, М., 2001

Лобас Вл., Достоевский. В2 книгах, М., АСТ, 2000

Назиров Р., Творческие принципы Ф. М. Достоевского, Саратов, 1982

Наседкин Н., Достоевский. Энциклопедия, “Алгоритм”, М., 2003

Наседкин Н., Самоубийство Достоевского, Алгоритм, М., 2002

Селезнев Ю., Достоевский, ЖЗЛ, М., 2007
Тихомиров Б., Лазарь! Гряди вон. Роман Ф. М. Достоевского “Преступление и наказание”, Серебрянный век, СПб., 2005
Топоров В., Миф. Ритуал. Символ. Символ. Образ: Исследования в области мифопоэтического, М., 1995
Фокин П., Достоевский без глянца, СПб., 2008
Бражников И., Внутри снаружи. Истинный миропорядок в романе. “Преступление и наказание”, Достоевский и мировая культура, no.17, М., 2003
Тамарченко Н., Тема преступления у Пушкина, Гюго и Достоевского. Ф. М. Достоевский, Н. А. Некрасов, Л., 1974
Топоров В., О структуре романа Достоевского в связи с архаичным схемами мифологического мышления, Structure of Texts and Semiotics of Culture, Paris, 1973
Apollonio C., Dostoevsky’ s Secrets: Reading Against the Grain, Northwestern University Press, 2009

芦川進一『『罪と罰』における復活――ドストエフスキイと聖書』河合文化教育研究所、二〇〇七年
井桁貞義『ドストエフスキイ　言葉の生命』群像社、二〇〇三年
江川卓『謎とき『罪と罰』』新潮選書、新潮社、一九八六年
亀山郁夫『ドストエフスキー　父殺しの文学』ＮＨＫブックス、日本放送出版協会、二〇〇四年

清水正『ウラ読みドストエフスキー』清流出版、二〇〇六年
高橋誠一郎『『罪と罰』を読む――「正義」の犯罪と文明の危機』刀水書房、一九九六年
グロスマン『ドストエフスキイ』北垣信行訳、筑摩書房、一九六六年
グロスマン編『ドストエフスキー全集』別巻、松浦健三訳、新潮社、一九八〇年
モチューリスキー『評伝ドストエフスキー』松下裕・松下恭子訳、筑摩書房、二〇〇〇年
シクロフスキー『ドストエフスキー論　肯定と否定』水野忠夫訳、勁草書房、一九七四年
ドリーニン編『スースロワの日記　ドストエフスキーの恋人』中村健之介訳、みすず書房、一九八九年

・ドストエフスキーと同時代の政治情勢について主として参照した文献
ヒングリー『十九世紀ロシアの作家と社会』川端香男里訳、中公文庫、中央公論社、一九八四年
ベリチコフ編『ドストエフスキー・裁判記録』中村健之介訳、現代思潮社、一九七一年
ラジンスキー『アレクサンドルII世暗殺』望月哲男・久野康彦訳、日本放送出版協会、二〇〇七年
中村健之介編訳『ドストエフスキーの手紙』北海道大学図書刊行会、一九八六年
中村健之介『ドストエフスキー　生と死の感覚』岩波書店、一九八四年
和田春樹『テロルと改革――アレクサンドル二世暗殺前後』山川出版社、二〇〇五年

・右の文献のほか、物語の粗筋の紹介にあたって参考にしたウェブサイト
Краткое содержание "Преступление и наказание" Ф. М. Достоевского, http://www.litra.ru/

shortwork/get/swid/00057101184919813791/
・２５５ページにおいて引用したウェブサイト
「『罪と罰』を読む（第４部第２章）」（松本胃腸科クリニック便り）http://matsumotoclnc.jugem.jp/?month=201302

あとがき

『罪と罰』とはじめて出会ってから半世紀近くを経て、その翻訳の機会に与ることができた。本書は、一年半におよぶ作業プロセスのなかで生まれた発見を、これまでのドストエフスキー研究の成果に照らして記した覚書である。じつのところ、今回の翻訳の作業のなかで、わたしは、主人公ラスコーリニコフに同期するという若い時代の経験を甦らせることができなかった。おそらく最大の理由は年齢にあったにちがいない。しかし、同期する能力が衰えたぶん、『罪と罰』が書かれた時代や登場人物たちを包みこんでいる宗教的な気分に少しずつ入りこめるようになった。結果的にわたしは、この『罪と罰』を、主人公ラスコーリニコフの視点をとおして立ち現れてくる「意志の書」として、さらに、神の視点をとおして立ち現れる「運命の書」として読解するという二重の立場に身を置きつつ、本書の執筆にたち向かうことになった。ラスコーリニコフ（「断ち割られた男」）の名前と同様、『罪と罰』そのものが二つに断ち割れていたのである。

執筆に際して、わたしは、二人の女性を殺害するラスコーリニコフの犯行の動機を、自分なりに冷静な視点で探りたいと願ったが、ある時点でその試みを放棄せざるをえなくなった。犯行の動機よりもむしろ、彼を犯行に走らせる神の意志のようなものにより強い関心を抱くようになったからである。神はあたかも、岩盤のように固い主人公の意志力をありとあらゆる方法を用いて突き砕こうとしているかのようにみえた。しかし、そうした読み方が、グローバル化時代における『罪と罰』の読解としてどれほどインパクトをもちうるかとなると、かなり心もとなかった。そして、『罪と罰』に現代的な意味を探るには、犯行の動機そのものを突きとめなくてはならない、と必死であがくうち、何かしらくっきりと見えてきたものがあった。それこそは、純粋意志とでも呼ぶべき固い芯、固い岩盤だった。それこそは、大地の深みに入りこもうとする人間の素朴な心をどこまでも疎外する傲慢さそのものだった。

本書において、わたしに何か誇れるものがあるとすれば、それは、ロシアの研究者カリャーキンが指摘した「母殺し」の意味を自分なりに明らかにできたことである。これによって『罪と罰』の読解を一歩前に進めることができたのではないか、と自負する。ナポレオンに象徴される強者の夢を抱くことにおいて、彼は必然的に、みずからが救いだしたいと願った人々を疎外し、犠牲とする結果になった。

ドストエフスキーは、それぞれ相異なる性格をもつ二人の女性が、その相違をぬきに生命そのものであるという真理を主人公に教えこもうとしていた。生命とは女性そのものであり、生命は女性のなかに受胎し、女性の体をとおして生みおとされるという真実である。最終的にそれは、母さらには大地という観念のなかでより包括的な意味を与えられるにいたった。

本書を読んで驚かれた人も少なくないだろう。主人公ラスコーリニコフが田舎に住む母からの手紙を手にする日が七月八日なのだが、この日は、「カザンの聖母」祭の第一日目にあたっている。すでにご存知のように、一五七八年、カザンの町で一人の少女が大地から聖母像を掘りあて、その聖母像は、長く民衆の心の支えとなって慈しまれてきた。犯行の前日にあたる七月八日とは、ほかでもない、聖母と大地の信仰が一体となる日だったのである。この一致をはたして偶然とみなすことができるのか。母からの手紙は、神の恩寵として差しだされた「試練」のはずだった。しかし思えば、母からの手紙を手にした彼が、新たな闘争心にかられて屋根裏部屋を出ようとしたとき、すでに母との永遠の決別のドラマははじまっていたのである……。

しかし――。じつのところわたしは、ドストエフスキーが『罪と罰』をとおして伝えようとしているこの真実に最後まで素直にしたがうことができなかった。おそらく読者にもご理解いただけると思うが、『罪と罰』の理解は、神を信じる立場と信じない立場とでは百八十度異なる。わたしが最後まで素直になれなかった理由は、作家自身にあった。ドストエフスキーは、あまりにも多くの自伝的ディテールをこの『罪と罰』に隠しこんでいたからである。

自伝的ディテールの最たるもの、それは、ドストエフスキー二十八歳の年に経験した死刑宣告である。犯罪と刑罰との関係性のなかに立ち現れる不条理を、このときほど痛切に感じたことはなかったろう。わたしには、『罪と罰』の作者が、どうしても何かを隠しているように思えてならなかった。その何かとは、主人公の恐ろしいまでの傲慢さの陰に隠された何か、すなわち青春時代の作者の信念である。その何かが、ラスコーリニコフのなかに決定的な罪の自覚の欠如を生みだしているように思われたのだ。だから、かりにラスコーリニコフが、その字義通り、「引き裂かれたもの」であるとするなら、作家自身も深く「引き裂かれ」ていたはずである。神と不信の間で、いや、生命の価値とテロルの肯定との間で……むろん、これはわたしの過剰な思い入れから生まれた一つの仮説でしかない。

いずれにせよ、彼が犯行に向かった究極の動機とは、意志そのものだった。その彼が、これから遠い時間のなかでひとりの人間として甦るには、ひたすらに生きるという意志をもちつづけること、その一点にかかっていたと思う。生きつづけよ、それがドストエフスキーの最後のメッセージであったとわたしは信じている。

本書でわたしが語りえたことは、おそろしく貧しい。『罪と罰』を満たしている「圧倒的なリアリティ」の前で、あまりに些細なテーマにこだわりすぎたような気がしてならない。『罪と罰』の深奥に読者を導くには、おそらく何百ページにもわたる熱い思いが必要になるだろう。しかしたとえそれを実現できても、小説の「圧倒的なリアリティ」に同期し、全身でこれを受けとめることのできる若い読者の理解の深さに追いつくことはできない。

最後に、本書の執筆を勧め、誕生にいたる約半年間、つねに温かい励ましを忘れなかった平凡社新書編集長の松井純さんに心よりお礼を述べる。

二〇〇九年三月二十一日　さくら開花の日に

亀山郁夫

あとがき——平凡社ライブラリー版に寄せて

ドストエフスキーの『罪と罰』は、内的に深く引き裂かれた小説である。第一に、意志と運命の書として、第二に、リアルとアレゴリーの書として。総じて若い読者は、意志とリアルの書としてその物語世界にはげしく同期し、老いた読者は、運命とアレゴリーの書として達観的にこの小説に向き合う。わたし自身、十五歳の年に出会ったときの経験はまさに主人公ロジオーン・ラスコーリニコフの意志的戦いとその挫折を、リアルさの極みにおいて追体験するものだった。そして五十代の終わりにその翻訳に手を染めたとき、わたしの読解は著しく変化していた。十五歳では見通すことのできなかった歴史的なパノラマの、さらに向こうに広がる象徴的な物語が目の前に迫ってきたのである。むろん興奮も同期もなかった。なぜならそれは、先ほどの言葉を用いれば、まさに達観的かつ文明論的ともいうべき視座からの世界の眺めだったからだ。善と悪の双方に引き裂かれた主人公ラスコーリニコフは、この世に正義を実現しようとして最悪の道を選ぶ。観念の強度という尺度に照らして、ラスコーリニコフほど直情的に人道愛に貫かれた青年はいないし、逆に彼ほど悪魔的な傲慢に取りつかれる人物も少ない。善と悪の双方向において、その極限に辿りついた人物がラスコーリニコフだったのだ。今、わたしが思いえがくラスコーリニコフの運命とは、二十一世紀の現代においてロシアが辿ろうとしている運命そのものでもある。悲劇の根源に、過てる誇りと、過剰な愛と、生命そのものへの無関心が一つの渦を形づくる。その驕りを、神が、同情と怒りをもって見守るという構図、ラスコーリニコフとは、内的に深く引き裂かれたロシアの象徴でもある。

二〇〇七年に『カラマーゾフの兄弟』の翻訳を終え、降ってわいたようなドストエフスキーブームも一段落して、いよいよ『罪と罰』の翻訳に立ち向かったわたしは、ロシア研究者としてひとつの大きな転機を迎えつつあった。『熱狂とユーフォリア——スターリン学のための序章』(平凡社)で緒についたスターリン学(Stalinology)への本格着手に二年半近いブランクが生じたことが原因である。当初、『カラマーゾフの兄弟』の翻訳は、あくまでも人生の節目の仕事、もっといえば、ひとつの夢の実現にすぎず、スターリン学の深化こそが本来的にめざすべき仕事であるとの思いが揺らぐことは少しもなかった。そして本音を明かせば、スターリン学研究の合間に、たとえ細々とでもドストエフスキーの翻訳を続けられれば、と安易に構えていた部分もあった。しかしまもなく、それが途轍もない過ちであることが明らかになった。翻訳に奪い取られる時間の膨大さと労力ばかりではない。何よりも世界のドストエフスキー学の圧倒的なレベルの高さに驚かされたのである。わたし自身、自分の甘さを深く恥じたが、その後まもなく舞い込んだ『罪と罰』に関する新書執筆の依頼に、心が揺れた。これを受けるか受けないかは、ロシア研究者としての将来を考えるうえで無視できない選択を意味していたからである。

こうしてわたしはスターリン学を棚上げし、ドストエフスキーの翻訳と研究に、遅まきながらも軸足を移す決心を固めた。それから、時間との戦いがはじまった。翻訳は、ある意味で機械的な作業でもあるのでたんなる苦行とは意味が違っていたが、それを研究に結びつけるとなるとうてい一筋縄ではいかない。そこで考えたのは、初心に帰ること、すなわち翻訳者としての経験を活かし、テーマ面での関心（たとえば、サド＝マゾヒズムへの関心）を最大限に押し広げながら、疑問の一つひとつを、可能な限り文献を駆使しつつ説明していくことである。もっとも、「ノート」（覚書）という、あってなきがごとき特性に甘え、ほとんど興奮状態で書きつづった文章はそれなりの欠点をも抱えもつ結果となった。

新書執筆に向かったわたしにとって幸運だったのは、ロシアを代表するドストエフスキーの研究者ボリス・チホミーロフによる注釈書（『出でよ、ラザロ』）が手に入ったことである。かりにこの本に出会えなかったなら、新機軸となる読みは何ひとつとして提供できなかったと思う。新しい発想、新しい視点は、ほとんどこの注釈書から得られたものである。ただひとつだけ、自信をもって言えることがあるとすれば、それは、わたしが過去何十年にもわたってこだわり続けてきた「二枚舌」と「黙過」（黙って見過ごすこと）のテーマを、この本でも自分の満足のゆくまで掘り下げることができたことである。

例を挙げよう。一八六六年四月、サンクトペテルブルクの「夏の公園」でアレクサンドル二世暗殺未遂事件が起きたとき、ドストエフスキーは、おそらく『罪と罰』の第四部を執筆中だった（『罪と罰』の後半、すなわち第四部からエピローグまでは、カラコーゾフ事件の圧倒的な印象のもとで書かれた）。事件は、作家ドストエフスキーにも、『ロシア報知』編集部にも、検閲の面から多大な警戒心を呼び起こすにいたった。第四部第四章における「ラザロの復活」の扱いをめぐっても、作家と編集部との間に軋轢が生じたことが知られている。ドストエフスキーは、信仰者としての直観ではなく、一人の生身の、共感する主体として、ラザロの死とイエス・キリストの「黙過」という問題に向き合っていたのである。

今回、ライブラリー化にあたって、わたしは十年ぶりに『罪と罰』を手にとった。そこで改めて、この小説のもつ構成上の見事さに圧倒された。物語第一日目を七月七日に、そしてラスコーリニコフの自首を七月二十日に設定するというアイデアがその一つである。そして何より興味深いと感じたのは、物語の時間にぽっかりと口を開けた二つの穴、すなわちラスコーリニコフが譫妄状態に陥った三日間（物語第五、六、七日）と、虚脱状態に侵された二日間（物語第十一、十二日）の扱いである。この、計五日間は、はたして数秘的関心を優先させるところから必然的に生じた空白なのか、それとも金貸し老女を殺害したラスコーリニコフの精神の消耗の度合いを示すため、計算に計算を重ねたうえで割りふった五日間だったのか。思うに、『罪と罰』とは、形式的探究と沸騰する内容とのぎりぎりのせめぎあいから生まれた小説なのである。

最後に、ラスコーリニコフという人物の現代性についてひと言だけ述べておきたい。ウクライナ戦争の勃発から半年ほどした二〇二二年夏、ロシアのドストエフスキー研究者に宛てた手紙の返信に次のような印象深い一文があった。

「まことに世界はいま熱病のごときラスコーリニコフの夢のなかを生きています。しかも、悲しいことに、そこからすぐに目覚めるということもありません。希望は、ただひとつ、愛のみ。『彼らを愛が甦らせた』。ドストエフスキーはそう書きました。むろん、この一行に対し、懐疑的な見方をすることもできるでしょう。しかし、ほかに出口がないのです。どんな状況のもとでも、人間としての貌を保つために闘わねばなりません。そのための唯一の手段が愛なのです。理解力としての愛、共感力としての愛、忍耐力としての愛、心の支えとしての愛、そして犠牲としての愛。いずれにせよ、ドストエフスキーはそのように書いたのでした。そしても し、私たちが彼の天才を認めるなら、私たちはここにおいても、言葉通りに彼を信じなければならないのです」

この度、ライブラリー版（新版）として再刊するにあたっては、加筆、訂正なども含めて大幅な修正を施した。十四年の日々は、どうやら無駄に過ぎてはいなかったらしい。読者からの指摘にたいしても、なしうるかぎり誠実に対応させていただいた。ここに記して感謝したい。

最後の最後に、本書を、今は亡き平凡社新書元編集長松井純氏の霊前に捧げるわがままをお許し頂きたい。そして今回、平凡社ライブラリーの一冊に加えるべくご尽力下さった担当編集の安藤優花さんに心から御礼申し上げる。

二〇二三年二月二十六日

亀山郁夫

[著者]
亀山郁夫（かめやま・いくお）
1949年、栃木県生まれ。ロシア文学者、名古屋外国語大学学長。東京外国語大学外国語学部卒業、東京大学大学院人文科学研究科博士課程単位取得退学。天理大学、同志社大学を経て、1990年より東京外国語大学外国語学部助教授、教授、同大学学長を歴任。2013年より現職。『新カラマーゾフの兄弟』（河出書房新社）、『ドストエフスキー 黒い言葉』（集英社新書）、『人生百年の教養』（講談社現代新書）など著書多数。訳書にドストエフスキー『カラマーゾフの兄弟』『罪と罰』『悪霊』『白痴』『未成年』（いずれも光文社古典新訳文庫）など多数。

平凡社ライブラリー 944
増補《ぞうほ》『罪《つみ》と罰《ばつ》』ノート

発行日…………2023年5月10日　初版第1刷

著者……………亀山郁夫
発行者…………下中美都
発行所…………株式会社平凡社
〒101-0051　東京都千代田区神田神保町3-29
電話　(03)3230-6579［編集］
(03)3230-6573［営業］

印刷・製本……株式会社東京印書館
ＤＴＰ…………平凡社制作
装幀……………中垣信夫

ISBN978-4-582-76944-9

平凡社ホームページ https://www.heibonsha.co.jp/

落丁・乱丁本のお取り替えは小社読者サービス係まで
直接お送りください（送料は小社で負担いたします）。